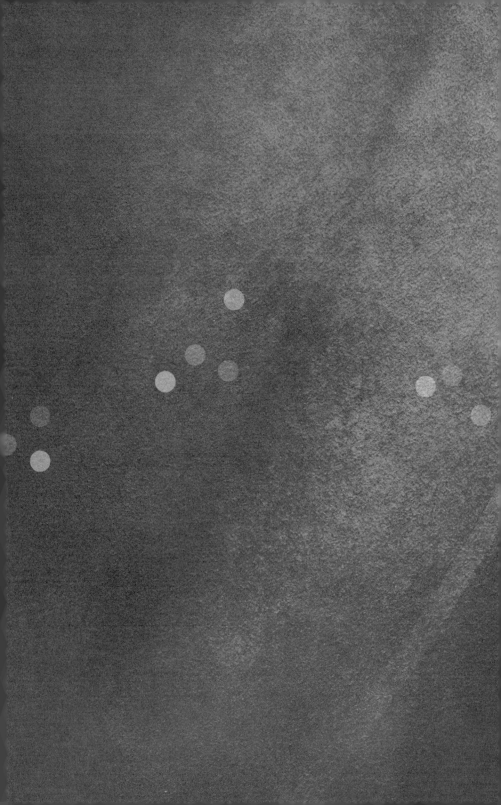

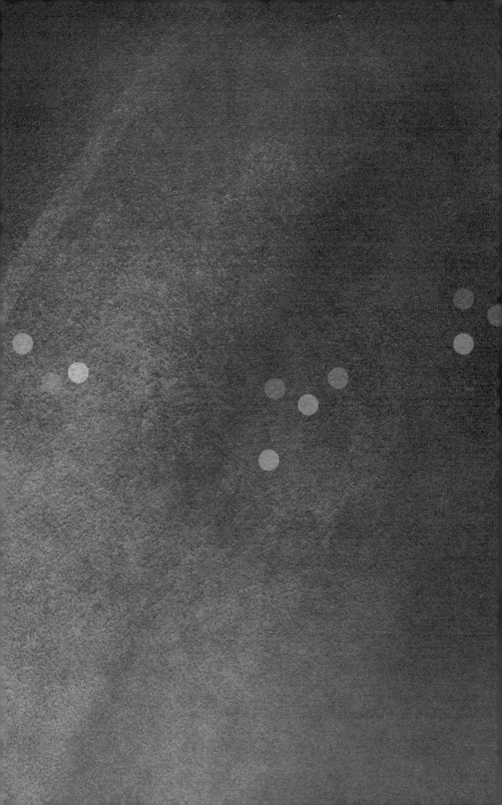

●

엄마는
어쩌면
그렇게

●

엄마는
어쩌면
그렇게

나의 친구, 나의 투정꾼,
한 번도 스스로를 위해
면류관을 쓰지 않은 나의 엄마에게

●

이충걸 지음

●

예담

- 엄마가

머리글   조금씩

- 사라진다

··   『어느 날 '엄마'에 관해 쓰기 시작했다』를 썼을 때, 처음엔 그게 엄마와 함께였던 시간을 증언하는 오디세이이자 가스펠이라고 생각했다.

11년이 지난 지금 엄마를 '추가'하기 위해 이따금 그 책을 들추어 볼 때마다 충격을 받았다. 내가 본 건, 엄마가 비추는 내 자신에 대한 어떤 숙고라기보다, 너무나 잘 알고 있는 확실한 위협, 어떤 형태를 취하려는 상실에 대한 무력한 증언뿐이었다. 그 책에서 나는 엄마 손을 놓칠까봐 매 초마다 찢긴 목소리를 내는 어린아이였다.

이젠, 오히려 모든 것이 심화되었다. 내가 완전한 성인이 된다 해도 엄마가 떠난다면 나는 속이 텅 빈, 숨 쉬는 껍데기라는 느낌. 나머지 인생은 나를 빗겨가고 말 거라는 끈질긴 괴로움. 마멸되는 엄마에 대해 내가 갖는 이런 정도의 집착은 거의 틱과 같았다.

그럼에도 불구하고 엄마의 이야기에 강력하게 울려 퍼지는 것은 손상이었다. 결국 나를 보면서 아이를 키운다는 게 얼마나 무서운 일이라는 걸 알게 되었다. 엄마 얼굴은 모든 것에 면역력을 갖춘 듯 보이면서도, 삶이 한판의 긴 승리는 아니라는 걸 말해주니까.

생각하면 내 인생은 어떻게 하면 엄마를 기쁘게 해드릴까, 어떻게 하면 엄마에게서 분리되지 않으면서 독립된 즐거움을 누릴 수 있을까, 두 가지로 이루어졌다. 그러나 나의 정지된 정신적 성장으로 은밀한 강박을 드러내는 일은 목구멍에 걸린 단어를 내뱉어 자백하는 것과 비슷했다. 시간이 갈수록 엄마 인생은 물 밑으로 천천히 잠기는 것 같아서.

어떤 지식은 갑자기 생긴다. 그 지식은 곁에서 반복하며 말을 건다. 엄마를 두 번 다시 볼 수 없는 날이 오기 전에 무엇이든 말을 해야 한다고, 기회가 생겼을 때 뭐든 질문해야 한다고, 그때를 놓치면 다시는 답을 얻을 수가 없다고……. 헤어짐 자체는 그 답을 알 것이다.

하지만 나는 아니다.

　나는 평생을 엄마와 같이 살았다. 엄마가 무너질 때 받아줄 수 있을 만큼 가까운 거리에서 살았다. 매일 보는 엄마 얼굴은 소금 맛을 묘사하는 것과 비슷했다. 엄마 얼굴은 스스로 형용사이자 주어이고, 질문이자 대답이었기 때문에.

　엄마가 다른 여자들보다 특별히 뛰어나다고 말하려는 건 아니지만, 엄마에겐 뭔가 다른 것이 있었다. 엄마는 날것에 가깝도록 거칠고, 즉흥적이라기보단 혼란스러우며, 인습적이되 기술적이지 않았다. 엄마의 용맹스러운 심장은 매 순간 따로 뛰었다. 두근거리며 뛰는 스토리의 진짜 심장. 묻혀 있던 우울과 영혼이 표면에 떠오를 때의 명쾌함은 연극배우와 같았다. 품위는, 일상의 장면은 아니지만 그렇다고 온전한 허상도 아니었다.

　정작 나를 놀라게 한 건 매일매일의 매력적인 평범함이었다. 엄마는 자신의 왕성함을 끌어내려 거의 극단적일 만큼 단조로운 모습을 보여주었다. 초벌 그림 같은 그 무심함을 통해 나는 알게 모르게 엄마를 전시하고 미화하려는 마음을 저지할 수 있었다.

나는 늘 무서웠다. 뭔가 변할까봐. 언젠가 전부 다 변하는 시간이 올까봐. 엄마에게 말을 걸기 위해선 먼저 그 얼굴을 봐야 했다. 그렇지 않다면 남은 시간은 내가 그때 무엇을 해야 했는지 계속 추궁할 것이다. 그러므로 이 책은 엄마의 이야기가 여전히 전개되고 있음을 나타내는 중간의 쉼표와 같다.

나는 매일 독백한다. 엄마의 좋은 시절은 아직 오지 않았다고. 하지만 나를 속일 수 없는 마지막 문장은 바로 이것이다.

엄마가 조금씩 사라진다.

이충걸

•

차례

•

#1

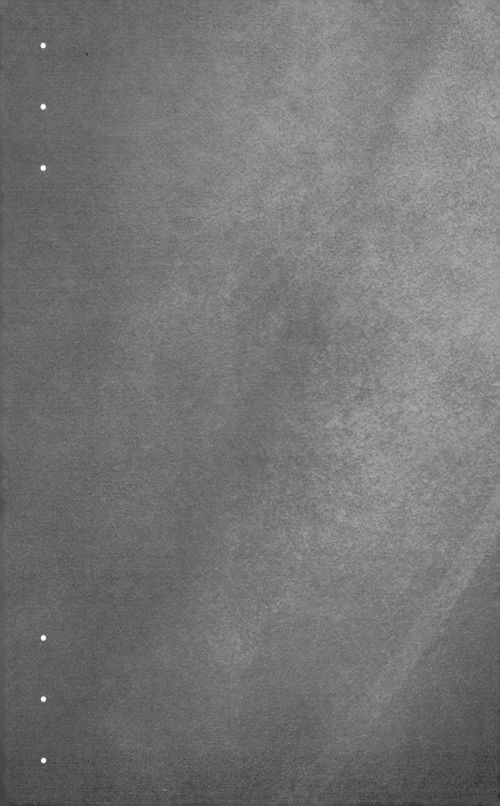

고독한
보행자

엄마는 지금까지 앓았던 병을 다 합해도 무릎 인공관절 수술의 충격보다 못하다고 말했다. 그건 나에게도 같았다.

젊었을 때의 걸음걸이는 엄마의 모든 걸 드러냈다. 엄마는 연골이 닳은 걸음으로 삐걱거리는 대신 큰 보폭으로 군중 사이를 물결처럼 너울거렸다. 사람들 사이를 가뿐하게 가르며 발이 땅에 닿지 않는 듯 도로 가장자리를 획획 날아다녔다.

하지만 지금 엄마에게 우아한 여인은 찾아볼 수 없다. 처진 어깨, 역시 처진 가슴, 광풍에 시달린 뺨, 삐걱거리는 팔, 고통을 호소하는 눈, 흔들리는 궁둥이만이 엄마를 표현하고 있었다. 앉았다 일어날 때조차 암벽 타기 하듯 이쪽저쪽 황급히 손으로 짚어 무게 중심을 확보하고, 잠깐 포즈를 두고 터를 고르고 나서야 걸을 수 있었다. 중심을 잃을 때 엄마는 평정심도 같이 잃었다.

사실 인공관절 수술을 생각하지 않은 건 아니었다. 하지만 엄마가 인조인간이 될지도 모른다는 부자연스러운 공포가 있었다. 마음을 굳힌 건 인공관절 수술을 받은 제 부모가 날아다닌다는 친구들의 증언을 듣고 나서였다.

먼저, 전에 엄마가 디스크 수술을 받았던 정형외과를 찾았다. 촉진을 하고 엑스레이 사진을 판독하던 의사는 지난번보다 훨씬 악화됐다고 말했다. 곧, 호리호리한 체구에 그릇된 인상을 주는 턱에서 알아듣기 힘든 소리가 이어졌다. 인공관절 수술은 출혈이 아주 심한데 작년 8월, 허벅지에 스탠트 삽입술을 받았으니 수술 일주일 전엔 아스피린을 끊어야 하지만, 그 때문에 심장에 무리를 줘 자칫 돌아가실 수도 있다는 거였다.

똑같은 것을 강요하는 똑같은 부담이라는 것은 없다. 하지만, 뭐든 최악의 경우만 상정하는 게 의사의 생리겠지만, 그 박약한 어조엔 도대체가 마음이 놓이지 않았다. "그러니까 그건 좀 봐야 할 것 같은데……." "두 방법 중 어떤 걸 해야 할지……." 비행기에서 스모 선수 사이에 끼어 앉은 것처럼 갑갑했다. 그러나 그가 얄밉다거나 하기 이전에, 그대로 돌아서는 것 자체가 고역이었다. 의사는 혹시 관절경 수술을 받으면 호전될 수 있지 않을까, 자기에게도 불확실해 보이는 권유를 했다. 모호함이란 희망 없음, 확실함이란 난폭함. 엄마와 나는 즉각적으로 동의하고 말았다.

마감 중에 번개처럼 병원에 와 MRI를 찍는 엄마를 기다릴 때, 대기실 이동식 스토브의 주황색 불빛은, 모호한지 몽롱한지 알 수 없는 마음만 내내 비추었다.

관절경 수술을 받은 날 저녁, 엄마는 모니터로 목격한 수술 장면을 생생하게 들려주었다.

"수술 중에 의사가 모니터 보겠냐 그래서, 본다 그랬어. 왜 수술할 때 얼굴 덮는 거 있잖아. 포장 같은 거. 그거 열어줘서 옆으로 모니터를 봤어."

"그걸 어떻게 볼 생각을 다 했어?"

"다리만 마취됐지 전신마취는 아니니까."

엄마는 당당한 반역자 소녀 같았다.

"의사가 그러는데, 내 무릎이 방이라면 세 면의 벽지가 너덜너덜해진 상태래. 무릎뼈 가운데 하얀 연골이 걸레처럼 흐트러져서 막 너불너불 붙어 있는데, 의사가 가위로 막 자르고 뜯어내고 그러더라고. 또 뼈 사이에 있는 걸 기계로 박박 긁어내고 그러기도 했어."

"그걸 다 봤어? 무섭지 않았어?"

"무섭지 그럼 안 무서워? 그렇지만 저래서 내가 아팠구나, 그랬지. 그리고 그때 잘 봐둬야 나중에 의사가 설명할 때 알아듣잖아."

엄마의 서사에는 늘 빠삐용 같은 통 큰 이야기가 자리 잡고 있어서 나의 소심함으론 그 신발 끈도 풀 수 없었다.

..

그러나 관절경 수술은 역효과였다.

통증은 더 심해지고, 모든 게 후회막급이었다. 그때 다른 친구가 무릎 한쪽을 먼저 한 다음 기간을 두고 다른 쪽을 마저 하는 일반적인 인공관절 수술과 달리, 자기 어머니는 양쪽을 동시에 했는데 예후가 아주 좋다고 타전해주었다. 한 번의 마취와 한 번의 회복기를 거친다는 게 나에겐 복음처럼 들렸다.

어느 하루의 중간, 나는, 한쪽은 애매하게 둥글고 다른 쪽은 자른 듯 평평한 엄마 무릎을 매만지면서 말했다.

"이제 수술 받을 수 있는 8월이 다 됐어."

늦지 않기를 바라는 세상에서 시간이 어서 지나가길 바라는 역설이 고아 같은 모자를 이끌고 있었다.

목동의 한 병원에서 수술 전 처치로 몇 가지 검사를 받던 날, 대기실 형광등은 에테르에 가까운 빛으로 물들어 있었다. 문에는 의사의 이름이 붙어 있었다. 저렇게 이름을 내세우려면 수술을 몇 번 해야 할까.

"아이고, 몸 성해서 발랑발랑 상콤상콤 다니던 때가 언제였던고."

엄마의 탄식은 뿌연 형광등 아래서 맥없이 흩어졌다.

수술 전날, 엄마는 초음파와 혈액검사를 마쳤다. 나는 『지큐 코리아』 창간 10주년 호를 만드는 중이었다. 새카맣게 탄 누룽지 마음으로 회사로 달려가는 나를 엄마가 잡았다.

"왜 요새 더 바빠?"

"창간 10주년 기념호잖아. 보통, 생일과 달리 환갑은 더 챙기잖아."

"10년밖에 안 됐어?"

"몇 년 된 것 같길래?"

"20년⋯⋯."

엄마는 인생이 지루한 걸까, 『지큐』의 존재감이 유장한 걸까.

수술 당일 아침, 모든 것을 창문 밖으로 던져버릴 듯 12층 병실로 달려갔다. 브리태니커 사전, 막내 이모가 빈 침대를 지키고 앉아 자매의 우수를 빈틈없이 보여주고 있었다.

"엄마, 조금 전에 수술실에 들어갔어. 수술은 세 시간 걸린다고 하고, 10시에 수술 들어갔으니까 1시쯤 엄마가 나올 거래."

이모의 한숨과 내 한숨이 합쳐져 작은 돌풍이 일었다.

5층, 환자 보호자 대기실은 난해하고 종교적인 메타포였다. 텔레비전에 애매하게 시선을 둔, 뻐꾸기 둥지에서 도망 나온 사람들, 잠을 자기엔 너무 불안한 불면증 가족들은 담배 연기 속에서 헐떡거리며 참회의 채찍을 구하고 있었다. 문자와 비디오의 결합이 풍성하게 넘쳐나는 후텁지근함은 견디기 어려웠다.

엄마가 전신마취를 한 게 몇 번째일까. 하지만 벼르고 별렀던 만큼 안도감도 컸다. "엄마가 낫기만 하면⋯⋯ 용산 박물관도 가고, 섬진강도 가고⋯⋯." 결심만으로도 이미 전국일주 중이었다.

⋅⋅

보호자실 전광판에는 수술 중인 환자와 수술 후 막 회복 중인 환자 이름이 속속 떴다. 다른 보호자 사이의 경쟁적인 긴장감을 피해, 창문 옆 라디에이터 위에 앉아 책을 펼쳤다. 글자는 자꾸만 뭉개졌다. 나는 배고픈 구피처럼 안절부절못하며 이쪽저쪽으로 헤엄칠 뿐이었다.

수술실 문이 열릴 때마다 대기실에서 웅숭거리던 환자 가족들은 애원하듯 우르르 달려갔다. 하나같이 침대로 몸을 굽히는 겸손한 몸짓은, 절박한 마음이 저절로 시켜서인 것 같았다.

1시가 되었다. 전광판에 적힌 엄마 이름 옆에는 여전히 수술 중이라는 글자만 떠 있었다. 다시 30분이 지나고 한 시간이 또 지났다. 여전히 창턱에 걸터앉아 다리를 건들대고 있어도 마음은 일본의 포로 야영지에 머무르는 것 같았다. 수술실에 들어간 지 네 시간이나 되었는데 회복 중도 아니고 아직도 수술 중이라고?

"이남규 씨 보호자분!"

2시 40분이었다. 수술실 문 앞으로 달려가니, 그동안 마뜩찮아 죽을 것 같던 의사는 앞이마에 땀방울이 맺힌 채 나이팅게일 시늉을 하며, 수술 잘됐다고, 지금 상처 부위를 꿰매는 중이라고, 시간 더 걸리니까 병실로 올라가 있으라고 더운 어조로 말했다.

숨을 몰아쉬며 병실로 올라오니, 잠시 후 엄마가 이동침대에 실려 들어왔다. 내 손이 본능적으로 입을 가렸다. 슬픈 폭동? 참상? 어떤 것으로도 이름 붙일 수 없는 마음은 이빨처럼 벌어져 다시는 붙지 않을 것 같았다.

엄마의 온몸에 성게처럼 무수한 관이 매달려 있었다. 양쪽 무릎에 꽂힌 피 호스를 따라 유리병 안으로 검은 피가 흘러 들어갔다. 그 관들은 엄마의 몸을 해체했고, 해부학적인 몸의 윤곽과 뒤섞이면서 그 순간 자체를 해체했다.

엄마 얼굴은 태양에 말린 테라코타 빛깔이었다. 입술은 설탕처럼 메말라 있었다. 그때 느꼈다. 인생은 세월의 흐름 따라 서서히 마모 되다 결국 함몰하도록 짜인 프로그램이 아니라 어느 한계에 이르러 원형질로부터 빠져나가는 순간, 사고 없이도 흩어져버린다는 것을.

엄마가 겨우 눈을 떴다. 나는 달래듯이, 하지만 터보 엔진처럼 부들부들 떨며 엄마를 주물렀다.

"괜찮아? 아프지? 수술 잘됐대. 그래도 많이 아프지?"

대답 대신 엄마는 빛이 사라진 눈동자로 외쳤다.

"아야, 아야! 아파, 아파! 추워, 추워……!"

나는 평생 엄마가 아프다는 소리를 이렇게 반복하는 걸 처음 들었 다. 표백된 눈으로 이불을 덮어줘야 하지 않겠냐고 의사에게 물었지 만 그는, 환자가 열이 오르면 안 된다면서 춥다고 몸부림치는 엄마 양쪽 겨드랑이에 야멸차게 얼음팩을 끼웠다.

외침은 더 커졌다. 나는 엄마의 어깨만 문질렀다. 침대 옆에서 나 만의 각도로 서서 엄마 이마를 짚고 손을 잡아도, 내가 아플 때 내 곁 을 지키던 엄마가 될 순 없었다. 나는, 사람이 백 살을 넘겨도 장담할 수 있는 사실은, 생명은 누워 있을 때 사라지지 않는다는 거라고 생 각했다. 난 이렇게까지 사랑 받으며 지냈는데 슬플 이유가 있나? 사 람은 죽어도 사랑은 절대로 죽지 않아. 언젠가 나을 수 있는 병이라 면 결국 장기적이고도 일시적인 두통일 뿐이야.

왼쪽 다리가 저렸다. 엄마가 아플 때 내 다리의 경련에 대해 생각 하는 것은 나쁜가, 아니면 이것 역시 현재에 집중한다는 말인가. 경련에 대해 생각하는 것을 나쁘다고 생각하는 것은 나쁜가, 아니면 이 것 역시 순간의 일부인가.

엄마의 무릎과 종아리는 침대에서 떨어지지 못하게 결박되었다. 조개껍질보다 쇠약한 가슴 밑에 넓디넓은 면적을 차지하는 하얀 다리가 방치돼 있었다. 엄마를 묶은 밴드는 다시는 정교할 수 없고 즐거울 수도 없는 몸의 윤곽을 새삼 드러냈다.

엄마는 잠시 깨어났다가 바로 섬망 상태에 빠졌다. 곧 통증을 호소하다가 잠깐 나아졌다를 계속 되풀이했다. 창문 위의 에어컨은 엄청난 열기를 뿜어대고 있었다. 엄마가 다시 눈을 감았을 때, 나는 연옥처럼 더운 병실을 벗어나 외벽을 유리로 만든 엘리베이터 쪽으로 갔다. 점액질의 빗방울이 쪼르륵, 문장으로도 단어로도 해석할 수 없는 소리를 내며 병원 유리창 표면을 굴렀다.

..

병원에서 제일 흥미로운 건 하루 종일 마음속 구석구석까지 떠들 수 있다는 점이었다. 끔찍할 정도로 부드럽고, 완벽하게 독립적인 고독이었다. 그 사이, 나는 무례한 간호사들과 비체계적인 병원 시스템과 투쟁하느라 기진맥진해졌다. 병원은 나의 연약함과 죄를 다스리는 고해소이자, 마조히스틱한 자기 비평이 난자하는 전장이었다.

매 15분이 세 번의 가을처럼 길었다. 끝이 없었다. 휴식도 없었다. 병원 가는 길은 번번이 눅진눅진하게 막혀 자동차 기름이 하루에 다닳을 정도였다. 엘리베이터는 얼마나 더딘지 내년까지 내려갈 것 같왔다. 그 사이, 엄마 또래의 환자들이 입퇴원을 반복할 때, 고래들의 노래 같은 사회적인 상호작용을 느꼈다.

내 마음이 제풀에 삭을 때쯤 엄마 몸에 딸린 관들이 하나 둘씩 제거되었다.

배뇨관을 빼야 하는 날, 엄마는 열매처럼 맺힌 선들을 몸에 주르륵 매단 채 화장실에 가려고 했다. 나와 막내 이모, 작은형과 형수까지 가세해 위태롭게 엄마를 휠체어에 태울 때, 스스로 걷지 못하는 다친 자존이 드러났다.

"나 이런 거 없이도 금방 혼자 일어서서 걸을 거야!"

누구나 삶을 관리할 수 있다. 문제는 자기가 확장하는 삶의 질에 달렸다. 하지만 늙어버린 삶을 관리하는 건 다음 스텝을 내딛는 것만으로도 충분하다. 그럴 때 넘어지지 않기만을 희망하는 것.

몸 일부가 망가졌다는 좌절은 육체적인 것이 아니었다. 제대로 걷지 못한다는 단순한 사실은 엄마의 에고를 박살냈다. 달리는 말 같은 엄마는 주행로가 점점 좁아져도 자기 안위를 타인에게 맡기려 하지 않았다. 그러나 길이 축소된다는 것은 마땅히 상실의 축제였다. 지금부터 50년이 지나면, 엄마에게 상처를 주는 보행도, 이 조절할 수 없는 감정도, 엄마를 쳐다보는 나도 세상엔 없을 테니까.

두 발로 선 첫날, 엄마는 ㄷ자로 구부러진 보행기를 잡고 경보 선수처럼 빠르게 걸으려고 했다. 아예 번쩍 들고 걷기까지 했다. 기초적인 안전의 감각을 모두 잃어버린 것 같았다. 간병인은 생급스러운 목소리로 재빨리 속삭였다.

"저 아줌마, 정말 위험해요. 저러다 넘어지면 무릎도 빠지고 고관절 나가요."

엄마의 몸은 이미 폭풍 속에서 들썩거리는 소형구축함이었다.

무릎은 하루에 1센티미터만 좋아졌다. 그리고 한 달 후 퇴원했다.

..

"지금까지 평생 아팠던 걸 다 합쳐도 이것보다 못해. 뼈를 깎는 아픔이라고 하잖아."

엄마의 술회는 풍부하고 통렬했지만, 처음 3일간의 드라마틱한 섬망 상태는 하나도 기억하지 못했다.

에탄올로 소독할 때 보니, 무릎 절개 부위는 꼭 꺾인 깃털 모양이었다. 왼쪽은 무딘 면도날로 자른 듯 선이 고른데, 오른쪽은 살짝 얼기설기 화농되어 있었다. 엄마는 재봉된 듯 다시 태어날 수 있을까.

"안에 물이 차서 그래. 이젠 좀 말랐어. 근데 무릎 안에서 자꾸 뚜둑뚜둑 나막신 소리가 나."

"살아 있는 건 다 소리가 나. 그것도 몰랐어?"

며칠 뒤, 수술자국엔 딱지가 앉았다. 나는 그걸 자꾸만 보듬었다. 입김을 불어보고 손가락으로 만져보았다. 봉합한 자국은 작은 애완동물이나 식물과 같았다. 자꾸 보살펴주고 먹을 것을 주어야 하는.

..

나의 모든 회개는 위급함의 정도로부터 나왔다. 엄마가 아플 때면,

집에도 일찍 들어가고, 술도 안 마시고, 웬만하면 집을 어지르지도 않았다. 하지만 예후가 좋아지고 완치 소견을 듣고 나면 당장 철없는 작은 아이로 돌아갔다.

여름이 갔다. 반갑지 않은 친척처럼 해는 짧게, 소홀한 햇살을 만들었다. 또다시 늦게 들어오고, 술 마시고, 집을 난장판으로 만드는 세월이 시작되자, 나를 잠깐 어여삐 여기던 엄마의 장탄식이 잊은 듯 찾아왔다.

"마감 끝나면 일찍 좀 들어와라. 왜 그렇게 매일 밤 술을 마셔? 다음 날 아침 피곤하다 그럴 거면서. 제발 철 좀 들어라. 네 나이가 도대체 몇이니? 그리고, 뭣 좀 손대면 제자리에 딱딱 놓고 그래라 제발! 쫓아가며 덮어놔도 있는 대로 어질러놓고, 남은 만지지도 못하게 하면서. 너, 내가 죽으면 네가 속 썩여서 그런 줄 알어!"

집
고치는
남자

서대문 안산 근처에서 몇 년 살다가 얼마 전 가을, 성수동으로 이사했다. 서대문 집은 여기가 서울인가 싶게 공기가 맑은 데다, 산비탈을 조금만 내려가면 바로 도심이라 지형학적 도시 문화적으로 아쉬울 게 없었다. 산골짜기에서 물칵 풍겨오는 아카시아 꽃 냄새에 감싸여 잠이 들 땐, 나중에 돈 많이 벌어 1가구 2주택자인 채 어마어마한 양도세를 물더라도 이 집만은 지키고 싶었다.

이사를 결심한 건 어느 봄, 엄마가 허리 디스크 수술을 하고부터였다. 내가 자동차를 타고 날아다니는 원숭이처럼 이 산 저 산 획획 쏘다닐 때, 엄마는 마을버스를 타지 않고는 마트조차 갈 수 없는 경사진 길을 걸어서 오르내렸다. 고장 난 벽시계 같은 엄마 허리가 더 망가지고 나서야, 나는 후회로 발등을 찍었다.

새로 이사 갈 집의 조건은 세 가지였다. 평지일 것, 집 가까이 마트가 있을 것, 회사와 가까울 것.

서울숲 근처에 새로 지어진 아파트는 모든 조건을 충족시켰다. 언제나 설레는 기색 없는 엄마는 그때도 내가 고른 집을 트집 잡진 않았다. 그런데 그 큰 건설회사가 작심하고 지은 아파트는 겉이야 유리로 맨들거렸지만, 속은 작정하고 후졌다.

벽지는 왜 하나같이 들큰하고 어중간할까? 포인트 벽이랍시고 한쪽을 덮은 저 흡음성 분홍색 자재는 뭐지? 이렇게 호빗족의 집마냥 층고가 낮은데 '우물등'은 대관절 무슨 생각으로 만든 걸까? 오 마이갓, 저 찬장이며 아일랜드 식탁이야말로 딱 목불인견이잖아?

입주 날짜가 정해지자 그 생각이 사라지지 않았다. 엄마도 일생에 한 번은 『베터 홈스 앤드 가든』에 나올 법한 집에서 살아야 하는 거 아냐? 내 나이에 그런 집에서 사는 게 말도 안 되는 일이야?

사실 지금까지의 집치장은 모두 엄마에게 맡겼다(기보다는 방기했다). 내가 밖에서 한밤까지 휴지조각처럼 나뒹굴 때, 엄마야말로 하루 종일 집을 점거한 명실상부 주인이었으므로. 그러다 보면 집에 관해 꿈꾸었던 그림을 한참 펼쳐보다가도, 엄마의 취향 따라 배치된 사물들을 겨우 타 넘어야 했다.

루이스 부르주아의 그림과 빨간 전자레인지, 호프만 소파와 양재기, 장 누벨 의자와 플라스틱 훌라후프의 앙상블은 혼자 보기 아까웠다. 가구 사이의 거리, 벽 색깔과 조명과의 연관성, 그림과 전자제품 간의 배치에 대해 내가 가졌던 기준은 엄마 편에서 보자면 처음부터 글러터진 헛소동일 뿐이었다. 이번에야말로 결코 절충하지 않으려는 야심으로 전율할 때, 그게 일종의 굶주림이라는 걸 알았다.

..

본 건 많아 눈은 높은데 가진 건 없다는 평생의 딜레마를 안은 채, 나는 이사 갈 새집의 주된 방향을 정했다. 아파트라는, 다양한 영향력이 서로 섞였으되 결국 다 똑같아져버린 공간이 일상적 편리를 깨고 고유한 동요를 일으킬 것, 내가 고안한 주거방식이 하나의 시詩가 될 것, 도시생활의 결핍을 서사로 채울 것.

실내 공사는 나를 아주 잘 아는 친구가 맡았다. 그는 디자인비 없이 실비만 받겠다고 선언함으로써 나를 흡족하게 만들었다. 공사 기간은 빠르면 보름, 늦어도 3주로 정해졌다. 그동안 나는 사려 깊은 또 다른 친구가 마련해준 서비스드 레지던스에, 엄마는 큰형 집에 머물 예정이었다.

공사의 청사진은 단순했다. 벽지를 다 뜯고 흰색 페인트로 마감할 것, 안방 베란다는 빼고 다른 베란다를 확장할 것 정도였다. 그러다 천장을 확 뜯고 싶어졌다. 요새 아파트는 층고가 하도 낮아서 벽돌 한 장만 빼면 동 하나를 더 지을 수 있단 말은 진짜 같았다. 사람들은 왜 집을 넓혀가는 데는 돈을 들이면서 위를 높임으로써 공간을 추가하는 데는 관심이 없을까.

천장을 뜯는다는 명제는 논리적인 지원을 받으며 당연한 수순이 되었다. 그런데 어디까지? 친구는 안방 천장까지 뜯어야 할지 말지를 고민했다.

"형. 그런데 어머니처럼 연세 있는 분들은 노출 천장을 싫어하시지 않을까요?"

"아냐. 지금 망설이면 나중에 후회할 것 같아."

멀쩡한 천장을 뜯는다니, 엄마가 어떤 반응을 보일지는 안 봐도 3D였다. 나는 공사 중에는 절대로 집에 오지 말라고 단단히 당부드렸다.

그런데, 공사 첫날부터 사단이 났다. 엄마의 아연실색한 목소리가 전화기를 울렸다.

월요일, 간부회의 직후였다.

"야야, 저 사람들이 천장을 막 뜯는다!"

이게 엄청난 프로젝트라는 자각에 순간적으로 뼈가 아팠다. 하지만 회사 안이라 수화기를 손으로 막곤 압축된 짜증을 냈다.

"그러니까 뭐하러 공사하는 데 가고 그래? 처음에 가면 기분 별로라고 내가 그렇게 말했잖아!"

"냉장고에 넣어둔 옥수수 가지러 왔다, 왜? 그런데 집이 이렇게 난장판이니…… 내가 너 땜에 아주 미치겠다, 그냥!"

엄마의 탄식은 쉽게 꺼지지 않았다. 집을 재단장함으로써 우리의 새날을 기념하리라는 생각은 애초부터 그릇된 이분법이었다.

"놀랄 거 없어, 엄마. 처음엔 다 그러다 집이 예뻐지는 거야."

전화를 금방 끊고는 친구에게 바로 전화를 했다.

"엄마가 기절하셨어. 네가 보기엔 어때? 천장 뜯은 거 진짜 잘한 것 같아?"

"네, 형. 좋아요. 천장이 한 35센티미터 높아질 것 같아요."

나는 천장이 높아 거룩한 성당을 상상했다. 그 성당이 우리 집이라니. 혼자 전율할 때, 문득 외로워졌다.

그런데 결정적인 문제가 잠복해 있었다. 전기 배선만 가로지르던 옛날 집들과는 달리 요즘 집의 천장엔 전선 말고도 시스템 에어컨, 스프링클러, 환기 시스템이 가로지르고 있었다. 막상 천장을 뜯으니 배선이며 관들이 고목 뿌리처럼 얽히고설켜 가끔 오싹하기까지 했다. 결국 모든 전선을 한군데로 모아 가지런히 정리한 다음 흰 페인트를 듬뿍 칠했다. 그러나 부정형의 마무리는 눈 안으로 들어온 커다란 씨앗처럼 눈을 깜빡할 때마다 마음에 걸렸다. 그러나 돌이키기엔 일이 너무나 커져 있었다.

· ·

힘겨운 시공, 변덕, 무기력이 꼬리를 물기 시작했다. 상상으로 얽힌 대뇌의 도발을 시각화하는 일은 처음부터 무리인 것 같았다. 공사가 한 달로 치닫는 와중에도 엄마는 매일 꿋꿋하게 집에 들러선 굳이 기절하셨다. 하지만 그 전쟁 중에도 알 수 없는 형상이 윤곽을 갖추기 시작했다.

벽지를 뜯어낸 다음 표면을 글라인더로 갈아내고 그 위에 흰색 페인트를 뿌렸더니, 세상에 이렇게 드라마틱하면서도 간결한 미술관이 없었다. 방문을 뚫어 불투명한 간유리를 댔더니 얇은 공기층으로부터 공간이 추가되고, 일본 진료소 같은 유리 바깥으로부터 바람이 불어와 개방성이 넘실댔다. 즉, 유리창이라는 완충물을 통해 엄마를 새롭게 들여다볼 수 있게 되었다.

서재의 세 벽면엔 두꺼운 회색 무늬 나무로 책장을 짰더니, 꼭 영국식 대형 도서관의 분점 같았다. 갑갑한 색으로 마감돼 있던 신발장과 싱크대 찬장 문을 거울로 바꿨더니, 치약처럼 개운한 기운이 뽀드득 소리를 냈다. 베란다와 면한 내 방 창문 옆에 거울을 단 큰 옷장을 짜 넣었더니, 내 어깨가 훈장을 단 듯 저절로 표표해졌다.

그럼에도 불구하고 제정신이 박혔다면, 이 모든 것이 그야말로 효과적인 공간 재배치가 아니라 덮어놓고 무모한 작업일 터였다.

이윽고 공사가 끝났다. 아직 가구 몇 개가 채워지지 않았지만, 집은 현대적 실내의 진정한 비전을 담고 있었다. 정신 사나운 천장으로 눈을 돌리지 않는다면…….

내 방에서 제일 중요한 것은 침대를 놓는 위치였다. 침대에 관한 탐구는 안식처에 관한 조사이며, 장소란 다른 사람에게 "난 나만의 공간이 좀 필요해"라고 할 때의 어떤 막연함을 뜻한다. 막연함은 생존을 돕는 감정.

내 방 침대는 작은 요트만 했다. 하지만 나는 이미 발이 너무 커 침대에 들어가지 않는 성인 남자. 내 공간을 채운 침대에 인테리어 잡지에서처럼 쿠션을 잔뜩 쌓고 누웠다. 이 음울한 매트리스 위에서, 박제된 아톰의 슬픈 시선을 받으며, 앞으로 벌어질 일을 고민하면서.

엄마는 탐탁지 않은 기색을 노골적으로 드러냈다. 친척들이며 엄마 친구들이 우리 집에 와 천장을 바라보며 "카페에서야 저런 천장을 많이 봤지만 집에서 저러니 이상하다." "무슨 집이 이래? 공장이야?" "비싼 집 망쳤네." 이런 소리를 해대는 통에 엄마의 스트레스는 나날이 커져만 갔다. 내가 눈치를 보며 "집 맘에 들어?" 그러면 "그래 맘에 든다, 천장만 빼고." "그래 이쁘다, 하나만 빼고." ……엄마는, 용서할 수 없었다.

..

엄마에게 예쁜 집을 해드려야겠다는 명분을 핑계로 심미안의 모든 기준을 나에게만 맞춘 집은, 안락한 영감의 원천이어야 한다는 강령을 잃어버리고 다종다양한 갈등만 드러냈다. 결국 이기심으로 착란된 천장을 덮기로 마음먹었다. 단, 노출된 면은 그대로 두고 정신없는 선들만 반듯하게 덮기로 했다. 마침 엄마가 친정에 가시게 돼 천우신조의 3일이 마련되어 있었다.

그 일을, 매일 공사현장에 나와 시간과 감각을 바쳤는데도 칭찬 한 번 못 듣고 덧없이 기진맥진해진 친구에게 맡길 수는 없었다. 나는 다른 명철한 디자이너에게 단순한 요구를 전했다. 엄마가 안 계신 3일 동안 공사를 끝낼 것, 공사가 잘못되어서가 아니라 처음부터 건축가의 의도인 듯 천연덕스럽고 자연스러워 보일 것, 그래서 낯설지만 우연이 준 아름다움을 알게 해줄 것……. 때로 어떤 이질성은 자부심으로 변환되기도 하는 법이다.

공사는, 높은 데는 높게, 원래대로 낮아진 부분은 그렇게, 모든 면이 명확한 사각으로 그어진 채 끝났다. 반듯한 선과 면으로 마감된 천장은 바우하우스 시절의 주택처럼 차라리 직관적이고 구조적으로 보였다.

친정에서 돌아온 엄마는 현관에 들어서자마자 천장으로 눈을 주었다. 나는 서둘러 설레발을 쳤다.

"깜짝 놀랐지? 내가 이렇게 천장을 덮을 줄 몰랐지? 어때? 끝내주지? 기적 같지? 보시기엔 어때? 바우하우스 같지 않아?"

엄마는 아무 표정 없이 소파에 털썩 주저앉았다.

"난 다 그렇고 그래 보인다. 근데 넌 집에 있어도 그렇게 손을 안 놀리니? 청소 좀 해라, 청소 좀. 아무리 사내새끼라도 그렇지."

다음 날부터 엄마의 사물들이 완성된 집 안을 채우기 시작했다. 당장 열 개가 넘는 화분이 거실을 둘렀다. 나는 황급히 엄마를 제지했다.

"건축가가 백날 멋지게 집을 지어도 우리나라에선 말짱 황이래. 당장 간판이 건물을 쫙 뒤덮는데 건축가의 의도, 이런 게 무슨 소용이겠어? 난 이 집에 식물은 딱 두 개만 있어도 좋다고 봐. 저러면 벽을 하얗게 칠해봤자 다 헛수고라고. 거실 커튼도 친구들이 천을 사서 염색까지 해준 건데 다 가리고 있잖아. 화분 모양도 제각각이고. 난 진짜 정신없어 죽겠어."

엄마는 금순이보다 더 굳세었다.

"난 이게 좋다! 거실에 종일 앉아 있어도 코도 안 막히고 목도 안 답답해. 그게 다 저 화초들 덕분이라더라."

그건 더 이상 나의 만행을 참아줄 수 없는 엄마의 국경이었겠지.

매일 밤, 천장에선 후회의 유령이 흐느꼈다. 괜히 고쳤다고. 네가 아무리 용을 써봤자 소용없다고.

털게의
속살

슬픈 일이 있을 땐 모든 것이 달라졌다. 엄마는 언제나
아무것도 변하지 않은 것처럼 행동했다. 엄마는 나처럼 고개를 숙이
고 술의 장막 뒤에 숨지 않았다. 술은 얼마나 손쉽고 또 배부른 선택
인가. 그러나 엄마는 술 마신 후에 따라다니는 기만과 허튼소리, 양
털처럼 부풀어 오르는 자기 연민과 애착을 혐오했다.

엄마는 술 마신 나를 볼 때마다 비국교도非國教徒처럼 핍박했다. 그
때마다 업혀 들어오지도 않고 토하지도 않는데 무슨 상관이냐고 항
변했지만, 그래봤자 하루에 담배 반 갑만 피우면 몸에 해롭지 않다고
주장하는 골초와 다를 게 없었다. 하지만 어른들은 말했다. 네가 크
면 네 입은 너 스스로 책임져야 한다. 그런데 성인의 삶은 술을 좋아
하면서 시작되는 것 아닌가?

나도 세상에 관한 대부분의 것을 술로 배웠다. 포르노그래피에 미쳐 있는 중학생 아이처럼 술에 미쳤다. 술은 죽고 못 사는 밥 정도가 아니라 신성한 의식 속에서 취해야 하는 음식이었다.

결국 나는 창의적인 사람도 아닌데 자기기만이나 알코올 같은 문제가 뒤따랐다. 내가 만든, 말도 못할 만큼 병신 같은 규율로 실핏줄까지 터지도록 애통해하며 술을 찾으면서도 누군가 술 마시고 나에게 전화하는 것도 싫고, 자신을 들큰한 어휘로 기만하는 서 푼짜리 절망에도 가혹했다. 내가 그런 적이 없었다는 것만이 그들을 받아들이지 않는 나의 정당성이었다.

. .

시간은 신의 제단에서 천천히 떨어지는 잿가루 같았다. 추석이 지난 어느 날, 박정자 그녀의 전화를 받았다.

"강릉의 한 박물관장님이 털게를 보내셨어. 그래서 너한테 한 마리 주려고."

"털 난 게도 있어요?"

"한 마리는 오빠 주고, 또 한 마리는 언니 주고, 또 한 마리는 널 주려고."

난 셀린이니 로얄 코펜하겐이니 하는 브랜드나 감별할 줄 알았지, 정작 삶의 근원이 될 만한 상식, 관조와 역설의 양을 정확한 배합으로 섞는 통찰, 상관없어 보이는 원리들을 논리적으로 연결하는 지혜에는 통 젬병이었다. 나의 감각은 피상성만으로 세상을 보기 위해 열렸을 뿐이었다. 먹는 것도 그랬다. 누가 밥상을 차려주면 뚫린 입으로 위하수증 걸리도록 먹어댈 줄만 알았지, 나물 하나 제대로 구별하지 못했다.

"오늘 안으로 서둘러 먹어야 돼. 그래야 상하지 않고 더 맛있어."

즐겁게 쫓기듯 그녀가 말했다.

차를 몰고 이화동 로터리 골목 어딘가, 그녀가 지정해준 택시 정류장 옆에서 우회전하다 말고 차를 세웠다. 디킨슨의 유령처럼 엄격하고 도전적인 포즈로 불쑥 그녀가 나타났다. 차 문을 열고 내리려는데 그녀가 손을 저었다.

"내리지 말고 빨리 가. 조금이라도 신선할 때 먹어."

쇼핑백은 게 한 마리라기에는 지나치게 묵직했다.

롤러코스터 같은 격렬함과, 이상한 동지애와, 굵은 바늘을 혈관으로 주입하는 듯한 직접적 위안 속에서 딱풀처럼 붙어 다닌 세월은, 맛있는 것이 있을 때 성모마리아처럼 발현하곤 했다. 셰익스피어의 소네트는 인간의 사랑만큼 복잡하고 뒤얽혀 있는 것이 없다고 호소하지만, 우리 사이는 생각도 못했던 털게를 선물할 만큼 예외적이었다.

그녀가 시키는 대로 서둘러 차를 몰았다. 빨리 엄마에게 보여주고 싶어서 명치가 아팠다. 삶의 언저리가 아닌 중심에 엄마가 살고 있는 집으로 간다고 생각하니 기쁨이 나무즙처럼 스며 나왔다. 나는 변함없이 낮을 보내고 변함없이 밤을 맞는 엄마에게 전화했다.

"나, 지금 엄청 맛있는 거 집에 가지고 간다? 몰라, 아직 말 안 해. 미고 빵집 빵보다 더 맛있는 거라니까? 우리 집 가는 입구에 있는 빵

집 있잖아. 맨날 거기 꺼 사줄 땐 맛있다 그래놓고."

　나는 자기의 모든 것이 제 부모의 만족이나 실망에 매달려 있는 부류가 아니다. 즉, 엄마의 슬픔과 고통을 분담하지 않았다. 그래서 엄마는 중세 교회의 기둥에 새겨진 고통받는 무리처럼 살았다. 내가 밖에서 누리는 것들과 균형을 맞출 수도 없었다. 좋은 음식을 먹을 때마다 엄마는 내 목 근처 어딘가에 매달려 있을 뿐이었다.

　엄마가 모르는 시공에서 생성된 음식, 음식이 주는 삶의 이미지는 또 그렇게 기름 엿처럼 충만하건만, 그 모든 걸 언제나 나만 누렸다. 엄마를 위한 식단은 언제나 '다음에'라는 공허한 품사 속에서 차려져 있을 뿐이었다. 그래서 이따금 별식을 사 들고 집에 가면 엄마는 입맛에 맞건 아니건 반색하기 바빴다. 어떤 때는 아깝다고 드라이플라워까지 먹을까봐 겁이 났다.

　··

　길은 막혔다. 라디오 어느 채널에선가 "우리는 다섯 가지 기본 욕구를 가지고 있습니다. 애정과 소속감에 대한 욕구, 자신이 중요한 사람이라고 느끼고 싶은 욕구, 즐겁게 살고 싶은 욕구, 자유에 대한 욕구, 생존에 대한 욕구가 그것입니다"라는 음성이 들렸다. 나는 스스로 중요한 사람이라고 느끼고 싶은 욕구만 빼면 나머지는 얼추 충족되었다고 굳이 나를 속여가면서 1분에 2미터만 달리는 게으른 도로를 용서했다.

　서소문을 벗어나자 줄 없는 테니스 라켓처럼 도로가 뻥 뚫렸다. 내 자동차가 정지한 듯 기어오는 반대 차선의 행렬을 무시하며 지나칠 때 내가 남의 불행을 기뻐하는 사람이라는 의구심이 들었다. 하지만 죄책감은 다음에 갚을 일.

현관문이 열리자마자 끈도 풀지 않고 구두를 벗었다. 엄마는 엎드려 『이사야서』를 읽고 있었다. 엄마가, 활동적인 삶에 참여하지 못하는 채로 노골적으로 무기력한 여자가 아닌 건 천만다행이었다.

나는 빨리 엄마를 식탁에 앉으라고 재촉했다. 언제나처럼 놀람 없이 무감각한 엄마의 기질은 낙천적인 아일랜드인과 닮아 있었다. 그런 여자가 어떻게 삶의 작은 충돌을 원자 하나까지 느끼는 나 같은 자식을 낳았을까.

나는 수많은 영혼을 거느린 목자처럼 관대한 축복의 제스처로 포장을 열었다. 포장 안에는 털게 두 마리가 털 북실한 러시아 남자의 다리를 펼치고 있었다. 그야말로 에일리언 사촌 같은 형상에, 오동잎 크기의 스펙터클!

나는 봄기운이 살짝 끼치다 만 얼굴로 엄마에게 물었다.

"보니까 어때……?"

"으음…… 좋은 거네……."

"이거 먹어본 적 있어?"

"옛날에 큰아버지 집에 갔을 때도 쭉 둘러앉아 얼마나 맛있게들 먹었다고."

"그건 영덕게 얘기 아냐?"

"글쎄? 비슷하지 아마? 근데 이거 어디서 났길래?"

"묻지 마. 먹기나 해."

"물 올려?"

"아참, 술이 있어야 하는데."

나는 잊고 있었던 것처럼 술을 찾았다. 내 방이며 냉장고며 선반 위며 뒤지는 족족 소주와 청주와 와인과 맥주가 집혔다. 우리 집은 가난한 중독자들을 위한 술의 광산 같았다.

게가 다 익었다. 엄마는 소스가 될 만한 것을 만들려고 했다. 그러나 오늘만은 정말이지 아무것도 첨가하지 않은, 재료 그대로의 맛을 느끼고 싶었다.

이윽고 커다란 접시에는 어른 손바닥만 한 게가 놓였다. 색깔은 밀도가 촘촘한 스테이크나 메마른 갯벌과 비슷했다. 나는 참선하듯 조용히 게 다리를 들어 가위로 오려냈다. 가장자리가 잘려나간 게 껍질을 펼치자 특대 맛살처럼 두툼한 속살이 가득 차 있었다. 나는 부서지지 않게 어르듯 게살을 포크로 집어 들었다. 엄마 얼굴에도 나처럼 기쁨의 강물이 흘렀다.

나는 게살을 먼저 엄마에게 공양했다. 엄마는 고개를 저으며 입에 넣었다. 나도 엄마가 주는 게살을 도리질 치며 받아먹었다. 표준적인 별일 없는 삶이었는데 정원의 장미가 갑자기 나에게 인사하는 것 같은 경이로운 맛이었다.

"엄마, 진짜 맛있지, 그지?"

내 입에서 설탕에 조린 듯한 말투가 났다.

"응."

"나, 털게 태어나서 평생 처음 먹어본다. 엄마는?"

"나도."

우리는 웃었다. 엄마가 맛있어하니까 더 기뻤다. 나는 씩씩하게 커진 동작으로 더 큰 게 다리 살을 발라냈다. 입술과 혀 빼고 모든 감각이 마비되었다. 화나는 일, 받아야 할 선물, 아직 못 받은 사과謝過, 여전히 부산항에 머물고 있는 내 새 차, 원고 마감, 길 잃은 기러기 같은 장래의 근심은 사라지고, 세상에는 오직 엄마와 나와 게살뿐인 것 같았다. 결국 게가 다족류라는 것만 한 행복도 없었다.

다급히 나는 엄마에게 강한 주의를 주었다.

"엄마! 게살 흘리지 마! 한 세그먼트도 흘리면 안 돼."

10년 전의 LA 말리부 해안, 클린트 이스트우드의 단골 레스토랑에서 박정자 그녀와 먹던, 팔뚝질하기 좋게 두툼한 랍스타도 내 미뢰에 맺혀 있지만, 굳이 상기해봐도 지금 털게 맛에 견주진 못할 터였다.

이럴 때 곁들이는 술이야말로 더할 나위 없는 음식이었다. 노아 시대의 누룩으로 띄운 가장 원시적인 알코올이라고 해도.

..

우리는 먼저 와인을 건배했다. 혀에서 눈송이가 바로 녹아버리듯 신음이 흘렀다. 엄마는 조금씩 너그럽게 한 번에 다 마셨다. 술이 들어가자 모든 시름이 유리창의 빗물처럼 닦이기 시작했다.

와인이 떨어지자 다시 청주를 따랐다. 이번에도 엄마는 나처럼 한 번에 잔을 비웠다. 그때마다 바다가 내는 소리가 났다. 엄마가 이렇게 술을 많이 마시는 건 처음 보았다. 엄마 얼굴은 잘 익은 토마토처럼 변했다. 공상과학영화에 나오는 에너지장보다도 붉은 빛깔이었다.

술을 마시는 방법은, 작은 술잔으로 내가 누구인지를 검열하는 것과 같다. 남들과 다르고 싶다는 마음의 요구야말로 술을 마시고 싶은 욕구와 비슷하니까. 그런데 갑자기 애원이 섞인 것 같은 마음이 밀려왔다. 나는 엄마가 행복해하는 모습을 더 많이 축적하고 싶었다. 슬퍼하는 모습은 많이 봤으니 더 필요하지 않았다. 하지만 왜 엄마의 즐거운 얼굴엔 얼룩이 지워지지 않는 걸까. 왜 엄마가 마신 술은 벽에 걸린 그림처럼 근심과 기쁨을 함께 보여주는 걸까. 고독의 진부한 절대성이란 이미 내가 아는 것. 모든 것이 보이지 않는 카메라의 초점 속에서 클로즈업 된 듯 명료해지기 시작했다.

나는 거만하게 무장한 게의 뚜껑을 열었다. 양털 같고 국화 같은 흰 속살이 빽빽이 차 있었다. 아, 하고 우리는 처음 단풍 구경 간 사람처럼 소리를 질렀다.

취하고 나서도 그 미진함이 불만스럽다는 듯이 마침내 엄마는 소주까지 땄다. 나는 일생, 소주의 비웃는 듯 오만한 쓴맛을 감당할 수 없었다. 남들이 모든 곤경을 무시하듯 입속으로 소주를 털어 넣을 때, 나는 화학적으로 융합된 물의 입방체를 완상할 뿐이었다. 하지만 한 잔 소주에 순진하게 찡그리는 내 앞에서 엄마는 쓸어버리듯이 잔을 비웠다. 어떤 순간, 음식을 씹듯 술을 홀짝홀짝 마시는 옥스퍼드식의 단정함이란 아무 소용없는 것. 장 뤼크 고다르의 표현대로라면 "그녀는 시작과 중간과 끝이 있다고 믿는 사람이다. 하지만 늘 그 순

서대로인 것은 아니다"일 것이다. 그러므로 내 식으로라면 "세상에, 엄마가!"가 옳을 것이다.

"와! 엄마, 술꾼이네."

"난 이런 것보다 더 찡한 것 마시고 싶어. 머릿속이 찌르르한 것 말이야."

"그럼 맥주 마실까?"

"아니, 맥주는 싫고."

나는 눈사람처럼 얹힌 맥주 거품을 좋아하지만, 엄마에게 맥주는 술 축에도 못 끼는 그저 노란 빛깔의 소다수일 뿐이었다.

    ..

모든 술을 다 비웠다. 오전 2시 반. 시간은 장화를 신고 부드럽게 어둠의 보도 위를 미끄러져 갔다.

"치우자, 그만."

게를 맥주와 먹으면 이상하게 다음 날, 컴퍼스로 둥글게 그린 원처럼 얼굴이 부풀지 않는다. 그럼 나는 달 타령을 부르지 않아도 되는 아침을 기뻐하며 일터로 나가는 것이다. 오늘 밤엔 어제 읽다 만 『잔혹』을 마저 읽어야지.

"내가 도와줄까?"

"됐어."

술병과 털게의 잔해로 은성한 식탁은, 폐기물로 치워버리기엔 너무 많은 추억을 간직하고 있었다.

의자에서 일어나던 엄마의 몸이 한순간 프리즘을 통과한 빛처럼 굴절되었다.

"하하하, 엄마 취했구나!"

식탁 모서리를 잡고서야 겨우 균형을 찾은 엄마는 상을 치우다가 와인 잔을 바닥에 떨어뜨렸다.

옛날에, 아픈 엄마가 전기 약탕관에 한약을 달이다 말고 찬물을 붓는 바람에 유리에 금이 간 적이 있었다. 망연자실해하는 엄마를 보며, 누군가 스위치를 한 번에 내린 것 같은 캄캄한 마음…….

엄마를 들어 올리려 애쓰며 그때 내가 그랬다. "괜찮아, 괜찮아! 내가 다 사줄게!"

……와인 잔이 바닥에 흩어지는 시간은 어휘 하나를 발음하기도 전에 낱말의 기원부터 생성까지 헤아릴 수 있을 만큼 분해되었다. 나는 톤을 높여 엄마를 응원했다.

"엄마, 더 깨뜨려! 막 깨뜨려! 우리 집에 컵 많아!"

엄마는 눈에 멍이 든 소녀 같았다. 누락은 우리의 심각한 일상. 깨진 잔을 쓸어 담다가 손가락을 찔렸다. 술에 취해도 통증은 생명에 관한 어떤 일보다 민감했다.

내 방에 와 게의 미련이 남은 입술을 핥으며 거의 음란한 취향으로 『잔혹』을 읽기 시작했다. 자디잔 글씨는 눈에 들어오지 않았다.

나는 곧 이탈리아의 전차 사진 아래 기대 앉아 「The Way We Were」를 부르기 시작했다.

그때는 모든 게 그렇게 간단했었나

아니면 시간이 흘러 그런 것인가

우리가 다시 시작할 수 있는 기회가 주어진다면

우린 다시 시작할 수 있을까?

추억은 아름다워

기억하기 고통스러운 건

잊어야 해

가사가 목구멍 저편으로 넘어가다 말고 '다시 시작할 수 있는 기회' 앞에서 딱 걸렸다. 인생에 그런 게 있을까? 이 순간은 이 순간일 뿐. 백만 개의 참회로도 지나간 건 끝난 거야. 내가 틀렸다면 말을 다시 배워야겠지.

위성방송에선 엘튼 존과 스팅이 성당 제단에 서서 무반주로 「여호와는 나의 목자시니」를 합창하고 있었다. 베르사체의 장례식이었다.

..

베란다로 나왔다. 세상은 검은 어항 속에 잠겨 있었다. 빗방울의 단조로운 중얼거림 속에는 어딘지 정신적인 성분이 깃들어 있었다. 화분의 들국화가 외등 아래 반짝거렸다. 꽃의 가장자리는 불확실해 보였다.

안방 문을 살짝 열었다. 외등의 희미한 빛이 투광기로 쏟아져 나왔다. 엄마 방은 어떤 적막 때문에 더 넓어 보였다.

"자?"

엄마는 자고 있었다. 공간은 시간 속에서 아주 쉽게 망각을 불러왔다. 다 이해할 수 있게 잔인하면서도, 하나도 알 수 없게 온화한 감촉으로.

"잘 자…….."

나는 엄마 얼굴을 쓰다듬었다. 회사에서 전화로 꽁치를 부탁하면, 그날 저녁 식탁에 꽁치를 내놓으면서 "네가 해달라고 하면 내가 왜 이렇게 하는지 나도 모르겠다" 푸념하던 엄마, 광주민주화운동 때 미국 대사관 앞에서 시위만 하던 어머니들을 이해하지 못하고, "나 같으면 저렇게 안 해. 폭탄을 던져버리지" 하던 엄마, 구두점 없이 이어진 일상 속에서 하찮은 위로를 견디지 못해 술을 마신 엄마, 모든 선이 집중되는 나의 소실점인 엄마. 하지만 나는 엄마와 나 사이가 오래 입은 옷처럼 실이 보이다 느닷없이 찢겨질까 늘 무서웠지…….

내 방으로 가면서 어제의 일기 같은 엄마의 얼굴을 다시 쳐다보았다. 그 얼굴은 내 영혼에 뿌리를 내렸다.

성교육

·· 집에 둘이 있을 때 우리는 은으로 만든 껍질 속에 파묻

혀 있다. 곧 엄마와 나를 위한 궁형이 생기고, 그 아래에서 둘만을 위한 식사를 한다. 그러나 안도감 속에서도 소동은 그치지 않는다. 세상이 늘 편안하고 보드라운 공간일 거라고 여기던 태아가 언제 이렇게 가임인구가 되어버린 걸까.

날이 어둑해질 때, 횡단보도에서 결박하듯 키스하는 남과 여, 청바지 뒷주머니에 한 손을 끼운 채 실룩대는 궁둥이, 보도에 넘실대는 호르몬이 사적 영역인지 공중도덕의 문제인지 헷갈릴 때마다 엄마의 입술은 십자가에 못 박힌 듯 굳게 닫혔다. 그때마다 나는 생략된 소리가 무엇일지 상상했다. 그건 아마 "음……" 이런 소리일 것이다. 옛날 텔레비전이 지직거리는 듯한.

그러나 엄마의 도덕률은 곧 눈썹을 찌푸렸다.

"온당치 않아!"

눈앞에 펼쳐진 어떤 성징性徵도 우리가 함께 있는 가혹한 금지의 땅을 누그러뜨리지 못했다. 잠 속에서, 인식한다 해도 꿈의 변칙성과 모순을 조화시키지 못하는 것처럼, 모든 성적인 사인은 우리에게 늘 괴상하게 불편한 감각을 주었다. 어렸을 때도 마찬가지였다.

그때도 세상엔 시간이 있고 요일이 있어서, 열일곱 살의 나는 교회에 다니고 있었다. 우리가 어렸을 때는 생각하는 것이 어린아이와 같고 말하는 것이 어린아이와 같다가 장성한 사람이 되어 어린아이의 일을 버렸다는 고린도 전서 13장이 나만의 잠언이던, 검은 나비의 「당신은 몰라」와 장은숙의 「당신의 첫사랑」을 좋아하던 그때, 은행 껍질처럼 눈꺼풀이 얇은 '교회 누나'는 나에게 그녀가 입던 아이보리색 면바지를 선물했다. 허리 지퍼 빼곤 여성적인 흔적이 없는 바지의 왜곡된 형상을 보았을 때, 온몸의 혈액이 폭포처럼 귀 쪽으로 몰리고, 구부러진 손톱은 꽉 쥐어져 있었다.

남태평양의 난류가 얼어붙은 가로수를 일깨우던 날, 엄마가 눈썹을 추켜올리며 물었다.

"그거, 어디서 난 거니?"

나는 그 질문이 어떤 결과를 가져올지 겁을 내며 대답을 늦추었다.

"……누가 줬어."

"그거, 여자 바지지?"

엄마의 다정함은 온데간데없었다.

"어딜 봐서 여자 거 같아?"

"난 눈이 없니? 너만 눈 있어?"

"……응…….."

"귀신을 속여라."

"남자도 입을 수 있지 뭐. 엄마는 이게 뭐가 어떻다고……?"

나는 그 바지를 입은 내가 식물 대궁처럼 날씬해 보인다는 것만 중요했다. 그때, 버섯이 거꾸로 선 것 같은 엄마 몸에 X등급의 대사가 얼룩졌다.

"너…… 여자…… 멘스 하는 거 알지?"

그때 나는 남자의 본능적인 동요를 몰랐다. 욕구의 핏물이 질척대는 것도, 습한 쾌락의 전염력도 몰랐다. 다만 엄마가 날 괜찮은 아이로 길렀다고 믿게 하고 싶었다.

"엄마가 지금 말했잖아! 난 몰랐는데!"

도덕적으로 구는 십 대보다 더 심각한 일이 무엇일까. 하지만 그건 괜히 보수적인 엄마에게 벌을 주는 효과적인 방법 같았다. 실은 나는, 동네 야구시합을 하는 소년의 정직으로 무장한 엄마 앞에서, 어린 포주 같은 교활을 감추고 있었다.

밖에 놀러 나갔다 들어오니, 가위로 오려져 자투리 천으로도 쓸 수 없게 된 바지 조각이 천지에 뒹굴었다. 웃을 수 없는 농담처럼…….

그 바지는 유아용 침대 난간에 부딪쳐 생긴 자국처럼 2차 성징의 한가운데서 한동안 사라지지 않았다. 그리고 그때 추방된 아들은 전통적인 성인의 가치 시스템으로부터 영영 도망치고 말았다.

..

성적인 망각의 시간을 보내는 동안 나는 더 순결해졌고, 더 행복해했고, 더 숨었다. 그러니까 시간은 새로운 경험을 하도록 나를 품위 있게 이끌지 않았다. 그게 비극적일 만큼 시작이 늦었던 남자에게 적합한 텍스트란 말인가. 일반적으로 수용되는 정의와 그렇게 멀어진 게 옳았을까. 그런 폐쇄는 삶의 어떤 부분에 대한 나의 친근한 개방성과 너무나 대조되었다.

텔레비전에 야한 장면들이 잡힐 때 장성한 아들과 홀어머니 사이의 팬터마임은 더 기묘해졌다. 늦은 밤, 채널을 돌리다 국수를 비벼대듯 입술을 교환 중인 성숙남녀를 볼 때, 홈쇼핑 채널의 속옷 광고나 컬렉션을 볼 때, 리모컨을 누르는 내 손가락은 잠시 지향을 잃고 비틀거렸다. 그때마다 의뭉스럽게 무구한 척해야 할지, 다 알고 있다는 듯 주춤거릴지 도대체 오리무중. 엄마는 그의 장성한 아들이 현대사회의 도덕이나 성적 단계에 유연하게 대처하길 바라겠지만, 그렇게 하도록 지금까지 훈육해왔지만, 그런 순간이 오면 이성적으로 속을 가라앉히고 태연한 척해도 그저 난감할 따름이었다. 퇴폐의 감미로운 죄의식 따윈 있지도 않았다. 나는 기술적으로 상식이 풍부하고 성적으로 세련된 사람들과는 한참 멀었기 때문에.

문제는 속도. 그 순간 민첩하게 채널을 돌리는 것으로 민망함을 들키고 싶지 않고, 세월아 네월아 가지를 말아라, 느릿느릿 리모컨을 누르는 것으로 화면에 집적댄다는 오해를 받고 싶지도 않지만, 다른 채널을 넘길 때와 정확히 같은 속도가 아니라면 어떤 경우에도 수치

심 있는 사람이 응당 보이는 반응대로 따를 수 없다.

　그런데 우리는 「내셔널 지오그래픽」 같은 자연과학 프로그램을 좋아했다. 거기엔 하필 동물들의 교미 의식이 자주 등장했다. 어느 날 같이 피스타치오를 까먹고 있는데, 아차 하는 사이에 남자 코끼리가 뒤에서 여자 코끼리를 덮쳤다. 내 입에선 부정적인 탄성이 터졌지만, 소리가 되어 나와주진 않았다(페미니스트의 수사로는 못마땅하겠지만, 어쨌든 누군가를 뒤에서 덮치는 건 꼭 수컷인 것을).

　동물들의 일이라 수코끼리가 암코끼리 뒤에서 그레코로만형 레슬링을 하듯 꿈지럭대는 게 어떤 수작이라는 걸 결코 눈치채지 못했다. 나는 아둔한 나를 청부폭력 하는 대신 그 장면이 제발 빨리 바뀌기를, 그 화면을 우리가 사는 혹성 밖으로 쫓아내주기를 마더 테레사에게 간구했다.

　베드신은 오뉴월 수캐 비뇨기처럼 한없이 늘어졌다. 나는 옆에서 함께 민망해할 엄마 때문에 춘향이 목에 칼 찬 듯 고개도 못 돌리고 있었다. 묽은 죽이 식탁보를 온통 적시는데도 꼼짝달싹 못하는 기분이 꼭 내 잘못만은 아니었다. 진공 같은 침묵을 못 참고 엄마가 먼저 말을 꺼냈다.

　"야, 수코끼리 덩치가 아주 크구나……."

　엄마 말 그대로였다. 그렇다고 "진짜 그러네"라고 냉큼 긍정하는 것도 우세스러웠다. 모든 문제는 타이밍. 대꾸가 없자 엄마는 한마디를 더 보탰다.

　"야, 저 암코끼리 되게 무겁겠다."

달려야
산다

‥   아침에 엄마가 말했다.

"베란다 문 좀 열어."

"더워?"

"탁한 것 같아."

베란다에 나간 김에 체중을 재보았다. 어제보다 베인 듯 살이 줄어들었다.

"우와! 나 홀쭉해졌어. 2킬로나 빠졌어!"

"2킬로? 그거 밥 한 번 먹으면 다시 올라가. 너처럼 러닝머신 위에서 5분도 못 달리는 애들은 쪼끔 빼봤자 다 헛거야."

엄마는 핀잔을 곁들이곤 큐비스트의 작품 같은 실루엣으로 트레드밀 위에 올라갔다. 엄마의 몸무게는 두 달 사이에 7킬로그램이나 줄었다. 일주일에 두세 번, 밤의 센트럴파크를 달리면 수명이 영원히 늘어날 거라고 믿었던 미국 친구가 있었지.

..

아무도 없는 도시에 갇힌 기분일 때, 결국은 고속도로 톨게이트처럼 혼란스러울 때, 그땐 달려야 한다. 하지만 이젠 마라톤은커녕 아파트 단지를 달리는 것도, 북극해는커녕 수영장 한 바퀴 도는 것도 할 수 없다. 체지방이 전신을 휘감는 한 어떤 깨달음 어떤 칙령으로도 나를 바꿀 수 없다. 꼭 다른 문에 들어선 것처럼 예전과 달라졌기 때문에.

그렇다면 열여섯 살 때 새벽 5시에 일어나 6개월 동안 신문을 돌리던 내가 정말 나였을까? 스무 살부터 스물여덟 살까지 하루도 빼놓지 않고 일기를 쓰던 사람이 나 맞을까? 출근 시간에 늦지 않기 위해 실성한 듯 달려가 지하철을 타던 나, 땀에 젖은 머리칼로 숨을 몰아쉬던 그때의 나는 누구였을까?

어렸을 때, 나는 달렸다. 만국기가 하늘에 여러 개 금을 긋는 운동회 날, 트랙 가운데 덫이 된 가마니를 통과하는 달리기 경주가 있었다. 하얀 반팔 옷과 반바지를 입고, 나는 같은 대열에서 제일 먼저 에어백처럼 튀어나왔다. 60미터쯤 달려 가마니에 다리부터 집어넣고 1초 만에 빠져나올 때, 나는 악어 입으로 빨려 들어갔다가 튕겨진 가젤쯤 되었다. 순간 초목까지 나에게 경탄한다는 느낌이 들었다. 나는 가마니를 통과하는 데 한 달이 걸리는 애들을 비웃으며 달리기 일등이라는 화관을 썼다. 열일곱 살 때까지는, 운동장에서 포효하며 달리는 나를 누구도 제지하지 못했다.

『지큐 코리아』를 창간하고 기진맥진해 있을 때 콘데나스트 사에서 온 제임스 울 하우스가 그랬다.

"미스터 리. 인생은 마라톤이야. 그렇게 빨리 소모하면 안 돼. 길게 내다봐야 해."

그 마르고 우아한 남자가 하는 소리는 왜 그렇게 상투적이면서도 절실했을까? 누구라도 인생은 달리기라고 말할 수 있겠지. 하지만 달리는 것은 단지 땅을 빨리 좁혀가는 게 아닌, 뻔하고도 예리한 은유로 차 있었다.

얼마 전부터 밤이 오면 운동화를 꺼냈다. 달리는 건, 움직이며 땅에 머무는 것. 하지만 사람은 땅을 밟으면 쿵쿵 울리도록 만들어졌다. 복도를 지나 갑자기 나타나는 널찍한 공간처럼, 달리면 특별한 장소가 나타났다. 처음 가보는 동네를 달리는 건 모든 게 세팅된 피아노가 있는 바에 들어간 것과 같았다.

밤에 달릴 땐 절대적 익명성이 느껴졌다. 아파트로 돌아오자 몇 시간 동안 같은 원을 그리며 걷는 사람들이 보였다. 그들이 아는 척 고개를 끄덕이거나 어떤 식으로든 제스처를 할까봐 겁이 났다. 모든 사람은 서로의 레이더를 갖고 있으므로.

주차장 옆으로 마스크를 쓰고 목도리를 두른 엄마가 걷고 있었다. 여전히 통조림 캔 같은 몸이 나를 보고 다가왔다.

"너 집에 안 들어가고 뭐 해?"

"응, 이제 들어가려고."

"너도 나하고 같이 걸은 거야?"

"아니, 난 벌써 달리고 온걸."

"벌써?"

"아, 힘들어. 엄마는 오늘 운동 다 했어?"

"내가 번개인 줄 아니?"

"어떤 땐 빛보다 더 빠른 것 같아."

"그럼 세상에서 내가 제일 빠른 거네?"

"그렇긴 한데, 요새 빛보다 더 빠른 게 발견됐대. 뉴트리노."

"그것보다 빠른 거 나 안다?"

"뭐?"

"마음……."

엄마 마음은 따라갈 수 없다.

..

더 깊어진 밤, 구질구질한 물고기 같은 입술로 내가 말했다.

"나, 오늘 저 스트라이프 셔츠 좀 다려주지."

"네가 다리는 법 좀 배워."

엄마는 스스로에게 맹약한 건 결코 어기지 않는다. 정직이 주는 호
소력을 알면서도 다시 조르는 마음.

"아, 난 못해. 엄마가 해줘."

"그러길래 네 가지를 찾아."

"가지?"

"네 옆구리에 나뭇잎처럼 가지가 돋아나는 거야."

"왜?"

내 말투가 저절로 눌려졌다.

"빨리 네 반쪽을 찾아서 널 채워. 나이가 그만큼 먹도록 귀찮게 좀 하지 말고."

"그만 좀 해."

"귀가 따갑도록 할 거야, 내가 그냥. 너, 겉이 빤들하다고 그거 믿고 그러는 거지? 사람은 나무하고 같아. 겉만 봐선 나무 나이 모르지? 하지만 잘라보면 그 속에 나이테가 다 있지? 사람도 마찬가지야. 너도 네 속에 나이 다 있어. 그거 믿고 까불지 마, 인마. 술 처먹고 늦게 들어오지 말라고. 너, 부족한 사람 데려와 채워야지, 처음부터 가득 찬 사람이 어디 있니? 넌 다른 사람한테 차는 줄 아니?"

엄마는 모른다. 어떤 일은 생기기도 하고 안 생기기도 하고, 이루어지기도 하고 미완이기도 하다는 걸.

"그리고 너 저번 현이 결혼식 때 만수네 딸내미들, 너 보고 싶다고 다가와 반갑게 인사하는데 어딜 쫄쫄 도망가고 그러니? 육촌이 얼마나 가까운 사인데."

"쑥스러우니 그랬지. 몇 사람이 다 나한테 오니까. 그치만 다음엔 안 그럴게."

"그러면서도 너 주둥이로 조잘조잘 혼자만 떠들더라. 딴 형들 말도 못하게. 다리도 떨고. 요샌 갈수록 미워져. 미운 것만큼 이뻤으면."

"내가 언제? 그렇게 소설을 잘 쓰면서 왜 여태 책 한 권 못 냈어?"

"나 소설 잘 써. 장편 말고 단편!"

"쳇. 근데, 내가 회색 수트는 드라이클리닝 맡기라고 몇 번 말했어?"

"글쎄 세탁소 새끼들이 모기만 한 소리로 세~탁~ 그래서 나가보면 금방 가버리고 없잖아."

뭔가 신랄하게 엇나가면 엄마의 퉁명스러운 입에선 낭자한 언어가 불을 뿜는다. 즉, 대화 중에 수그러드는 엄마란 있을 수 없다.

..

음식은 좋은 글과 같다. 그 자체에 특별한 주의를 기울이지 않아도 먹는다는 사실만으로 충분하다. 그러나 엄마가 해주는 건 달랐다. 조리법은 간드러지지 않지만 재료의 맛을 최대한 존중하는 우직함을 나는 후각을 다해 좋아했다.

오늘의 요리는 고등어조림.

"와, 정말 우리 엄마가 최고야!"

주위 공기가 빨래비누 거품처럼 떠올랐다.

"최고인 줄은 알겠는데 어딘지 아첨 같아."

"아첨이면, 나한테 뭐가 생기는데?"

"생기는 거야 없지만."

엄마 목소리가 갑자기 소문을 옮기는 여자처럼 조심스러워졌다.

"근데, 너 어젯밤 위층에서 시끄러운 소리 나는 거 못 들었니?"

"아니."

"늦게 들어오니 그렇지, 늦게 들어오니까!"

"하던 얘기나 해."

"성주네 집 위층에서 애들이 하도 쿵쾅대니까 성주 엄마가 올라가서 싸웠잖아. 사람들이 나와서 다 쳐다봤어. 쌍년이 시끄럽게 해놓고도 너무 무경우야."

엄마가, 나이프와 포크로 바나나를 잘라 먹는 식의 우아한 용어, 마가린처럼 매끈거리는 발음을 구사하는 부류일 리가! 그러나 일상의 사소한 역설을 조롱하는 경음화된 비속어는 방문 밖에서 들리는 달그락 하는 소리처럼, 그때마다 내가 사는 지구의 기계가 막힘없이 돌아간다고 믿게 만드는 것이다.

상상의
우주

‥   어렸을 때 그리스 신화를 많이 읽었다. 신화는 나의 영역 같았다. 우주를 다룬 책만 골라 읽다 보니 하늘을 볼 땐 신화나 전설, 실패의 역사보다 별의 생성과 소멸, 광채와 스러짐, 차가운 가스와 순수한 찌꺼기가 먼저 보였다. 별보다 훨씬 아름다운 별의 이름도 다 외웠다. 별은 몇 와트로 반짝이는지, 지구와 어느 정도 거리인지, 지금 보는 별보다 가까운 별은 얼마나 되는지, 우주가 얼마나 깊은지…… 밤하늘과 천공의 움직임만이 나의 유일한 사유였다.

하지만 파란 플라스틱과 딱딱한 회색 카드보드와 금속삼각대로 구성된 망원경으로는 상상의 우주를 눈으로 볼 수 없었다. 작고 흐릿한 창으론 긴 카드보드 튜브 밑 작은 거울로 비치는 반짝임만 보였다. 그건 망원경이라기보단 끝없는 흐릿함과 어두움만 보여주는 장식품이었다.

목성은 늘 하늘을 가로지르는 밤길로 다녔다. 모기가 발목을 무는 어느 여름 저녁. 목성은 다른 별보다 그렇게 크지 않았지만, 그 왼쪽으로 늘어선 가느다란 줄은 터널을 걷는 오리새끼 무리 같았다. 처음엔 갈릴레오도 그게 뭔지 몰랐을 것이다. 나는 예순세 개나 되는 목성의 달처럼 1억 5천만 킬로미터 떨어진 저 바깥 궤도를 같이 돌고 싶었다.

천문학적 지식은 그때 이후로 더 나아진 게 없었다. 도플러가 별빛을 내는 데 영향을 준다는 건 알지만 내면 속의 천문학적 재능은 없었다. 하늘은 나의 어떤 좌절을 반증했다. 고도가 높은 쿠스코에서 산소 결핍으로 말라가던 눈에 비친 건 빛을 잃은 하늘이었다. 인간은 우주에서 풀무처럼 불려온 먼지라고 자각할 때면, 엄마 옆에서 하늘을 올려다볼 때 볼을 스치던 수염 같은 찬바람만 떠올랐다.

거리를 줄지어 가는 차의 헤드라이트들이 사라지면 시선은 위쪽으로 향했다. 별들은 먼 도시의 불빛처럼 뭉쳐 있었다. 맥주를 한 모금 마시고 은하수를 바라보면 별은 굉장히 가까워 보였다. 저 별들이 정말 몇 백만 광년 떨어져 있다는 걸 믿어야 할까?

우주선처럼 반짝거리는 별빛은 곧 밖에서 흘러 들어간 빛 때문에 흐려졌다. 서울이 몽골 고원이나 캘리포니아 사막의 밤은 아니었으니, 안개와 조명으로 오염된 하늘은 실수가 많은 나의 불투명한 반영과 같았다.

··

잠원동에서 살던 쌀쌀한 밤, 나는 천장에 야광별과, 로켓과, 번쩍이는 우주의 행성까지 죄다 붙여놓고 외출한 엄마를 기다렸다. 끝없이 긴 별 무리를 볼 때마다 인간이 정말 작다는 것을 깨닫지만, 중요한 건, 서로를 빼고는 진짜 아무것도 아니었다.

현관 벨소리가 들리자마자 불을 껐다. 크리스마스트리 점등식처럼 불이 켜지고, 금가루 같은 별들의 평야가 머리 위에 펼쳐졌다.

엄마는 갑작스럽고 결연한 동작으로 들어와 푸른빛을 띤 눈 덩어리가 다른 행성에서 지구로 떨어지듯 내 옆에 누웠다. 우리는 태양과 가까워지는 궤도의 한 지점에 정지해선 꼼짝하지 않고 천장을 쳐다보았다. 움직임 없어 보이는 혜성이 한 시간에 8만 킬로미터를 움직이듯이, 우리 마음도 상상할 수 없는 속도로 이동하고 있었다.

높고, 텅 비고, 원시적이고, 초현실적인 별은 만질 수 없었지만 바라보는 것만으로도 거의 관능적인 친밀감을 주었다. 나뭇잎이 신비롭게 떨어지는 게 자연의 법칙에 불과하다는 걸 알고 바람 소리를 더이상 신기해하진 않지만, 그래도 가끔 마법이 돌아올 때가 있는 거야. 나머지 세상이 사라진 듯한······.

엄마와 나 사이의 어두운 투명함은 눈을 통과해 먼 별빛을 만졌다. 아직도 공상이 뿌리내릴 수 있는 형광빛 세상, 피곤과 희망이 섞인 날들이 행복해하는 마음 위로 흘러가고 있었다.

다른 날, 불을 끄고 누워 이 골치 아픈 체제 속에서 혈구 수를 세듯 온갖 감정을 헤아려보았다. 천장에 별빛이 반짝거리던 그날의 투명함은 덫이면서 차단막이었다. 가까이 다가오지만 반발하며, 끌어들이는 동시에 쫓아내는. 그때 생각했다. '하늘 아래 새로운 것은 그저 테크놀로지일 뿐이야. 모든 걸 인정하면 공허가 채워질 수 있어. 어떤 몸이든 흡수하고, 포용하며, 그것에 맞추어 자신을 변화시키는 옷감처럼 세상을 유연하게 느낄 수 있어.'

방문이 살짝 열리고 어둠 속에서 "자니……?" 고요한 음성이 물었다. 나는 잠들었으므로 대답하지 않았다. 조용한 움직임이 멎고 천천히 방문이 닫힐 때, 나는 강보에 싸여 "그래도 행복해……"라고 발음했다. 지금은 쾌활한 웃음소리, 부딪치며 쨍그랑대는 유리잔 소리, 실컷 즐기는 사람들의 와자한 소리, 요리가 맛있다는 소리를 듣는 중이라고 생각했다.

내일도 별은 하늘 너머 얼마쯤 혹은 조금 더 먼 우주에서, 또는 우리가 서 있던 곳 위에서 빛날 것이다. 어떤 그리스 물리학자는 이렇게 말했다. "서 있을 수 있는 곳이 정해지기만 한다면 세계를 움직일 수 있다."

내가 괜히 빌딩 꼭대기의 빛처럼 느껴졌다. 그러니까 그것까지만 생각하기로 했다. 그러면 한동안 빌딩 꼭대기의 불빛으로 살 수 있을 테니까.

#2

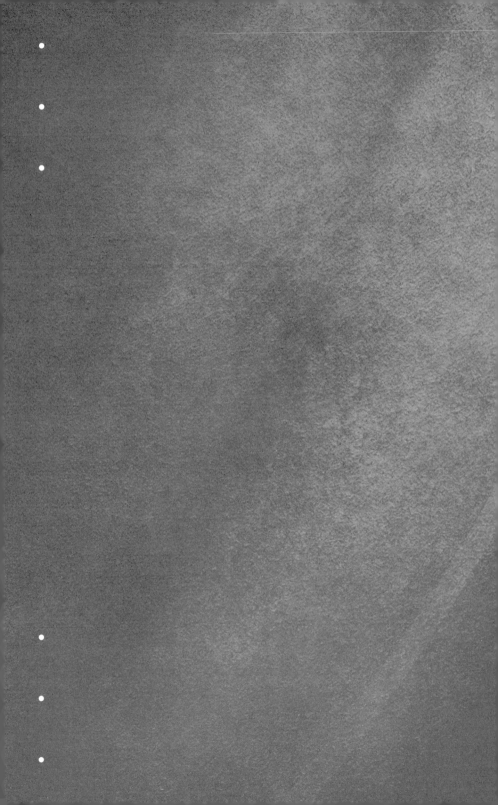

비가

어렸을 땐 슈베르트가 느린 가곡을 쓴 눈의 작곡가이자 안경 쓴 음악가라고만 생각했다. 나는 맑고 아름다운 혹은 어둡고 비통한 그의 가곡이 싫었다. 지금 아주 좋아하는 피아노 소나타는 그땐 아예 관심도 없었다. 베토벤은 단지 '달빛' 소나타를 들려주는 조용한 음악가였다. 그냥 자장가로 듣는 음악. 모든 긴장과 불협화, 조마조마한 리듬, 환상적이고 실험적인 푸가, 반음계의 폭풍조차 낭만적으로 들렸다. 곧 격렬하고 복잡한 베토벤의 현대성을 놓쳐버리고, 베토벤을 신뢰하지 않는 글렌 굴드를 더 좋아하게 되었다.

실수할 때마다 곰처럼 동면하고 싶던 어느 밤, CD를 틀곤 졸았다 깨었다, 애매하게 상모를 돌리고 있었다. 그 와중에도 지금 잠들면 다음 트랙, 피셔 디스카우가 진짜 잘 부른 「보리수」를 놓칠 거라는 생각이 들었다. 부르주아적인 톤의 그윽한 부드러움엔 조금 의심도 품기 했지만, 페터 슈라이어보다 잘 불렀는데…….

피셔 디스카우의 안정된 바리톤을 씻어내는 해독제인 양 로버트 플랜트가 행복한 악마처럼 흐느낄 때, 문틈으로 엄마의 노래가 들렸다. 고독한 라디오에서 들려오는 노래. 수도꼭지 고무패킹 마개로부터 흘러나오는 노래. 뭉개진 발음과 단음으로 이어지는 노래는 잘 판독되지 않았다. 나는 전축을 끄고 마술사의 모자에서 새가 날아오르길 기다렸다.

"찔레꽃 붉게 피는 남쪽 나라 내 고향……."

엄마의 노래는 나를 움직이지 못하게 만드는 테러였다. 마음의 어디쯤에서 실을 당겼다. 가사와 선율이 정연히 무리 지어 다가오는 건 아니었지만 뭉뚱그려진 소절과 남루한 우수는 이상하게 나의 죄의식을 건드렸다. 알 수 없는 시간의 굴레 위를 유영하던 노래는 중간쯤에서 멈추었다. 노래는 여러 층으로 된 그 사람의 이야기지, 타인이 듣고 싶어 하는 독백이 아니라서.

엄마는 말했다.

"난 노래를 해야 한다는 생각을 못했어. 감동이 없는 성격이라 좋아하는 노래가 없어. 부를 줄 아는 노래도 없어. 게다가 음치 박치인걸. 네 아버진 노랠 잘했다. 뭘 잘했더라? 운다고 옛사랑이, 그걸 잘했나? 예전에 네 큰형하고 작은형하고 앉았는데, 아버지가 기분 좋다고 술 한잔하자 그러니까, 큰형이 '아버지 노래 하나 해요' 그랬어. 그때 네 아버지 노래를 생전 처음 들었어."

엄마는 내면의 일을 밖에 알려줄 목소리를 가지지 못했다고 스스로를 납득시켰다. 음을 놓치지 않고는 부를 수 없는 발성 능력으론 노래 자체가 힘들었을 것이다. 나는 머리카락을 대못처럼 세우고 인후가 찢어져라 소리를 질러도 노래 잘한다는 소리만 듣지만, 내 노래를 품평하는 엄마의 기준은 달랐다.

"아이고, 유리창 다 깨지겠다. 사람들 귀 안 먹었대? 난「찔레꽃」같은 노래가 좋아. 스무스하잖아? 난 발라드보단 이미자같이 구성진 게 좋아.「섬마을 선생님」좋아. 예전엔 패티 김 노래도 좋은 줄 몰랐는데, 가사를 듣다 보니 이젠 좋아져."

엄마의 환갑 날, 밴드가 왔다. 친척들은 생전 서로에게 보인 적 없는 그들의 노래를 수줍은 듯 용감하게 불렀다. 그때 누군가가 누구에게인지도 모르게 재촉했다. "아, 막내아들은 노래 안 하고 뭐 해?"

나에게 노래는 원숙함을 의미했다. 노래를 하면 성숙해지는 법을 배울 것도 같았다. 그러나……. 나는 헤로인을 마신 듯 추잡하고도 부끄럽게 앞으로 걸어가 밴드마스터에게 말했다. "섬마을 선생님 D 메이저요."

노래를 마친 내 얼굴은 낙조가 따로 없었다. 그때, 아무도 못 듣게 엄마가 그랬다. "우리 아들, 노래 잘하는구나. 우리 아들도 이렇게 용기 있게 하는구나." 엄마의 찬사는 내 등을 두드리는 손과 같았다.

일상이 일몰처럼 검붉어지면 엄마는 그때마다 노래를 직접 만들어 불렀다. 아니, 노래를 닮은 짧은 타령이었다.

"오늘도 피곤하고, 내일도 힘들고." "니가 알겠나, 내가 알겠나, 그 누가 알겠나." "나는 들국화, 엄마는 채송화, 그리고 아버지는……."

즉흥적으로 지어낸 사설은 혼자 김매는 여자의 흥얼거림과 같았다. 한편 참나무처럼 단단한 정직 위에 뭉툭한 음이 얹히면 단순한 믿음과 투박한 절실함이 깃들인 시가 되었다. 어떤 때 엄마의 읊조림은, 어느 일요일 오후에 들었던 독일의 비가 같은 이상한 아름다움이 있었다. 그러나 엄마는 방금 전에 쓴 '가사'도 금방 잊었다. 노래는 노래하지 않으면 안 될 무엇이 아니라, 고유한 방법으로 불러들인 친구일 뿐이라서.

··

엄마가 범지구적인 규모의 교회에 다닌 적이 있었다. 그게 미치도록 싫어서 나는 일요일마다 읍소하기 바빴다.

"신은 그렇게 교통체증 유발 분담금을 내야 마땅한 장소에 임재하지 않아. 그런 데는 예수님도 싫어할 거야."

하지만 엄마의 이유를 들은 후엔 입을 다물었다.

"그런 데 가야지만 목청껏 노래를 부를 수 있어. 그래야 가슴이 씻은 채소처럼 후련해진단 말이야. 그리고 난 복의 근원 강림하사 찬송하게 하소서, 한량없이 자비하심 측량할 길 없도다, 이 노래가 좋아. 그냥 좋아."

어쩌다 예배 시간에 늦거나 몸이 안 좋아서 집 근처 조신한 교회에 다녀오고 나면 엄마는 몹시 짜증을 냈다.

"여편네들이 교양 있다고 도대체 조용조용 찬송가를 부르니, 내가 큰 소리로 부를 수 있냐고?"

음계나 빠르기와 상관없이 단음조로만 부르는 엄마의 찬송가는 몸가짐 고상한 강남 여자들의 목청 사이에서 낡은 레코드판 바늘처럼 튕겨져 나왔다. 충분히 발산하지 못한 갑갑증을 다스리며 엄마는 그때마다 냉수를 들이켜곤 했다.

엄마 없이
보낸
일주일

··　　　나는 전화나 메일로 주고받는 안부엔 마음이 움직이지
않는다. 그래서 얼굴을 보는 대신 무정한 기계를 통해서만 자취를 남
기는 친구들에게 이렇게 충고했다.

"친구 사이는 숲 속에 난 길과 같아서, 자주 그 길을 찾지 않으면 잡
목이 우거져서 나중엔 그 길을 찾을 수 없대."

오촌 조카애도 언젠가 울면서 그랬다.

"사람은 보고 싶을 땐 그 순간 봐야 돼. 내 친구 하나가 혈액암을 앓
고 있었는데, 매일 전화해야지, 문병 가야지, 하면서도 웬일인지 자꾸
만 미루게 되는 거야. 그러다가 어느 날 전화했더니 걔 아버지가 나한
테 조용한 목소리로 그러시는 거 있지. 우리 애 하늘나라 갔다고."

천진하게 공상하던 만남과 헤어짐이라는 어휘가, 보고 싶을 땐 곁

에 있어야 한다는 지겹고도 상투적인 감상성이 그렇게 무덤을 만나다니.

큰어머니께서 교통사고를 당하셨을 때, 문병 다녀온 엄마는 소파에 앉지도 못하고 참담해했다.

"세상에, 온몸이 탄 감자처럼 온통 새카매졌는데, 갈비뼈가 몽땅부러진 것조차 입원한 지 일주일 후에야 알았으니, 그게 대관절 말이나 될 법한 소리야? 정신이 돌아올지도 모르겠어. 눈도 못 뜨고 내가 가니까 애기 왔니? 이러는 거야. 맨날 죽고 싶다고 죽고 싶다고 그렇게 노래를 하더니……."

같이 병원에 가지 못한 죄의식을 만지며 나는 묵묵히 엄마의 동요를 느꼈다.

"그러니 봉희가 옆에서 매일 수발드는 거야. 제 오빠야 서울에서 전화한다지만, 백 통의 전화인들 한순간 옆에 지켜 앉아 있는 것만 하겠냐고? 곁에 있으면 스치고, 멀리 있으면 비춘다고 했다."

감금된 것 같은 마음에 며칠 전 친구가 낳은 아이가 떠올랐다. 그녀는 모든 산모들처럼 몽롱했고, 아기는 흰 수건에 싸여 있었다. 금방 마른 빨래에서 나는 우유와 장미 향기는 천국의 냄새였다. 뭐든지 새것만 갖게 될 부러운 냄새. 그러나 그건 얼핏, 난 죽는다는 걸 아니까 태어나고 싶지 않았어, 라고 시위하는 냄새 같기도 했다.

..

나는 늘 엄마를 찾았다. 같이 걸을 때마다 엄마 손을 잡고 재킷 소매를 잡았다. 내 손가락은 촘촘히 짜인 모직의 굽은 산등성을 따라가고, 턱은 코트의 갈색 깃에 묻었다. 예전에 몇 달, 뉴욕에서 눈 내리는 날 누런 강아지처럼 아무 생각 없이 놀던 때 빼곤 평생 엄마와 떨어져 산 적이 없었다는 것만이 나에겐 금빛 훈장이었다.

언젠가 베란다 화분에 물을 주면서 엄마는 무심코 그랬다.

"그러니까 네가 몇 달이나 뉴욕 가 있었나. 나 혼자 살아보니 나쁜 건 아니더라. 외로운 것도 난 몰라. 그런데도 아침마다 네가 없는 방문을 열고 인사하는 거야. 지금 어디 있나? 뭐 하고 있나? 잘 지내고 있는 거지? 엄마는 잘 지내고 있어……."

엄마는 진공보다 무거운 내 방을 향해 말을 걸었다. 나는 태생적으로 가족적이지 못해서 그 말이 처량하게 들린 건 아니었지만, 그날 어떤 경우에라도 엄마와 떨어지지 않겠다고 혼자 약속했다. 그건 짐을 다 내려놓고 떠나는 명분보다, 나에게 필요한 모든 것을 취하는 일보다 중요하다고. 사랑하면 머리를 내리치는 불확실성을 견디기 위해 언제나 곁에 있어야 한다고. 엄마 말대로, 옆에 있으면 스치지만 멀리 있으면 비출 뿐이라고.

..

그래서 엄마가 다른 데, 하다못해 아파트 단지 내 헬스센터나 길건너 마트에 가도 신경을 썼다. 외가에 갈 때만은 덮어놓고 안심했다. 외가에선 집에서처럼 마구 몸을 쓰지 않고, 친척들이 늘 밥상도 차려주며, 매일 같이 왁자하게 놀 수 있으니까.

엄마가 외가에 가신다던 화요일, 4월호 마감이 절정이었다. 『지큐 코리아』 창간 10주년 기념호를 마치고 나선 나도 에디터들도 납작만두처럼 널브러졌다. 헌신만 장착한 채 속 터지는 마감을 하는 에디터들을 다그치지 않은 대가로, 퇴근하고 나면 친구들과 와글와글 술 마실 기운도 없었다.

"이번에 가면 오래 푹 쉬다 와."

엄마가 외가에 가는 건 신나는 모험을 하는 거라고 믿었는데 막내 이모가 손을 저었다.

"아우, 푹 못 쉬어. 맨날 너 잘 먹고 있는지 그 걱정만 해."

"걱정? 무슨 걱정? 난 혼자 얼마든지 이것저것 잘 챙겨 먹어. 만들어 먹기도 잘하고. 또 엄마 안 계실 때 친구들 불러서 술도 마시고 놀면 재밌단 말이야."

마음속에 순간적으로 작은 공동空洞이 생겼다. 그 말은 엄마 곁에선 맘껏 방종할 수 없다는 투정을 숨기고 있었기 때문에.

"그렇겠다, 진짜."

이모가 내 말에 동조할 때 엄마 얼굴을 볼 수 없었다.

엄마가 현관문을 열 때 뱃속이 꼬이는 감각이 또 급습했다. 삶과 죽음은 너무나 밀접한 방관자라는.

"이젠 뒷좌석도 안전벨트 매야 돼! 안 그럼 벌금 낸대."

그러니까, 세상에서 가장 강인한 엄마가 세상에서 가장 무력한 여자가 되었으니까…….

부모에게서 분리될 때 나는 다른 의미로 살아 있음을 느꼈다. 사춘기 직전의 소년처럼 나에게도 공간이 필요했다. 부모의 동의를 구하지 않는 독립적 태도와 나쁜 아들이 될 수 있는 여백으로서. 물론 분리 욕구 혹은 분노는 예외 없이 이상적인 아들인 소년에게 나타난다는 점에서야 나완 달랐다.

그리고 당장 나 혼자 차려 먹어야 하는 날들이 시작되었다.

..

세상에서 가장 바보 같은 것은, 바보 같은 질문은 없다고 말하는 것이다. 어느 술자리에서 받은 질문은 첫 번째 단서를 주었다.

"가능하다면 역사 속 인물 가운데 누구를 저녁식사에 초대하고 싶으세요?"

"저 자신요."

거울 속에 있는 사람과 빵을 나누어 먹는다는 것. 그것이야말로 상식 위에 진심이 더해진 대답 아닌가.

나는 거리의 빈자들에게서, 호사스러운 사교 모임에서 같은 것을 배웠다. 음식을 누구하고 먹느냐는 것은 자기가 어떤 사람인지 확인해준다는 것을. 그렇지만 나는 혼자 먹는 것도 좋아했다. 누구라도 연말 술자리에서건, 백화점 통로를 걸을 때건, 일부러 여럿과 떨어져 지낼 때건, 어긋난 시간엔 혼자 있게 되니까. 물론 대충 패스트푸드를 먹거나 아무와도 친구가 될 수 있는 명랑한 남자에겐 필요 없는 소리다.

그래도 혼자 밥 먹을 땐 외롭다(마더 테레사는, 아니라고 하시겠지만 막상 혼자 드실 땐 좀 그러셨을 거야). 메뉴에 2인 기준이라고 쓰여 있을 땐 더 외롭다. 그런데 옆 테이블에서 누구도 상관하지 않고 불판 사이로 얼굴을 가져와 상추쌈 프렌치 키스를 하는 연인을 보면 마늘을 더 시켜줘야 하는 걸까, 굳이 헛기침을 하며 경고하는 것으로 고독을 이겨야 할까. 아, 바보 같은 질문이다.

조식을 파는 레스토랑을 찾아볼까 했지만, 그런 데 혼자 가면 꼭 부랑아 같은 기분이 들었다. 혼자 먹을 땐 되는대로 먹는 것보단 차라리 비싼 호텔 식당이 낫다는 사람도 봤지만, 글쎄, 혼자일 땐 붐비는 식당도, 신물 나도록 낭만적인 카페도, 화려가 지나쳐 바로크와 미니멀이 성교하는 것 같은 레스토랑도 싫었다. 초밥집만큼 아무도 상관하지 않고 먹기 편하면서 혼자라는 자각을 주는 장소도 없지만, 들어올 때나 나갈 때 항상 입가에 친절한 눈금을 그어 보이는 주방장에게 말을 건넬 주변머리도 없었다.

073

..

혼자일 때 하는 일은 대개 생전 처음이라서, 매번 화학실을 홀랑 태우지 않을까 불안 불안한 실험 같았다.

첫날. 고등어를 구웠지만 생선 맛 나는 숯인지, 맛있는 옥수수인지, 눌어붙은 녹말인지 헷갈렸다. 죄책감 같은 쾌락이란 있지도 않았다. 결국 아침은 달걀 프라이로 정했다. 나는 올리브유를 가득 부은 다음 불을 잔뜩 올려선 바닥이 부글부글, 거품으로 거뭇거뭇 부풀려진 서니 사이드 업 달걀 프라이를 상상했다.

뉴욕의 비좁은 식당에서 아침을 먹을 때면 늘 카운터 끝 후덥지근한 발코니에 앉았다. 발코니의 서정적인 공기를 느끼고 싶었고(레스토랑이 좀 덥긴 했다), 거기서 주방을 보고도 싶었다(과장하면 새벽 어시장의 활기랄까). 주방에서는 흰 캡을 쓴 몇몇 남자들이 그들만 아는 주방 용어를 뜨거운 냄비 속으로 퍼부었다. 확실히 자기들만의 용어만큼 공동 운명체를 만드는 것도 없었다.

달걀 프라이를 제대로 만드는 데 필요한 건 기술이 아니라 본능이었다. 그들은 늘 짧은 순간에 온도, 기름의 양, 달걀의 신선도, 팬의 종류 사이에서 선택했다. 팬 앞에서 대장금 생각을 1초만 해도 망칠 수 있는 것이다.

동그란 흰자의 정중앙에 흐를 듯 말 듯 깨질 듯 말 듯 미묘한 균형을 지키며 앉은 노른자. 이런 품위 있는 달걀 프라이는 왜 집에선 맛볼 수 없는 걸까. 슬펐다. 내 옆엔 씨름선수처럼 기운 좋게 팬을 뒤집는 주방 아줌마가 없으니.

한번은 주방 보조에게 물었다. 어떻게 하면 기름을 튀기지 않고 프라이를 튕겨 달걀을 뒤집을 수 있냐고. 그는 손목을 한 번 살짝 튕기는 걸로 능란하게 팬을 뒤집었다.

"우선 손잡이를 6시 방향으로 잡고 팔을 뻗어. 팬을 멀리 들고는 살짝 기울여 달걀 프라이를 미끄러뜨리라고. 그다음 잽싸게 팬을 앞뒤로 튕겨주는 거야."

대체 팬을 '앞뒤로 동시에' 움직이는 게 과연 상식적으로 또 물리적으로 가능한 동작인가?

"정확히 동시에 하는 건 아니야. 그렇지만 거의 동시에 하는 연속 동작이긴 해. 맛있는 달걀 프라이의 비결은 프라이팬도, 버터도, 노른자를 망가뜨리지 않는 기술도 아니야. 비결은 손목이거든."

정작 집에서 해보니 달걀이 당장 팬에 엉겨 붙었다. 임꺽정이 손목을 튕긴다고 해도 꼼짝하지 않을 것 같았다. 바닥의 결이 고른 팬이라고 해도 미세한 흠집이 있기 마련인데, 달걀에 대책 없이 열을 가하니 단백질 분자끼리 서로 엉기고 말았다.

나는 올리브유를 찾았다. 우리 집 프라이팬은 홈쇼핑에서 파는, 눌어붙지 않는다던 팬이 아니었다.

그 주방장은 충고했었다.

"프라이 만드는 시간을 두 배로 늘려봐. 팬을 달군 다음 불 온도는 반으로 낮추는 거지. 그러곤 버터를 한 스푼 넣고는, 거품이 일 때까지 기다려. 버터가 갈색이 되면 온도가 다 올라간 건데, 그때 달걀을 팬 위에 놓으라고. 달걀은 정말 신선한 걸 골라야 돼. 오래된 건 이산화탄소와 수분이 빠져나가서 흰자도 얇고 노른자도 흘러내리거든. 흰자 색이 진해지길 기다렸다가 프라이를 뒤집은 다음 다시 30초간 천천히 더 가열해봐. 그럼 진짜 끝내주게 맛있지."

첫 번째 달걀은 타버린 스크램블 에그가 되었다. 내가 달걀 주위를 포크로 막 헝클어뜨렸기 때문에.

두 번째. 나는 주문을 외웠다. '이게 투포환은 아니잖아. 나도 백옥자가 아니고. 너무 높게 던지지 말자.'

관절을 한 번 구부렸다 튕기듯 손목을 펴자 달걀은 희한하게 공중으로 떠올랐다. 달걀 프라이가 엉망이건 아니건 상관이 없었다. 내 손으로 프라이팬을 잡고 뭔가를 했다는 감격만 중요했다.

밤이 오고, 엄마 없는 집에서 이 술 저 술 꺼내 마시며 건들건들 방종할 때 마음의 소리가 들렸다. 집에 혼자 있다는 걸 너무 기뻐하면 안 돼. 언젠가 정말로 혼자 남는 날이 올 테니까.

전자레인지 주변은 기름 유출된 태안반도처럼 난장판이 되었다. 암초에 부딪히고 난 뒤의 타이타닉 화물칸 못지않았다. 모든 전자제품조차 강편치를 맞아 어안이 벙벙해진 권투선수마냥 답답하게 움직였다. 그러나 내 앞에서 시금치 샐러드를 먹으라고 권할 사람이 없어도 머릿속에선 허밍이 울렸다. 나는 차창 밖으로 몸을 내민 개처럼 히죽거렸다.

다음 날 깨어보니 엉덩이는 침대 모서리에서 빙빙 돌고, 담요가 따라서 바닥으로 흘러내렸다. 내 방은 헬륨으로 음식물이 공중에 떠 있게 하는 실험실이 되었다.

허밍은 며칠 만에 사라졌다. 달걀이 다 떨어졌기 때문에.

비 내리는데 천장이 뚫린 지붕 아래 있는 기분. 배고픈 아침이었다. 식탁에 앉아 깻잎을 닮은 식물을 바라보았다. 지난밤, 화분 안에서 시들었길래 물을 가득 주었더니, 아침에 이파리를 촤르륵 펼치고 있었다.

"미안해……."

나는 입속으로 중얼거렸다.

"이 모든 게 나 혼자선 아무 소용이 없어······."

그때 펄쩍 뛰어오르게 큰 소리로 전화벨이 울렸다.

"아들!"

엄마의 경쾌한 목소리에 깜짝 놀랐다. 전화 첫머리가 "아들!"로 시작해서 더 놀랐다. 살가운 표현이란 엄마에겐 알러지 조調라서.

"나 없으니 더 재밌었지? 더 좋았지?"

각목처럼 뚝뚝 부러지던 어조는 그날따라 쉼표 없이 높은 데다 빠르기까지 했다.

"좋긴 뭐가 좋아? 매일이 엉망진창이야. 엄마가 집에 있어야 뭘 먹어도 금방 만든 걸 먹지, 혼자 있으니까 제대로 챙겨 먹는 건 하나도 없단 말이야."

"친구들 불러서 잘 놀았어?"

매일 한두 차례 통화는 했지만 오늘 아침, 엄마 목소리는 비밀 일기장을 엿보려는 여고생처럼 짐짓 활달하게 떠보고 있었다. 온전치 못한 내가 어서 장성한 남자가 되길 바라면서도, 아들에 대한 독점권을 확인하는 것이 그녀의 자존감을 채우기 때문에.

"마감이라 매일 늦게 끝나는데, 집에 와서 씻고 자기 바쁘지 뭐. 친구들 불러서 논 적 한 번도 없어. 언제 와?"

"일요일."

전화를 끊고 나니 단축 달리기를 해도 될 만큼 집이 넓게 느껴졌다. 엄마가 며칠만 집에 없어도 이유식조차 못 하는 나로선.

프랑스
식당의
엄마

나는 엄마에게 세 개의 인생을 주고 싶었다. 더 이상 삶
에 부식되지 않도록 상상력을 자라게 해주고 싶었다. 낙심의 저편엔
충만함과, 복속의 저편엔 자유와, 고요의 저편엔 활기가 있다는 걸
알게 해주고 싶었다. 아니, 거짓말이다. 나는 무심했고, 우리가 기다
리는 게 정확히 뭔지 몰랐으며, 엄마는 낡은 건축물처럼 쇠하여갔다.

그렇다면 두 개의 인생이라도 주고 싶었다. 엄마가 물 없는 웅덩이
에서 질식해가는 물고기가 되는 건 싫었다. 나는 엄마가, 뭔가 느끼
고 싶었는데 그걸 알게 돼 행복하다고 말하는 걸 듣고 싶었다. 그러
나 두 번째 거짓말은 토한 음식물처럼 이미 시큼하게 엉켜 있었다.

연말부터 현민은 엄마를 모시고 '팔레 드 고몽'에 오라고 사랑스럽
게 성화를 했다. 나는 대답을 미루었다. 물론 패밀리 레스토랑에서 먹

는 넓적한 티본 스테이크만이 엄마가 아는 외식의 전부가 되는 건 싫었다. 빅맥과 프렌치프라이는 방심하고 냉소적인 사람들이 가장 좋아하는 외식 메뉴일 터였다. 실은 압구정동의 어느 한방병원에 엄마를 위한 중풍 방지 프로그램을 예약한 날, 그 길로 고몽에 갈 작정이긴 했다.

..

어느 날 엄마가 말했다.

"시장에서 빈 박스 갖다가 모아서 팔던 이가 있어. 남편한테 중풍이 왔는데, 오래 끌다가 치매가 되었대. 여자가 맨날 수발들었는데 얼마 전에 죽은 거야. 근데 장사를 지냈어도 밖에 나가면 남편이 집에 있다는 생각만 들어서 요구르트 사가지고 방문을 열고 들어가면, 방이 텅 비어 있대. 그러니 얼마나 허전하겠어? 여자는 너무 힘들게 살아서 남편이 누워 있을 때, 이젠 더 이상 못 견디겠다고, 이 영혼 거두어달라고 기도했대. 남편은 그르렁거리다가도 기도할 땐 조용하더래. 그 뒤 얼마 있다가 남편이 죽었는데 그게 그렇게 맘에 걸리더래. 사람들이 그이한테 이제 돌아가시면 좋겠다고 그래도, 아직 내가 보살필 힘이 있으니 안 데려가나 보다, 그랬다는데……."

풀무에서 불려온 먼지가 가슴을 때렸다. 아버지 장례식을 마치고 가족들이 모두 집에 돌아와 어둑한 방에 모였을 때, 붉은 액자처럼 지금도 내 가슴에 걸려 있는 큰형의 그 말. "꼭 아버지가 이 문을 열고 들어오실 것 같지? 죽은 것 같지 않고 어디 멀리 다니러 간 것 같지?"

나는 불가항력 속으로 걸어 들어가 엄마를 끄집어내고 싶었다. 시간을 응시하고 멈추는 게임, 나도 할 수 있을 것 같았다.

..

병원 가는 날, 엄마는 21일 내내 교회에서 기도하는 의식이 있는데 그만 차질이 생겼다고 아쉬워했다. 바람으로부터 얇은 냄새의 조각이 밀려왔다. 찬바람이 좋지 않다고 찾아 쓴 갈색 모자가 이마를 덮어 위아래가 납작해 보이는 엄마 얼굴은 호호할머니처럼 보였다. 하지만 연보라색 코트를 입은 여자를 쉽게 할머니라고 부를 순 없는 일.

병원 창밖의 나무들은 검게 이랑진 하늘 아래 진공의 단층을 숨기고 있었다. 나는 가벼운 낙관을 닮은 헛기침을 하며 수속을 밟았다. 데스크의 간호사는 동전만 한 입술로 검사는 내일, 결과는 2주 후라고 말했다.

밖에 나오자 급한 겨울 냄새가 끼쳤다. 석회색 하늘이 무시무시하게 내려오더니 눈발이 다시 공중으로 올라가기 시작했다. 우리는 다급하게 택시를 잡았다.

빗자루로 쓸린 고몽 마당엔 눈이 얇게 덮여 있었다.

"여기야. 내가 맨날 얘기했지?"

언제나 친구가 불을 켜고 나를 기다리는 그 집으로 걸어갈 때, 긴 돌로 만든 다리를 밟는 듯 완만하면서도 온화한 기분이 들었다.

내가 가장 좋아하는 자리. 유리벽이 둔각으로 꺾인 지점. 두 개의 풍경이 내다보이는 테이블엔 이미 흰 접시와 냅킨과 포크와 나이프가 세팅돼 있었다. 나는 단풍나무가 잘 보이는 자리에 엄마를 앉게 했다. 엄마는 극섬세의 손길로 냅킨을 펴주는 고몽 스태프들의 친절에 적응하려고 애썼다.

현민이 귀여운 얼굴 윤곽으로 웃고 있었다. 5월처럼 따뜻한 미소는 투명 비닐에 싼 노란 튤립 다발을 엄마에게 안겨드렸다.

"와아, 엄만 좋겠네."

나는 순수하게 엄마를 부추겼다. 남자에게 꽃다발을 받는 건 처음이라고 엄마가 말했다. 튤립을 창가 선반에 얹어두는데 괜히 한숨이 나왔다.

현민은 우선 샴페인을 권했다. 코동 니그로. 잔물결처럼 오래 잔상이 남는 샴페인.

"술은 싫어요."

엄마가 말했다. 의견이 과격하고 지칠 줄 모르면 저녁식사 상대로는 적격. 그건 내 친구들도 아주 잘 아는 엄마 성격의 뚜렷한 측면이다. 하지만 우회해서 말할 줄 모르는 엄마의 화법이 실이 늘어지듯 신경 쓰이기 시작했다.

"그래도 난 마실래. 얼마나 맛있다고."

엄마는 훈제 연어 샐러드를, 나는 로켓 샐러드를 시켰다. 바닷가재, 루콜라, 허니 머스터드, 레드 어니언을 곁들인 로켓 샐러드. 그리고 결코 잊을 수 없는 소스…… . 행복에 익사할 것 같았다.

"여기 어때?"

"돈 많이 들었겠다."

"돈 많다고 생각이 나오는 줄 알아? 쟤는 돈보다 떳떳한 아이야. 돈 말고 이런 장소를 만든 생각을 좀 봐."

"그런 분위기를 느끼니까 돈이 많이 들었을 거라는 거지, 난."

"쳇."

샴페인을 한 잔 마시니까 뱃속에 불이 켜졌다. 엄마도 더불어 한 모금 마셨다. 기쁨이 연유처럼 흐르기 시작했다.

"너도 저 사람처럼 머리 저렇게 자르면 좀 예쁘니? 매일 테레비에서 보던 번개 맞은 머리나 하고. 그럴 거면 스포츠머리로 자르라고 했잖아. 넌 그게 예뻐."

앞머리를 착하게 내리고 뒷머리와 옆머리는 깡총하게 자른 전후 戰後의 착한 소년 머리는 현민의 인상이기도 했다.

"갑자기 무슨 머리 애길 하고 그래?"

"내 말은, 그러니까 번개머리 하지 말라고!"

길게 내려온 옷소매로 머리를 만져보았으나 지지자를 얻지 못한 천덕스러운 머리카락이 머리 위에 눌어붙어 있었다.

껍질째 오븐에 구워진 마늘이 서빙되었다. 나는 신중하게 마늘을 까서 엄마 접시 위에 올려놓았다.

"구운 마늘이 얼마나 몸에 좋은지 모르지?"

"너나 먹어."

"난 여기만 오면 꼭 마늘을 두 통씩 시켜가지고 다 먹는다? 나는 쑥갓도 생강도 싫어하잖아, 향이 강해서. 근데 향이 강한 건 마찬가진데 왜 마늘은 괜찮은 걸까? 몸에 좋은 건 알아가지고 그런가? ……왜 안 먹어?"

"배불러. 집에서 고구마 몇 개 삶아 먹었더니 하나도 배가 고프지 않네."

나는 마늘 두 통을 다 까먹어서 콜타르처럼 눅진해진 손을 냅킨으로 꾹꾹 눌러 닦았다.

"지금이야 네가 냅킨에 닦는다만, 너 손수건은 갖고 다니니?"

"아니? 요새 누가 손수건을 갖고 다녀?"

"내가 항상 손수건 갖고 다니라고 했지? 땀 흐르고 손 더러워지면 넌 뭐로 닦니?"

"난 안 더러워진다니까?"

엄마는 내가 온몸에 응고된 기름 덩어리를 묻히고 다니는 줄 아나 봐. 아무리 이목구비가 단단하게 갖추어졌다고 한들, 나는 낙오될까 봐 전전긍긍인 아들일 뿐이었다.

..

천천히, 깨진 유리 같은 기쁨이 몸 안을 돌아다니기 시작했다.

"나하고 이렇게 외식하는 거 처음이지?"

"그래. 옛날에 너 어렸을 때 빼고."

기쁨은 뭔가 부서진 것 같은 상실감으로 나를 되비추었다.

답답했다. 눈 덮인 단풍나무 사이로 1월의 칙칙한 공기가 내려와 있었다. 눈이 멎었으나 하늘은 청결해 보이지 않았다.

"너 이런 데서 잘 먹고 와도 집에 와서 꼭 먹을 거 찾는구나."

"그럼 왜 맛있게 하래?"

이번에는 소갈비 스테이크가 나왔다. 나는 언제나처럼 레어, 엄마는 미디엄 레어.

"난 출장 나가도 항상 여기 스테이크가 생각나더라."

"……."

"어때?"

"맛있어."

"어떻게?"

"중화요리보단 낫구만."

훌륭하다고 말하지 못하는 엄마의 쑥스러움은 나를 웃게 만들었다. 냅킨에 입을 닦으며 엄마는 비로소 주위를 찬찬히 둘러보았다.

"여기, 어두침침하다."

"뭘? 로맨틱하지."

"하긴. 그러니까 연인들끼리 오면 좋겠다. 너도 연인 만들어 여기 오면 좋잖아?"

입에 캔디를 문 듯한 엄마의 핀잔이 계속되는데, 현민이 테이블로 왔다.

"밖을 보세요."

붉은색과 보라색이 섞인 이른 일몰 속에서 나무마다 매달아놓은 꼬마전구에 일제히 불이 켜졌다. 그 작은 불빛들은 단풍나무의 껍질을 적시고, 형광빛 세계 속에서 살던 엄마의 얼굴을 적셨다.

침묵이 친구처럼 엄마와 나, 둘 사이에 앉아 있었다. '저 나무 이파리에 손을 대고 싶어', 대기선 안쪽에서 각자의 침묵 속에 앉아 나는 생각했다.

"기분이 어때?"

"……천국 같아."

엄마는 조금 한숨을 쉬었다. 침침한 한숨은 아니었다.

"죽어서 가는 천국?"

"아니. 살아서 가는 천국."

녹슨 철사가 엉킨 마음에 묵주처럼 남는 말이었다.

녹차 아이스크림과 요구르트 아이스크림까지 먹고 나니 배가 만월이 되었다.

"아유 배불러. 나 완전히 나가떨어졌어, 이제."

"너 어디 나갔다 왔니?"

시간에 쫓기기 시작한 엄마는 말을 알아듣지 못하고 엉뚱하게 되물었다. 저녁이면 집에 돌아올 가족을 위해 식사를 준비해야 하는 모든 엄마의 윤곽으로서.

나도 보조를 맞추어 서둘러 일어났다. 현민은 카운터를 막고 선 채 손짓으로 문을 가리켰다. 나는 첩자의 신호처럼 재빠르게 속삭였다.

"나, 돈 안 낸다."

호텔 레스토랑에서 공짜로 먹어치운 식사값이 1억 원도 넘는다던 조폭이 꼭 나 같았다. 그러나 그는 나에게 시주한 게 아니었으므로 그 마음에 지불하고 싶지 않았다. 그건 친구와 나 사이의 억지스러운 공모이기도 했다.

"어머니를 잘 돌보아드리세요."

현민이 당부했다.

"장사 잘 하세요."

그게 엄마의 작별인사였다. 엄마는 나보단 입을 어떻게 막고 있어야 하는지 잘 아는 사람인데……. 좀처럼 잡히지 않는 엄마의 어휘 선택은 그렇게 매초 나를 찔하게 만들었다. 현민은 나의 혈관 길이까지 다 아는 외과의처럼 넉넉하게 웃어 보였다.

..

서북쪽에서 바람이 가만히 불어왔다. 차갑게 굳은 반포대교의 불빛은 강물에 촛농처럼 떠 있었다. 엄마는 눈을 감고 있었다. 무릎에 잠든 어린 딸처럼. 창유리에 우리의 그림자가 비쳤다. 어쩐지 엄마의 감은 눈을 이해할 수 있을 것 같았다. 관자놀이에 엷게 곤충날개 같은 피곤이 덮였다. 그때 택시 안에서 오래된 테이프가 전송하는 옛날 노래가 들렸다.

밤은 깊어 외로워요

불빛은 나를 비추는데

아, 식어버린 꿈은 별처럼

밤을 에워싸고 있네

꽃이 피고 지고 흐른 세월

아쉬운 듯 바라볼 때

아, 어제는 슬펐지만

변함없는 내일이 있죠

그렇게 나를 바라는 맘

난 알겠지만

수많은 진실 밟고도 모르는

순간에 눈이 멀은 너

이 밤도 외로운 그림자

파인 마음속에서 목 쉰 소리가 났다. 나는 밤의 얼굴을 다시 보고 싶어서 차가운 유리에 얼굴을 댔다.

집에 돌아와 현민에게 메시지를 보냈다. '엄마도 나도 잊을 수 없는 밤이었어.' 곧 답신이 왔다. '형, 잘 자…… 어떤 말도 필요 없는 그런 밤이야……'

난 엄마에게 뒤늦은 대양을 보여주고 싶었고, 오늘 잠시 흐느적거리며 좁은 강물 위를 떠다녔다. 순면의 감촉이나 항구의 정서를 그냥 지나쳐가듯이 오늘도 곧 과거가 될까봐 마음이 먼저 아팠다. 우리가 기다리는 게 정말 무엇일까? 나는 다시 대상이 모호한 질문을 했다. 그건 언제나처럼 나에게 하는 질문으로 되돌아왔다.

60년대
여배우

커피를 내리는 엄마의 뒷모습에 언젠가 둘째 이모가 한 말이 겹쳤다.

"우리 집에 옛날 언니 사진이 있는데, 처음엔 너무 미인 얼굴이라서 이 사람 영화배운가, 그랬는데, 자세히 보니까 언니 사진이잖아. 예전엔 언니가 그렇게 이뻤다?"

나는 윤곽이 흐려진 그 뒷모습으로 다가가 엄마를 안았다. 아랫배는 두둑한 양감을 버리지 못했으나, 촉감은 십 대 소녀의 배처럼 부드럽고 나긋나긋했다. 그 자세로 엄마를 번쩍 들었다.

"나 힘세?"

"그것도 힘이 안 되면 죽은 놈이지."

나는 당장 엄마를 내려놓고 레모네이드를 만들기 시작했다.

"예전에 우리 소풍 갔던 거 기억나? 엄마는 소풍 갈 때마다 언제나 한복을 입었잖아. 그게 얼마나 예뻤다고."

엄마는 엉뚱한 곳에 착륙한 조종사처럼 딴소리를 했다.

"설탕 타? 마?"

"내가 사준 브로치 생각 안 나? 내 앨범 어딨어? 옛날 엄마 사진 보고 싶은데."

"몰라. 나도 저번에 찾아봤는데 안 보이더라. 그게 다 어디 간 거지, 대체?"

스트로를 입에 물곤 서재 책꽂이에 빌듯이 엎드려 겨우 앨범을 찾았다. 떨어뜨렸다가 주워 담은 케이크처럼 내 앨범은 온통 다른 사람들 사진으로 뒤죽박죽이었다.

사진은 언제나 시간과 관련된 은유를 불러일으킨다. 숨을 깊게 들이쉬면 그 옛날의 냄새가 어디에 떠다니는지 안다.

가만히 홍차 빛깔로 변한 흑백사진을 하나 떼어냈다. 머리카락이 타는 소리가 났다.

둘째 외삼촌 약혼식 때 찍은 사진이었다.

외할머니, 큰외삼촌, 큰외숙모, 둘째 외삼촌, 둘째 외숙모, 아버지, 엄마, 그리고 다섯 살의 내가 보인다. 사진 속엔 범절과 평화로운 고요가 가득하지만, 지금 두 가문의 여덟 사람 가운데 살아 있는 사람은 둘째 외삼촌과 엄마 그리고 나, 셋뿐이다.

엄마는 모든 단계적인 죽음을 지켜보았다. 죽음의 완료에 마침내 따르는 부재라는 슬픔을 거치자마자 같은 듯 다른 슬픔을 겪었다. 앞으로도 엄마는 소중한 사람을 또 잃을 테고, 상실감을 간직한 채 여전히 살아갈 것이다. 부러진 다리가 절대로 예전하고 똑같게 낫지 않는 것처럼. 날씨가 추워지면 여전히 시려오는 것처럼.

양복에 화이트 셔츠를 받쳐 입고 두 손을 가지런히 모은 아버지의 표정은 "난 언제나 불충분했어"라고 말하는 것 같다. 우린 언제나 서로에게서 열외돼 있었지. 아버지의 품속을 파고든 적 없는 아들과, 무릎 위에 아들을 앉힌 적 없는 아버지. 우리 사이는 점점 시들어 꽃받침만 남은 꽃과 같았다.

고데기로 말아 올린 둥근 머리에 네모 무늬가 프린트된 셔츠와 스커트를 입고, 날씬해 보이도록 다리를 비스듬히 모은 채 앉은 엄마는 지금으로선 믿기지 않을 만큼 날씬하고 총명해 보인다. 그리고 로버트 미첨을 닮은 둘째 외삼촌…….

어린 나는 깃이 달린 피케셔츠와 반바지를 입고 있다. 모두들 온화하게 렌즈를 바라보는데 사탕 같은 눈동자는 왼편 어딘가를 향하고 있다. 아이가 커서 어떤 사람이 될 거라는 표준적 믿음에 저항하는 듯 모호하게 찌푸린 이맛살, 백만 개의 입술 중에서도 찾아낼 수 있는 또렷한 입술, '투 스몰 사이즈'의 옷에 가려진 조그만 단추 같은 젖꼭지…….

가장 외로운 계단을 천천히 내려오는 기분이 들었다. 나는 인생을 찾느라 이렇게 시간을 흘려보냈는데, 지금도 나의 주인은 내가 아닌 것 같은데, 털뭉치처럼 부드럽던 나는 어디로 가고 싶은 걸까?

엄마는
뚱뚱해서
못 날아

어릴 때, 옷장에 숨으면 누구도 날 못 찾을 줄 알았다. 하지만 내가 숨어 있던 그 옷장에서 서랍을 꺼내는 엄마를 보는 건, 허밍으로 부르는 그녀의 노래만큼 쓸쓸한 일이었다.

가을이 깊게 다가와 있었다. 그날 아침, 식탁에서 엄마는 제 아내가 세상을 뜬 지 얼마 되지도 않아 새 여자를 들인 친척 이야기를 꺼냈다. 나는 잔치가 끝난 뒤 접시를 치울 때처럼 황량해졌다. 물컵을 내려다보는 목이 조이듯 오므라들었다.

"그래, 잘됐네……. 잘됐어……. 근데 왜 이렇게 가슴이 아프지?"

내 말이 끝나기도 전에 엄마는 모래 바닥만 남은 얼굴 위로 후두둑 눈물을 쏟으셨다.

종일 폐쇄된 버스 정류장에 서 있는 것 같았다. 저녁이 오자 아침의 일이 격리되어 잘 기억나지 않았다. 나는 몽롱한 무감각으로부터 몸을 떼어 겨우 냉장고로 걸어갔다.

조금 열린 안방 문은 엄마의 일부를 비추고 있었다. 나는 방문 손잡이를 잡고 잠깐 망설였다. 엄마가, 다시는 열리지 않으리라고 선언된 닫힌 문 앞에 서 있는 것 같아서. 알루미늄처럼 차가운 적막 속에서 뭘 하고 계세요, 엄마…….

엄마는 옷장 서랍을 열고 처녀 때 입었던 부채꼴 무늬의 치맛단에 카푸치노 거품처럼 부드러운 레이스 스커트와, 반짝거리는 블루마린 구슬백과, 친칠라 색 블라우스를 들여다보고 있었다. 나는 순간적으로 질식되는 완전한 불능의 느낌을 견디며, 기적 없이 그 옆에 앉았다.

엄마는 더 이상 그 옷들을 입을 수 없다. 요즘 룩과 달라서가 아니라 사이즈 문제로. 어쨌든 그 허리가 발레리나 같진 않으니까. 엄마는 언제부턴가 다른 초상으로 살았으니까.

나는 금방 깬 것처럼 순진해졌다.

"옛날에 엄마가 다 입던 거네? 이게 다 어디 있었던 거야, 근데?"

시간은 불투명한 옷장 안을 천천히 배회하고 있었다. 언젠가 그 공간은 다른 것으로 채워지고, 시간은 궤도를 유영하는 엄마를 다시 초대하겠지. 코바늘 뜨개로 뜬 꽃무늬 조끼 옆엔 시폰 플라워 드레스가 흩어진 지 오래인 리듬의 추억 위에서 반짝거리고 있었다. 군청색에 칠부 소매, 카디건 같기도 하고 유아용 모직 상의 같기도 한 이 금욕적인 옷은 누가 산 걸까? 요즘 그렇게 입자고 들면 코디네이터가 다섯은 필요할 것 같았다.

"난 왜 이렇게 50, 60년대 손으로 만든 것 같은 옷들이 좋을까? 옷은 진짜 핸드 메이드처럼 보이는 게 중요해. 뭐든지 그렇잖아. 아크릴은 현재적이지만, 아플리케나 인견 같은 골진 천이 더 격 있어 보이고."

내 목소리는 수도꼭지에서 새어 나오는 물방울처럼 희끄무레했다.

"있잖아. 엄마 나이가 되면 정신적인 건강이 모든 걸 결정한대. 근데 난 어떤 때 보면 엄마가 그렇게 정신적으로 건강하단 생각은 안 들더라."

엄마의 침묵은 국 양동이처럼 나를 짓눌렀다. 나를 데리고 과거를 찾아가지도 않았다. 그때의 엄마는 내 머릿속 어딘가에 매달려 있는 과거의 주인이었다. 마음의 눈으로 난 그걸 볼 수 있었다.

나는 30년대식 페티코트 위에 그물 백을 들거나, 구슬이 박힌 60년대식 카디건을 걸친 오래전의 엄마를 추억하고 있었다. 이 금욕적인 옷들은 럭셔리라는 단어를 읊조리는 시대가 아닌, 엄마가 가장 젊었던 날들로부터 운반되었다. 엄마는 나에게 언제나 강인한 목화 따는 여자였다가, 어느 날은 여성 참정권론자였다가, 또 어떤 날은 결벽한 손목을 가진 「피아노」의 에이다였다.

"이 모래시계 실루엣이 엄마한테 어울렸단 말이지? 이건, 「베이비 제인에게 무슨 일이 일어났는가?」에 나오는 베티 데이비스 같고, 이건 「101마리 달마시안」에 나오는 크루엘라 드빌 같네."

나는 청바지 스무 벌 같은 기능적인 아이템을 버리는 데 그다지 저항감이 없다. 하지만 필요하지 않은 것이라고 해도 엄마는 계속 가지고 있을 것이다. 프루스트의 마들렌처럼 어떤 시간과 장소에 대한 황홀로써.

내가 열 살 때, 엄마는 스커트만큼 긴 재킷에 아이보리 레이스 스타킹을 신고 걸어가고 있었다. 엄마를 따라가다가 나는 울었다. 갈라진 목소리 대신 마음을 가지런하게 두어야 한다고 생각하면서. 그 모습은 왜 그렇게 애통하게 다가왔을까? 그리고 그렇게 이해할 수 없는 일로 우는 일은 다시는 없었다.

"가져올 수 없는 건 버리지 그랬어."

엄마의 과거에 존재하는 프루스트적 추억을 간직하도록 도와주고 싶은 충동과 달리, 나는 교신이 끝난 사람처럼 엄마를 바라보았다. 반향은 없었다. 침묵은 우리 사이를 찢어버리듯 무정하게 지나갔다. 그러나 엄마의 옆얼굴을 보는 지금, 반드시 이 순간을 그리워하게 되리라는 마음은 설명할 길 없었다.

나는 짧은 고뇌만 보이곤 슬리퍼로 방바닥을 때리며 내 방으로 들어갔다.

　　..

다음 날 아침, 언제나처럼 6시에 눈을 떴다. 술이 덜 깬 채 누워 출근 시간을 기다릴 때, 블라인드가 쳐진 방은 물 위에 놓인 다리처럼 어둡게 흐느적거리고 있었다. 결국 우린 모두 우주의 먼지라는 진실, 해도 달도 별도 우주도 반드시 끝장날 날이 있으리라는 과학적 종말감, 그럼에도 불구하고 그날그날이 평등하고 지루하게 흘러가리라는 생각이 머리를 쳤다. 아, 다시는 말을 많이 하지 말아야지. 내 목소리가 너무 싫어…….

흐린 시간의 두께를 찢고 조용히 문이 열렸다.

"엄마, 다녀온다……."

안경을 벗은 눈에 거즈를 씌운 듯 뿌연 엄마의 윤곽이 내 방문을 스쳐 지나갔다. 현관문이 닫히는 소리가 둔중하게 울렸다. 한 삽 모래가 가슴에 끼얹어졌다. 엄마는 어제 해남에 다녀온다고 했었다.

전압이 높아진 침묵 속에서 신경은 불길한 통계 주위를 서성거리기 시작했다. 엄마가 가진 날의 수는 많지 않고 그렇게 허락된 방패는 낡아가는데, 무서운 사고가 나서 삶을 저 멀리 떠나보내면, 그러니까 그 엷은 실루엣이 내가 본 엄마의 마지막 모습이라면 난 어떡하지? 그건 안정된 눈길로 응고된 모습이 아니잖아. 정말 그게 끝이 된다면, 엄마는 내가 당신을 필요로 하고 또 사랑한다는 걸 충분히 알았을까?

엄마를 잃어버릴지도 모른다는 추리는 강하고 잔인한 불가사의가 되었다.

지금 가느냐고 말해볼걸. 언제 오느냐고 물어볼걸. 일어나서 엘리베이터까지만이라도 같이 걸어갈걸. 나는 왜 늘 냉담과 나태의 재를 묻히고 사는 걸까. 난 삽으로 내리쳐야만 알아들을 인종이었어. 음식 대신 시멘트나 자갈을 삼키는 것도 과분해. 자책하는 마음엔 목 메임이 묻어 있었다.

저번 일요일, 나는 늦게 일어나 주저하며 엄마를 찾았다. 먼지까지

고요해진 채 16세기로 돌아간 것만 같은 아침. 엄마가 없는 집 공기는 낮게 변형되어 있었다. 그리고 물컵의 흔적이 월식을 지나쳐간 달 모양으로 남은 식탁 위엔 엄마의 메모…….

'엄마 교회 다녀온다.'

내가 회사에서 얼마나 즐겁게 노는지 모르고, 일주일에 엿새를 죽도록 일만 하는 줄 알고, 일요일에 애타도록 자는 꼴이 안쓰럽다고, 엄마는 더듬더듬 코끼리 다리로 예배당에 갔다.

사실 쉬고도 싶었다. 살갗이 왕관 모양으로 터져버릴 것 같은 마감이었다. 집달리처럼 가차 없고 오자 하나에도 분사焚死할 것 같은 공정 속에서 겨우겨우 물결을 타다 보면, 그 후엔 잠을 잘 자격이 충분하고말고. 탈수 직전의 빨래 같은 피곤, 물에 불어 쭈글쭈글해진 기분이라면 쉬는 것보다 또 무엇이 정당한가.

아니, 나는 부산하게 열이 많았다. 행복을 구걸하고, 부족한 돈벌이를 탄식하고, 맛있는 술을 마실 구실과 디저트를 뺏어 먹을 거리를 발명하고, 상사가 웃기다는 걸 증명하느라 정신이 없었다. 아마 나는 엄마가 자리에서 일어나는 소리를 들었을 것이다. 엄마가 행장을 갖추고 현관문을 나서기 전 내 방문을 열고 잘 자는지 살피는 것도 알았을 것이다. 그런데도 나는 눈도 뜨지 않고 엄마의 기척을 느끼고만 있었을 것이다.

..

진공청소기로 청소된 아침의 거실은 강박적으로 청결했다. 나는 엄마가 차려준 식탁 밑에서 하는 건 아무것도 없이 숨바꼭질만 하는 금치산자라는 생각만 들었다.

창문을 열었다. 지평선은 석판이 깨끗하게 닦인 것처럼 텅 비어 있었다. 에칭 화법으로 스크래치를 낸 그림만큼 침울한 하늘. 도시의 영혼은 낮고 길게 누워 있는 강변도로를 끌어안고 있었다. 이렇게 아침 일찍 일어나 창밖을 내려다볼 때마다 뛰어내리고 싶을까봐 무서웠지. 한숨이 젖은 돛을 밀어젖히는 물결처럼 뺨을 불룩하게 만들며 입술 사이로 새어 나왔다. 우리 두 발이 모든 육체의 길을 밟고 지나갈 때…… 나는 조용히 브라우닝의 시를 암송하며 안방으로 갔다. 나무와 나무가 쓸리는 문의 음향. 여과된 낮의 우울이 창문으로 퍼지는 엄마의 침상은 절연체에 싸인 것 같았다.

이제 엄마는 자꾸만 줄어들거나 녹아 없어지겠지. 탁자 옆에 놓인 프리 사이즈의 치마를 보니, 엄마가 소녀처럼 순수하고 사랑스러웠다. 내가 선물한 청색 해지 셔츠를 입고 "왼쪽 주머니에 왜 스누피가 그려져 있지? 내가 애가 되려나봐." 하시던 엄마.

천천히 옷장 서랍을 열었다. 엄마가 그랬던 것처럼 옷을 하나씩 꺼내볼 때, 현세의 가장 기묘한 지점에 머무는 듯한 충족감이 일었다. 나는 엄마가 삶 속에 뭔가 구조물을 갈망하고 있다는 걸 알았다. 하지만 나는 그 태에서 짜맞추어졌는데도 지금까지 엄마를 위해 뭘 해야 하는지, 뭘 말해야 하는지, 어떤 사람이 되어야 하는지 생각하지 않았다. 왜 그렇게 진지한 걸 혐오스러워했을까. 왜 그토록 피상적인 시절을 보냈을까.

갈피를 잃은 손에 흰 종이가 촉감되었다. 그리고 다시는 이 순간을
못 잊으리라는 걸 알았다.

……난 세상을 알지 못했어. 어릴 때도 처녀 때도 난 아무것도 몰랐
지. 그러나 결혼생활은 너무 힘들었어. 삶엔 고통만 있는 것 같았어.
자식, 남편, 그 세상은 다 지나고, 나에겐 공허만 남았지. 남들이 즐
거워해도 난 잘 몰라. 난 내 인생에 집착이 없었나봐. 난 무엇을 했
지? 나에게 남은 건 이제 뭘까? 무엇이 나를 위한 보상일까? 뉘우
침? 서러움? 난 언제나 민들레 같다고 생각했어. 그러나 이젠 늙어
갈 뿐이지…….

버터 빛깔로 변한 종이와 뭉개진 글자의 자취는 인생의 어떤 조각
조차 잊을 수 없다고 희미하게 시위하고 있었다. 바이스로 머리를 매
정하게 조이는 아픔이 밀려왔다. 조금만 움직여도 입이 벌어질 것 같
았다. 평온을 잃은 감각은 공중에 매달린 마음을 이상하게 흔들고 있
었다.

메모지에 글을 쓰다가 텅 빈 방에서 눈물 흘리던 엄마. 젤리처럼
주저앉아 과거 어딘가로 헛된 구조요청을 하던 엄마. 하지만 더 이상
가지고 싶은 것도, 화해하지 못한 관계도, 이루지 못한 희망도 없다
던 엄마. 엄마가 쓰다듬는 걸 나는 하나도 보지 못했어. 엄마의 말에
내 리스닝은 너무 형편없었어.

잠깐 안방을 둘러보았다. 정말 엄마에게 남은 건 해진 웃저고리에

달 핀조차 없는 그런 광채뿐일까? 둘이 같이 살면서 엄마가 그렇게 공허했다는 걸 다른 사람들에게 어떻게 납득시킬 수 있을까? 나는 그 메모를 내 다이어리 사이에 집어넣고 엄마가 남긴 보이지 않는 길을 따라갔다. 그 길을 따라가면 출구를 제대로 찾을 수 있을까. 나는 생으로부터 수축된 엄마의 글을 종일 읽고 또 읽었다.

..

그날 밤 술을 마시고 착한 아이처럼 조심조심 집에 돌아올 때 아침의 기억은 여전히 내 옷에 묻어 있었다. 아파트 입구에서 올려다보니 우리 집 베란다에 불이 켜져 있었다. 가장 비싼 푸딩이 만들어지기를 기다리는 여백처럼 따뜻한 불빛이었다. 가장 중요한 중심을 향해 안전한 줄을 걸어둔 것처럼.

엄마는 골 지게 짠 남자 양말을 신고, 날 주려고 맛있는 반찬을 만들고 있었다. 접은 옷깃에 꼭 붙어 있는 계급장처럼 엄마가 멀리서 돌아온 것이다. 다시는 접시가 하나 모자라는 둘의 만찬은 갖지 말아야지. 나는 뿌옇고 부드러운 구름에 싸여 있는 엄마 뒤로 다가가 한아름 안았다.

"엄마. 엄마는 천사지? 근데 옛날엔 날아다녔는데, 지금은 뚱뚱해져서 못 나는 거지? 내 말이 맞지?"

검은
구두

여자들의 보석은 집에 숨은 지도이다. 무거운 은팔찌와 목걸이와 귀걸이는 크리스마스트리처럼 집을 장식하고, 여자를 장식한다. 보석이 움직일 땐 징글벨 소리가 들린다. 하지만 엄마에게서 나는 소리는 아니다.

외출 나가는 엄마를 현관까지 배웅 나갔을 때, 내 시선은 엄마의 어깨와 팔꿈치로 떨어져 굽을 덧댄 구두에 이르렀다. 그리고 다듬어지지 않은 발톱. 가끔 투명한 패티큐어를 바르던, 칠이 조금 벗겨진 발톱이 그날따라 조각처럼 육체적으로 느껴졌다. 어떤 것도 쉽게 버리지 않는 그녀의 성정과 고유한 사물이 뒤엉켜선……. 내 마음도 도롱뇽 뱃가죽처럼 거칠거칠해졌다.

엄마가 이멜다를 부러워할 리는 없으니 평생 낮게 떠 있는 구두만 신었다. 하지만 엄마는 스스로를 바라보는 방식대로 신실함, 품위, 정직을 갖춘 사람으로 나를 양육하려고 했다. 그래서 나에겐 전통에 충실하고 명예를 소중히 여기는 영국 신사의 검은 윙팁 구두보다, 엄마가 처음 사준 구두로 안전하게 걷던 기억이 먼저였다. 여린 발이 헤비 페팅처럼 강렬한 구두로 대지를 디뎠던.

5월이었다. 엄마는 왜 단종을 숙독하신 걸까? 영월 가는 길은 너무 멀어서 유배 같았다. 애프터눈 드레스보다 약간 긴 연두색 치마와, 마드라스 체크무늬가 프린트된 칠부 소매 셔츠에, 구슬로 꿰맨 핸드백을 들고.

나에게 남겨진 추억들은 뒤죽박죽이다. 거기엔 통치자가 없다. 하지만 홍시 같은 남정임 머리로 내 손을 잡은 엄마와 일곱 살의 나. 그때가 우리에겐 최고의 순간이었다.

낮의 사물들이 황혼을 어스름하게 물들일 때, 청령포에서 영월 읍내로 오신 엄마는 기차 시간을 측량하고 계셨다.

"우리 이제 또 어디 가요?"

구두 가게는 도시의 가로변에 새침하게 숨어 있었다. 엄마는 나에게 굽이 납작한 검은색 로퍼 구두를 신겼다. 마른 고아를 위해 생일 파티를 몰래 준비한 고아원 첫째 누나처럼 웃어 보이면서. 나는 끈이 버클 사이를 가로지르는 구두를 신고 싶었지만, 우선 엄마 말을 잘 들어야 한다고 생각했다.

석 달 전에도 나는 거북선이 현란하게 그려진 가방을 원했지만, 엄마는 평결을 내리듯 색깔 없이 포도송이가 부조된 가방을 강요했다.

"그 가방끈 좀 봐요. 고리가 자꾸 떨어질 것 같잖아요." 떨어질 리 없는 고리를 트집 잡으면서 나는 무력하게 엄마의 낯빛만 살폈다.

엄마의 취향대로 구두를 신은 나는 링거 주사를 꽂은 아이처럼 움직이지 않았다. 시간이 도착돼 흐르는 작은 도시에서 뭔가 엿듣는 기분이 되어선.

찰나 속의
영원

나는 매일 새롭고 거친 세계를 맛보고 싶은 소년이 아니다. 그렇다고 부자 비즈니스맨처럼 수트 하나를 증권거래소에서 부르는 마지막 시세, 특급 호텔에서의 점심식사인 듯 거룩하게 여기는 부류도 아니다. 내가 다니는 모든 곳은 금지된 천국의 옥좌이기 때문에.

상혁이 가족이 이사를 가게 되었다. 상혁이 할머니는 매일 저녁 우리 집에서 엄마와 옷에 단추 다는 아르바이트를 하던 '조이 럭 클럽' 멤버였다. 그러니까, 누나의 딸 채영이도 어릴 제 함께 놀던 상혁이와 헤어지게 되었다.

"하늘에서 눈 주머니가 터졌나봐."

이사 가는 날 폭설이라니. 엄마는 아침부터 상혁이 가족을 위해 근심 섞인 샌드위치를 만들었다. 엄마의 교류 방식은 집착적이지 않아 아쉬움을 유달리 드러내진 않지만, 샌드위치를 싸는 동작은 괜히 슬퍼 보였다.

출근을 서두르며 복도에 나서자 상혁이네 가족이 서성거리고 있었다.

"상혁아, 이리 와. 한번 안아보자."

유난히 여린 상혁이의 몸피가 내 가슴의 체적에 턱없이 작게 안겼다. 상혁이 어머니는 우수를 보이며 조금 쓸쓸하게 웃었다.

"채영이하고 꼭 한번 놀러 오세요."

나는 옆집에 살면서 제대로 마주친 적 없던 그 애 아버지에게도 목례를 했다.

회사 가는 길에 나는 친구와 헤어지게 된 엄마의 상실을 생각해보았다. 미풍처럼 온몸을 살짝 휘감고 얼른 사라지는 연민이라 해도, 오후 내내 엄마의 기별이 마음에 밟혔다.

나는 평소보다 더 다정한 목소리로 집에 전화를 했다.

"다들 잘 가셨어?"

"상혁이 할머니가 아침에 '안녕……' 그러더라. 그래서 나도 '잘 가슈' 그랬지. 섭섭해……. 매일 들락날락하던 사람이 이사 가니 섭섭하지. 그래도 아까 이사 간 집으로 전화하니까 '언니!' 하고 반갑게 인사하더라."

"언니? 엄마가 나이가 더 많았어?"

"그럼, 세 살이 더 많지."

"우리 엄마가 나이가 더 많았구나……. 나는 상혁이 할머니가 훨씬 더 언닌 줄 알았지."

이것은 기쁨일까, 슬픔일까.

· ·

3월의 팽창성은 나를 미치게 했다. 일상적 문화를 이루는 단편들, 과중한 일과 술이 나의 로제타석이 되어 중년 남자의 나아갈 바를 밝혔다. 하지만 그건 시민이라면 마땅히 적응해야 할 단계이기도 했다.

그날 밤, 압구정동에서 술자리가 끝나 집에 가던 길에 다른 전화를 받고는 바로 수지로 달려갔다. 그게 F1 자동차 경기쯤 되나. 아니, 말론 브란도와 그를 따르는 오토바이 폭주족들이 맥주 한잔 하자고 시내로 쳐들어가는 거친 한 신이었나.

아무리 늦고 아무리 피곤해도 아주 멀리 갈 수 있다. 아직 지성을 다 보여준 건 아니라고, 그러니 좀 더 사랑해달라고 절규하는 머리 빈 가수 같은 나는, 누가 호명하면 어디라도 갈 수 있다. 모든 파트너가 다 집에 가고 나서도 밤새 춤출 수 있는 맹렬한 순수로…….

한 호텔 지하 룸에는 사업가 형들끼리 의기투합한 자리가 흐드러지고 있었다. 주춤주춤 자리에 들어서자 다들 신병 캠프처럼 쏠어버릴 듯 잔을 권했다. 붕괴된 규율들, 작파한 테스토스테론, 왜곡된 자부심, 스스로 도취되는 매 순간, 큰 손짓으로 드라마틱한 순간을 불러들이는 응석, 기어코 자기 음조를 내야만 하는 허영, 구토하며 며칠 방구석에서 자리보전하는 자랑스러움……. 마침내 모두가 가마니처럼 쓰러져버렸다. 어딘지 시큼한 엔진의 악취가 사방에 진동했다. 이런 밤은 모두가 엑스트라인 단편 느와르였다. 차라리 무법천지 속에서 환상과 비관으로 울부짖는 청춘의 음울함과 닮았다. 그러나 20분도 안 돼 스크린에서 사라지는 나 같은 희생자 배역에게, 힐난과 만류가 낭자한 술자리는 처음부터 틀린 것이었다.

이런 자리는 감추어진 내 마음을 읽게 만드는 유리문. 이런 조그만 장난감은 하루살이 사기꾼들이 창궐하는 세상에 내가 겨우 마련한 구질스러운 추구. 결론은 오늘도 놀이터에서 잘 보냈다는 것. 기쁜 날은 놀이터에서 종일 논 날, 누굴 패 죽이고 싶은 날은 사람이 밀려 제대로 놀지 못한 날. 그래도 놀이터는 어쨌든 놀이터였다.

왕성한 호르몬을 분비하며 새벽에 집으로 돌아오니, 엄마가 안방에서 씰룩거리는 목소리로 나를 추궁했다.

"넌 정말 할 수 없는 야행성이구나. 그렇게 늦게 술 먹고 돌아다니면서 내일 아침 피곤하단 소리가 나오니?"

매일 늦게 들어오는 행동은 순전히 인류학 때문이라고 변명했으나, 혀가 뜻대로 풀리지 않았다. 부은 얼굴로 내 방까지 기어가 옷도 안 벗고 텔레비전을 틀었다. 소주 두 병에 발렌타인 열 잔이면 구정물이라도 토하는 게 옳고 아름다울 것이다. 한쪽 팔로 얼굴을 고이자 천장이 울렁울렁 회전하기 시작했다.

케이블방송에선 「흐르는 강물처럼」이 끝나가고 있었다. 곧 '인생은 예술품이 아니며 순간은 영원이 아니란 걸 알았다'는 대사가 들렸다. 라디오에서 왜 그녀가 떠나가야 했는지 알 수 없다고 방백하던

「예스터데이」를 들을 때처럼 떫은 전율이 밑에서부터 치고 올라왔다. 그리고 소주와 양주가 섞인 입 안엔 아스트린젠트의 맛.

모든 게 꿈 같다. 이렇게 선명한 감각, 바꿀 수 없이 명백한 현재성은 하나씩 사라져간다. 그런데 수지까지 나를 안내한 그 기진맥진한 힘은 무엇인가.

읽다 만 『뉴스위크』를 꺼내 드는데 이 종이 때문에 열대 지역 부족들이 삶의 터전을 잃는다는 학습된 생각이 들었다. 웃음이 나왔다. 나는 애국 애족하는 족속일까? 조금 복잡한 구조를 가진 하등동물이 아니고?

새벽엔 파이를 굽는 것보다 조금만 더 도전적인 일에도 집중할 수 없었다. 내가 매일의 독한 술에 무너져버렸으되 시간이 조금 지나면 금세 되살아나는 젊은이라고 해도, 가물거리는 기억력 이면에 존재하는, 재생 가능성조차 씻어버리는 술의 후유증은 혐오스러울 정도였다.

아침이 되자 야생의 감각이 다시 밀려왔다. 하지만 나쁜 꿈을 꾸지 않도록 내 입에 기적의 생수를 떨구어주는 천사라도 만난 듯, 미소 짓다가 침대 밑으로 굴러떨어진 건 뭘까.

겨우 방문을 여니 엄마는 텔레비전을 보고 있었다. 나는 명랑한 손님을 맞은 가게 주인처럼 활달해졌다.

"엄마!"

불 밝혀진 컨디션으로 반색하며 엄마를 불렀다.

"네 방 불 끄고 나와!"

엄마의 고압적인 톤에 바로 마음이 상했다. 일단 브레이크가 걸리면 내 문은 쾅 소리를 내며 닫히고, 모든 건 출발선으로 되돌아올 뿐.

"그게 아침 인사야?"

"너는 맨날 옳고 나는 맨날 틀리니? 요새 전기세가 얼마나 많이 나오는지 알아?"

"엄마가 알면 된 거잖아!"

"6만 원이다, 6만 원!"

"난 또 100만 원쯤 나왔다고? 껌값인데 뭘."

오렌지주스를 따라선 식탁에 앉았다. 여기에 콱 바카디를 섞어 마시고 싶었다.

"왜 그래, 오늘? 무슨 기분 나쁜 일 있어?"

"너도 밉고, 석민이(갓 중학생이 된 누나 아들)도 미워!"

"석민인 또 왜?"

"요새 자꾸만 다리를 떨면서 테레비를 보잖아. 다리 떨지 말라고 그러면 금방 냉장고 열고 먹을 것만 찾고. ……요샌 왜 이런지 모르겠어."

엄마의 한숨은 모래 바람이 되어 식탁을 쓸었다. 정상적인 생활이 저녁식사 때마다 우울하게 무너져 내리는 예전 미국 드라마에선 안식인 시간이 두려움과 협박으로 뒤범벅되곤 했지. 하지만 우리는 자기 세계가 무너져 내린다는 사실을 못 견뎌하는 예의 바른 미국 중산층도 아니고, 딱히 아웃사이더의 관점으로 세상을 바라보는 것도 아니다. 엄마와 나는, 단지 엄마와 나일 뿐이다.

..

곧 옷을 갈아입고 욕실로 가는데, 낯을 바꾼 엄마가 텔레비전을 보며 웃고 있었다.

"뭐 하길래?"

엄마의 시선을 따라가자 케이블방송에선 웃통을 벗어부친 프로레슬러들이 링 안에서 서로의 몸에 난 풀을 뜯어대고 있었다.

"레슬링이잖아?"

"……."

즐거운 뉘앙스가 대답 대신 거실 곳곳에 묻어 있었다.

"이게 지금 재밌어서 웃는 거야?"

"그래, 왜?"

황산 세례라도 받았는지 내 마음이 급해졌다.

"뭐가? 뭐가 재미있는데?"

"덩치가 산만 한 사람들이 치고받는 거 보면 후련해."

나는 엄마를 알기나 하는 걸까? 물론 모든 사람의 도락은 그 자신의 경험과 지식의 은유이며, 개인적이고 일신상의 것이다. 대를 이어 용납되는 것도 아니고, 서로의 기호가 같을 수도 없다. 단지 시비를 걸면 갱보다 난폭하게 습격할 것 같은 엄마 얼굴에서 막연한 간격을 느꼈다.

"신나?"

"신난다니까? 가빠가 이만한 사람들이 막 치고받고, 발길에 채여 실컷 두드려 맞아 녹다운되었다가, 다시 벌떡 일어서서 덤벼들어 쓰러뜨리는 게 신나지, 그럼."

"저거 다 가짜로 하는 거야. 그거 몰라?"

"아냐. 의자로 막 때리면 의자가 부서지는걸."

"진짜처럼 보이려고 하니까 그런 거지. 그러니까 안 아프게 의자를 평평하게 각도 잡아서 때리잖아."

"그래도 채영이는 저거 볼 때마다 눈 가리고 '아, 무서워' 그러더라."

엄마가 나름대로 찾은 방법 속에서 즐거움을 느끼면 나도 즐거운 거지. 엄마의 기쁨은 지도 같아서 나를 평안하게 하늘로 인도해주잖아? 나는 순하게 그 옆에 앉았다.

"엄만 드라마 같은 건 싫어?"

"난 서부 활극이 좋아. 총 쏘고 말 달리고 그러는 거."

엄마는 보통 여자의 일생에 새로운 세계를 향한 창문이기도 한 드라마를 좋아하지 않았다. 15년 전에도 그랬다. 나의 좁은 방에서 14인치 텔레비전으로 우리 둘이 「누구를 위하여 좋은 울리나」를 보는데, 엄마는 어서 가라고 손짓하는 게리 쿠퍼더러 잉그리드 버그만이 입 맞춰달라고 보채는 마지막 장면을 혐오했다. 급해죽겠는데 그 판국에 사랑을 확인하자고 드는 여편네들의 습성이란 이를 데 없이 한심하다고.

"멜로도 그래. 난 울고 짜고 입 맞추고 그러는 거 정말 싫더라."

한숨이 나왔다. 하긴 친구들도 「쥬라기 공원」이나 「인디펜던스 데이」 같은 공상과학 영화가 보고 싶다는 나를 보며 갸웃했었지.

"그런 거 말고 딴 건 뭐가 재미있는데?"

"그것 말고는 다 그저 그래."

"왜?"

"몰라. 신나는 것도 없고 모든 게……. 난 어디 가서 하하하 웃을 데도 없어."

엄마는 무엇을 생각하는 걸까? 진실의 열쇠는 어디 숨어 있을까?

"집에 있다 보면 시간이 금방 가. 그럼 세월이 벌써 이만큼 갔구나, 그러는 거야. 중간엔 그렇게 감당을 못하겠더니……."

언젠가 식탁에서 채영이도 엄마에게 물었다.

"할머닌 엄마가 없어?"

"없어. 그래서 할머닌 엄마가 보고 싶어. 넌 엄마 있니?"

"응, 있어."

"언제 오는데?"

"이따가 밤에. 할머니 엄마는 어디 갔어?"

"응, 돌아가셨어. 그래서 할머닌 엄마가 보고 싶어."

몰이해, 책임회피는 결코 내 마음의 필터를 통과할 수 없다. 그런데도 나는 엄마를 잘 모르겠다. 좋아하는 것도 갖고 싶은 것도. 엄마가 원하는 것들은 그 삶에 잠시 깃들어 있다가 스스로에게도 희미해져버린 걸까.

..

남자의 생애에 그냥 지나간 순간은 없다. 남자가 아니라면 항상 일분의 촉박함 아래 있다는 것이 어떤지 이해 못할 것이다. 그래도 남자는 항상 꾸물거린다⋯⋯.

　아침, 복도에서 쓰레기를 버리고 돌아오는 엄마와 뒤늦게 마주쳤다. 빈민 소굴에서 친구를 만난 듯 활짝 반가웠다. 그래서 평소에 쓰레기 한 번 치우지 않는 주제에 엄마 손에 쥐어진 빈 비닐봉지를 보며 "그게 뭐야? 나 줄 거야? 돈이야?" 설레발을 쳤다.

　터치다운을 하듯 엘리베이터로 쌩쌩 달려가 버튼을 누르곤 뒤를 돌아보니, 현관문에 세로로 잘린 엄마의 엉덩이가 잠깐 보였다가 닦이듯 사라졌다. 그 순간, 시간이 지나간다는 게 믿어지지 않았다. 나는 사라진 그 모습을 향해 잠깐 손을 흔들었다. 소매로 비어져 나온 커프스를 과시하는, 어느덧 성년 남자가 되어버린 채.

#3

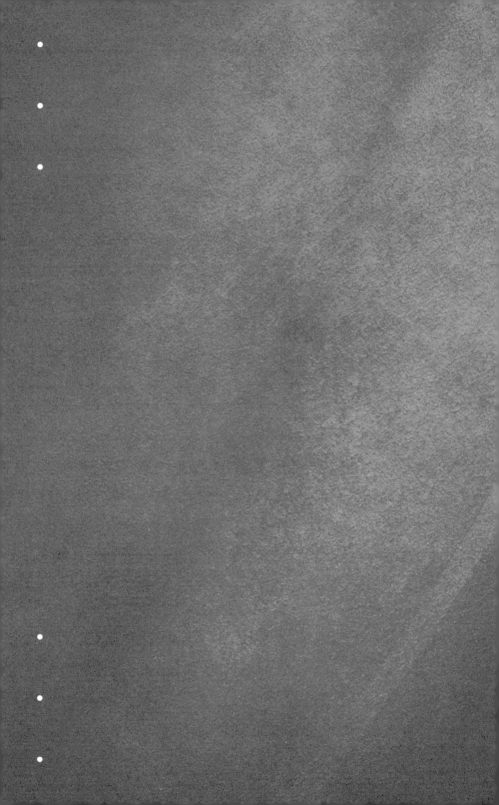

영정
사진

·· 엄마가 영정 사진 얘길 꺼낸 적이 있었다. 꼭 6년 전이었다.

그날 밤, 나뭇가지의 창백한 파랑, 어두운 녹색, 마른 갈색으로 변한 풍경 속에서 검은 외곽선의 어른들이 놀이터 주위를 달리고 있었다. 나도 그들과 똑같은 몸과 마음으로 달리고 싶었지만, 피곤과 과체중을 기꺼이 감내하려는 의지로 술만 찾았다. 결국 거울 속에서 축 늘어진 살로 뒤덮인 사람과 마주하게 되리란 걸 다 알면서.

그때 엄마가 거실로 나를 불렀다.

"혹시 나 독사진 찍어줄 수 있어? 환갑 때도 찍어봤고 몇 번 찍어봤지만 마음에 들지 않더라."

엄마는 쿠션에 기대고 앉아 텔레비전을 보고 있었다. 문득 엄마의 머리에서 불가사의한 빛이 났다. 꼭 방금 설탕 액에서 꺼낸 페이스트리처럼.

"왜?"

"내 사진 미리 찍어두게. 나중에 나 죽고 나면 정신없어서 괜히 당황하지 말고 그때 너 쓰라고. 근데 너무 가깝게 찍지 마라. 주름이 너무 많이 보이더라."

엄청나게 뚱뚱한 여자가 내 머리를 깔고 앉은 것처럼 갑갑해졌다. 깊은 숨을 들이마시기 위해 허리를 구부렸다가 머리를 젖히는 사이, 형광등은 방사능 낙진 같은 빛을 퍼뜨리고 있었다.

"그러니까 나, 영정 사진 찍어줘. 너무 똑바로 앞만 보고 그러는 거 말고, 옆도 보고 자연스럽게 이쁘게 나온 걸로."

눈을 크게 뜨고 바라보아도 천장에 새겨지는 그림자는 자꾸 뭉개졌다. 하지만 지금의 위안이 어떤 종류인지는 알 수 없었다.

며칠 후 강북의 병원에 들렀다 오는 길에 엄마는 다시 영정 사진 이야기를 꺼냈다. 나는 그게 일주일 전에 이미 끝난 주제인 듯 대꾸했다.

"난 엄마의 그런 태도, 좋다고 생각해. 나도 그럴 거야, 때 되면. 근데 이젠 나나 엄마나 이쯤 되면 솔직히 누가 먼저 죽을지 모르는 거야. 사람은 또 언젠가 죽기 마련이고. 그러니까 그런 생각보단 어떻게 몸을 일으킬까, 어떻게 나아질까, 그런 생각부터 먼저 해야 되지 않아? 그러니까 어떻게든 나하고 같이 오래 살 생각을 해야지, 자꾸 그런 소릴 하면 내가 어떻겠냐고? 죽으면 죽겠지만, 죽을 때까진 덜 아프게 사는 게 옳잖아. 죽기 전까진 죽은 게 아니잖아."

이 피투성이의 요점은 무엇인가? 죽는 건 단지 시간의 강을 헤엄치는 것 아닌가? 내가 우리의 양쪽 세계에 발을 벌리고 서서 아무리 엄마의 작은 상자를 열어보려고 해도 그 안은 보이지 않는다. 말로 다 할 수 없는 이야기로 그 마음을 채운 풍경과 다듬어지지 않은 본성은 헤아릴 수 없다.

엄마는 요 몇 개월 빈혈 때문에 한순간 더 쇠약해졌다. 장을 본 날엔 어김없이 앓았다. 뭔가 허술한 방책 같아져버렸달까, 희끗희끗한 상태가 되었달까.

"이상해. 요즘은 감기도 잘 걸려. 전엔 감기 같은 건 뭔지도 몰랐었는데."

찬사 없는 외로움. 엄마는 숙명을 포용하기 위해 힘들게 노를 저었지만, 나에겐 부비 트랩을 피하는 강박적인 날들이었다. 의사들은 엄마 몸이 더 나아진다기보다 지금 상태를 유지하는 것이 최상이라고 충고했다.

..

사실 '영정 사진'이란 나에겐 이미 내부적인 합의를 마친 상태였다. 엄마는 몰랐지만 6년 전 그해 초봄, 엄마의 영정 사진을 찍어두었었다. 그것이 먼 훗날을 위해 내가 고른 애도의 한 방법이었다. 그렇지 않다면 나는 어쩔 수 없이, 우연하게만 엄마를 떠올릴지 몰랐다.

그때 나는 사진가 친구에게 당부했었다.

"엄마 사진 찍어드리고 싶어. 지금까지 변변한 독사진도 하나 없고. 전부 다 몸도 지치고 맘도 기우뚱한 사진뿐이야. 그렇지 않다고 해도 작가가 찍어준 사진만 하겠어? 그러니 네가 찍어주면 엄마한테 얼마나 소중하겠어? 나중에도 내가 엄마 사진을 보면서 얼마나 위로를 받겠냐고?"

..

봄날은 여린 껍질로 덮여 있었다. 나무마다 맺힌 봉오리는 날개 달린 축구공처럼 색색으로 부풀어 올랐다. 침묵은 정적이 아니라 단지 사람의 음성이 사라진 것. 그런 종류의 침묵 속에서만 오려낸 듯 바람과 새소리를 들을 수 있었다.

나는 연보라색 모직코트를 입은 엄마의 손을 꼭 잡고 경복궁의 찬 바람 속을 어슬렁거렸다. 엄마의 볼링 봉 같은 궁둥이를 따라다니는 사이, 객사하고 싶을 만큼 명료한 날씨와, 새가 앉은 나무와, 하늘을 가르는 구름은 사진가의 흑백 렌즈 속에서 친절하게 감광되었다. 그러나 추억을 더 가지려는 마음은 그만큼 가난하기 때문인지도 몰랐다.

잠깐 벤치에 앉아 있다가 키 큰 나무에 매달린 나뭇잎들이 바람에 살랑거리는 광경에 순간적으로 사로잡혔다. 나뭇잎은, 바닷속에서 움직이던 파도가 모래톱 위로 높은 물마루를 이루며 솟구치다 부서지듯 미묘하게 흔들거렸다. 지금이 세상에서 둘도 없이 중요한 순간은 아닐 것이다. 하지만 다시는 돌아오지 않는 순간이었다. 문득 이름도 모르는 나무에 매달린 잎들을 지켜보며 숨을 쉬는 것보다 중요한 일은 없는 것 같았다. 그렇다면, 불변의 것이 하나 있다면, 2초마다 공기를 들이마셔야 한다는 것이었다.

낮이 다 끝나가는 오후 5시가 되었다. 전각의 그림자가 뿌연 먼지 뒤로 숨기 시작했다. 하루의 마지막 햇빛이 하늘에서 빠져나가기 시작했다. 옛날 궁 위로 펼쳐진 풍경이 어딘지 오싹하게 느껴졌다. 천천히, 눌려져 말린 듯한 초조가 밀려왔다. 태어나면서부터 잘못된 나쁜 아이는 엄마 몰래 사진가에게 말했다.

"해가 지기 전에 빨리 엄마의 영정 사진을 찍어드리자. 엄마가 아시게는 하지 말고. 내가 이런 생각한 걸 아시면 너무 놀라고 슬퍼하실지 모르잖아."

하늘에 태양이 더 오래 머무르도록 기도했던 건 여호수아였나. 나의 태연한 제안은 죄의식을 주었지만, 멜로라기보단 좀 슬픈 코미디류의 허영과 닮아 있었다.

며칠 후 사진가 친구는 A4 사이즈의 액자 몇 개를 회사로 보냈다.

사진 속에는 60년대 배우의 윤곽을 지닌 엄마가 흐릿하게 비쳤다. 나와 함께 비틀거리거나, 그녀 혼자 비틀거리도록 내버려두었던 세월도. 사진 하나하나와 그때의 모든 기억은, 나중에는 빛을 잃어버린 내 성격을 다시 형성할 것이다. 사진은, 어떤 추억은 왜 포기할 수 없는지 설명하니까. 그리고 검은 상복을 입은 듯한 그날의 공기 속에서 엄마가 뒤돌아보며 웃는 사진은 훗날 영정 사진으로 쓰자고 마음먹었다.

．．

　그날 이후 6년이 지나 엄마가 영정 사진을 이야기할 때의 현실성은 보다 명확했다. 엄마는 세상에서 자기가 밟을 장소를 찾아내는 법을 배우는 소녀와 같았다. 하지만 나고 죽는 것에 대한 내 마음속의 모서리는 이미 깎인 뒤였다.

세상에서
가장
가까운
타인

부모와 자식이라는 지점은 혈액형으로 판단하는 세태와 비슷하다. 혈액형을 물음으로써 상대의 기질을 알고 싶어 하듯이 모든 세대관에는 적절한 형태와 기대치가 있기 때문에.

모자 안에 감춰진 새끼 고양이들처럼 나는 여러 세대에 격렬하게 걸쳐 있다. 그래서 모든 세대마다 특유의 집착이 있으며 그 때문에 멸시받기도 한다는 것을 알게 되었다. 하지만 우리는 모자 관계의 특징이라고 불리는 것들과 잘 맞지 않았다.

서로의 습관이나 가설이 얼마나 다른지 인정하지 않는다면, 우리는 함께 살 수 없었을 것이다. 어쩌다 엄마와 닮은 점을 발견할 때마다 편안하면서도 화가 나고, 즐거우면서도 당황스러운 건 그래서였다.

··

나는 늘 방문을 닫았다. 엄마의 방은 언제나 열려 있었다. 나는 커튼을 촤르륵 침침하게 닫는데, 엄마는 무정하도록 활짝 열어젖혔다. "밝은 게 좋지, 사람이 왜 그리 어두운 걸 좋아해?" 엄마는 티끌 하나 가릴 게 없어 보이지만, 나는 제 부모에게조차 감출 게 많았다. 하지만 나도 이렇게 태어날 줄 몰랐는데 무슨 대답을 하겠어?

나는 하루도 이렇게 생각하지 않은 적이 없었다. 엄마는 도대체 왜 그럴까? 엄마와 아들이라는 세기의 전쟁에서 판관들은 어느 쪽에 수건을 던질까?

두 사람 살림에 엄마는 왜 그렇게 음식을 많이 만드는 걸까? 어떻게 만들었다 하면 한 솥일까? 처음 만들었을 때야 모르지만, 몇 날 며칠을 데우고 또 데우면 생명력은 하나도 없이 형해만 남을 텐데. 나중엔 음식처럼 보이는 잔해만 먹는 건데. 그래서 나는 이런 소리를 침처럼 매달고 살았다.

"냄비가 레미콘처럼 마구 섞는 데 쓰는 게 아니잖아. 내가 두부 좋아한다고 어제 만든 찌개 위에 두부만 몇 개 올려놓고 새로 끓인 척 좀 하지 마."

충돌은 모든 사고와 취향, 가정과 실제의 차이, 그 변화무쌍한 사건마다 일일이 반영되었다. 그것을 사회화의 테라피나 세대간 잠재력이라고 말할 수 있을까.

엄마는 왜 그릇을 식탁에 던지듯 놓을까? 통화 중에 이야기의 윤곽이 어렴풋이 드러나기만 하면 바로 툭, 전화를 끊는 건 왜일까? 아무리 엄마지만 그때마다 너무 어이없어서 다시 전화해 "어떻게 마지막 멘트도 없이 전화를 그렇게 끊어? 그건 매너가 (아니야)……" 하는데 또 콱 끊는 건? 이게 순전히 나의 신경 배선이 꼬여서인가?

늘 아프면서도 당장 죽을 지경이 아니라는 이유로 꾸역꾸역 교회에 가는 이유는 뭐지? 병원 정기검진일에 내가 같이 못 갈 상황이면 나 말고 형제들에게 당신을 모시고 가라고 요구해도 좋으련만, 차에서 내릴 때조차 휘청거리면서 굳이 혼자 택시 타고 간다는 걸로 압박 축구를 하는 건? 부엌에 새 그릇이며 예쁜 접시, '통삼중' 냄비가 지천인데도 이빨 나간 그릇에, 코팅 벗겨진 프라이팬, 손잡이가 눌어붙은 스테인리스 냄비를 악착같이 쓰는 건 왜지? 새 도구들은 애꿎게 모셔두기만 하다 날 잡아 제사 지낼 건가?

엄마는 그 나이에도 피부만은 콜라겐 가득 탱탱해서 그 바람에 처진 눈 밑이 더 심통 맞아 뵈는데, 내가 "눈 아래위 간단하게 잘라내고 정리하면 한 15년 젊어 보일 거야" 하며 기회 있을 때마다 밀어붙여도, 그 긴 세월 "안 아프면 된다"는 짧은 말로 나를 무찌른 건 뭐지? 사람이 어떻게 아프지 않은 몸으로만 살 수가 있다고?

엄마는 밥상머리에서 깨만 보이면 항상 질색하는 나에게 매번 정색했다.

"다른 사람들은 다 고소하고 맛있다 그러는데, 넌 왜 맨날 유별나게 싫다는 거니?"

"딴 사람들이 고소해하건 말건 그건 나랑 상관없어. 난 고유한 개인이자 각자야. 다른 사람들이 밥 먹으면 지들 배부르지 내 배가 부른 게 아니잖아!"

"그렇다고 너 혼자 저기 무인도 같은 데 떨어져 살 수 있어?"

"있어! 그러니까 난 된장찌개에 소고기 넣는 거, 오이지에 당근 넣는 거, 깻잎에 양파 넣는 거, 다 싫어."

"해주기도 힘들어. 주는 대로 먹어!"

자식 이기는 부모는 없다지만 과연? 엄마가 빗자루 잃어버린 마귀할멈처럼 같은 대사로 으르렁거리면 나는 열 양동이의 감사로 먹어야 했다.

..

엄마는 내가 지닌 것들에 그다지 동의하지 않는다. 고갈되지 않는 상식과 사랑으로 균형 잡힌 충고를 해주는 것도 아니다. 그러나 아침에 차가운 모차렐라 피자와 맥주를 들이켜는 게 뭐가 잘못이냐고 반발하는 그 순간에도 내가 글렀다는 건 안다. 나는 아침에 재빠르고, 엄마는 남김없이 꼿꼿하니까. 엄마는 겸손을 배워야 한다고 말했지만, 나는 자신이 뛰어나다는 걸 아는 단호하고 끈덕진 아이였으니까. 내 사고의 대부분은 만화 같은 오버톤이라서 빌딩 꼭대기의 레스토랑에 열기구가 하선하는 식의 엉뚱한 상상만 품고 살았으니까. 결국 엄마의 옳고 그른 감각만이 사회적 규범을 지킬 것이다.

애국심에 대해서도 마찬가지다. 엄마는 국경일에 국기 다는 일을 거른 적이 없었다. 그건 애국심이라는 단일한 가치를 엷게 생각하는 내 몫이 아니었다.

은행 창구 직원의 계산이 엄마의 셈과 100원 차이로 틀렸을 때, 그가 내내 버팅기자 엄마는 더 참지 못했다. "은행장 나오라 그래! 동전 하나 셀 줄도 모르는 것들!" 엄마의 패기는 거의 금속적이었다. 그 넓은 은행 로비에서 세 번째 높은 이가 엄마 앞에서 머리를 조아린 것은 물론 단순한 무용담이었지만.

첫 번째 직장에서도 그랬다. 처음 세 달 동안 밤 9시 이전에 퇴근해본 적이 없었다. 일은 금방 무친 겉절이보다 상큼했지만, 어떤 상큼함도 쉬는 것만 못했다. 어느 날 월차를 내고 싶었으나, 엄마는 주머니 속에 움켜쥔 주먹을 빼 보이듯 한마디로 날 제압했다. "네가 뭘 한 게 있다고 쉬니?"

나는 월차를 내지 않았다. 초보적 복수심 때문에. 내가 얼마나 피곤한지 어떻게 알길래? 진단되지 않는 통증처럼 원인은 몰라도 예후는 이렇게 뚜렷한데? 내가 피곤해서 쓰러지면 그때서야 슬퍼하겠지? 그러나 인생은 역전. 후배들이 피곤해죽겠다고 호소할 때마다 나는 엄마를 차용했다. "도대체 뭐가 그렇게 피곤하다는 거지? 나는 네 나이 때 네 세 배 일했다!"

이젠 조금 달라졌다. 아침에 일어나 편도선이 부어 있으면, 엄마는 네가 피곤해서 그래, 순하게 긍정한다. 그런데 나를 찬찬히 헤아리는 엄마의 눈길을 느낄 때마다 이게 엄살은 아닌지, 이 피곤이 정당하긴 한지 당장 점검해보는 것이다.

햇빛이 약해지고 눈이 끝도 없이 내리던 날, 우리는 말없이 식탁에 앉아 멀겋게 텔레비전 화면을 따라가고 있었다. 언젠가 모태에서 한 몸이었다 한들 결국 우리는 세상에서 가장 가까운 타인이니까. 각자의 장미가 하얗게 시들어도 아무도 그걸 치워줄 순 없는 거니까.

그때 코에 고드름을 매단 채 산에 오르는 사람들이 보였다. 엄마가 혀를 찼다.

"아이, 저 사람들 아예 죽으려고 환장을 했구나, 환장을 했어."

"저 사람들은 신념을 위해 떠난 거야. 운명을 개척한 거라고."

"저렇게 위험한 데 가서 죽으면 어떡해? 가족 생각은 안 하고?"

"사람은 어차피 누구나 죽어. 저게 저 사람 인생이고 방법이야. 죽으면 끝인데 무슨 가족이래?"

"……테레비도 테레비지만 참 오늘 날씨 환장하게 더럽다."

"어떻게 화창해야만 좋은 날씨야? 비가 와도 눈이 와도 좋은 날씨 아냐?"

"날씨가 너무 구질구질하니까 그렇지."

"이런 날이 왜 구질구질한데? 달에 갔다 온 어떤 우주 비행사가 그랬어. 달에 갔더니 우주가 너무나 경이롭고, 정말 장엄하고 아름다워서, 지구에 돌아온 뒤로는 다시는 날씨를 불평하지 않게 되었대."

엄마는 내 말을 듣지도 않았다.

교회에서 심방 올 때나 누군가 우리 집에 머물 때, 나는 늘 예의를 다해 그들을 대한다. 하지만 내 친구들이 우리 집에 올 땐 당최 마음이 안 놓이고 좌불안석이 된다. 엄마는 사근사근하기는커녕 퉁명스러워 보이기도 해서. 엄마는, 그게 뭔가 주섬주섬 만들어 먹여야 하는데 몸이 아프면 그럴 수 없어서라고 변명하지만, 친구들이 꼭 배고파야만 우리 집에 오는 게 아니다. 그냥 안주 몇 개 놓고 술 마시면 되지 뭘 그렇게까지 만들어 먹여야겠냐고 해도 엄마에겐, 집에 오는 누구라도 직접 맞이해야 할 손님이라서.

그렇게 오래 얼굴과 얼굴을 대하여왔지만, 자기가 원하는 모습으로 상대를 변화시키려는 충돌은 5만 번도 넘지만, 어느 것 하나 뚜렷해진 게 없다. 우리의 고집은 삿갓조개처럼 단단해서 도저히 양보할 수 없기 때문에. 우린 서로 변할 수 없는 것에 대해서만 말하기 때문에. 어쩌면 직관적인 체계로 무장한 엄마와, 성인기에까지 쉴 새 없이 몸을 흔드는 틱 장애의 나, 둘 다 프로이트 정신병리학의 상속자 같다. 질병은 단순한데 원인은 복잡한. 그러나 내 나이 남자가 과자 부스러기로 어질러진 방을 치우는 문제로 엄마와 분쟁하는 것은, 분명 나이를 더한 만큼의 연옥의 순환이다.

사실 세금 잘 내고, 사소한 법도 지키고, 이웃을 불편하게 하지 않고, 시민으로서의 책무와 권리를 이해하는 한 자기가 정한 법대로 사는 게 옳을 것이다. 나도 내 뜻대로 안 되는데 어떻게 상대의 생사여탈을 좌지우지할 수 있다고? 일일이 논리를 헤집어 엄마의 삶을 되비추고 그 갑갑한 삶을 들어 올리려고 해도, 당사자가 결핍을 느끼지 않는다면 헛소동 아닌가? 평생을 같은 규격으로 산 사람이 어떻게 달라진단 말인가?

아무리 사랑해도 밥도 따로 먹고 죽을 때도 따로 죽는다. 각자의 곤경은 각자의 것. 그것이야말로 진실된 인간의 명예이다.

모래의
열매

늦게까지 깨어 있는 사람들은 자기가 원하는 걸 결국 찾아내는 재능이 있다. 그게 나에게도 소용될까? 내가 내 나이의 카테고리에 속한다 해도 태도와 이념은 미성숙하게 섞여 있을 뿐인데.

지저분한 하늘이 회벽처럼 보이는 아침, 방문을 열다가 흠칫했다. 엄마는 모호하게 구부정한 자세로 거울을 보며 얼굴을 매만지고 있었다. 잔상을 남기는 그 모습엔 시간의 흐름을 가린 경의의 마음, 나를 위해 아주 오래 몸을 구부렸던 노고가 다 있었다.

"머리가 아파. 터질 것 같아……."

문 앞에서 묵상하듯 바지 주머니를 만지작거리는데, 믿을 수 없는 사고를 목격한 직후의 심정이 되었다. 내가 시작한 곳은 엄마가 끝나는 곳과 같지 않을 것이다. 결국 내 앞에서 삶을 지탱하기 힘들어하는 엄마를 보는 것은 우리의 마지막 질병이 되었다.

"왜?"

"몰라. 맨날 이래."

거실 유리는 엄마의 움츠린 어깨를 어둡게 되비치고 있었다. 나는 보유 주식의 가치가 떨어져 화가 난 주주들을 달래듯 실내 공기의 눈치를 보았다.

"⋯⋯근데, 지금 어디 가?"

"교회. 고난주일인데도 한 번도 안 갔잖아, 내가."

우주비행사처럼 책임감과 명예가 높은 여자는 자기가 아프다는 걸 조금밖에 인정하지 않았다.

"세상에 사람이 아픈데, 아프지 않아야 고난주일이건 사순절이건 잘 보낼 수 있는 거 아냐?"

강남 어느 병원에 가는 날, 엄마는 베이지색 재킷을 입었다. 얼기설기한 재단선 때문에 엄마는 꼭 구라파 영화에 나오는 어리석은 국교주의자처럼 보였다. 엄마의 방심한 형상이 마음에 쓰였지만, 나 역시 넓은 칼라에 녹색 스트라이프 셔츠를 입은 실업계 거물도 아니었다. 내가 유정油井처럼 돈을 많이 벌어들인다면 얼마나 행복할까. 나는 억지로 발을 밀어 넣는 습관 때문에 뒤축이 짜부라진 구두를 신었다.

함께 산다는 건 도약하는 것, 개인적인 질문을 딛고 서로를 향해 묻는 것. 그것이야말로 진짜 여행이다.

막 가라앉기 시작한 보트처럼 차의 내부 기관이 덜컹거렸다.

"이렇게라도 밖에 나오니까 참 좋지?"

나는 애매하게 엄마의 기색을 살폈다. 엄마는 말이 없었다. 가지가 자라지 않는 나무처럼.

..

병원은 그날따라 무시무시한 크롬 주사기로 지어진 듯했다. 의사와 면담하기 전, 자동화된 설비에 열을 맞춘 듯 잔뜩 모여 있는 병자들을 보았다. 나는 엄마의 평생이 그렇게 병원 천장 아래 매달리게 될까봐 무서웠다.

검진을 마친 엄마 몸은 그야말로 총체적 난국이었다. 세부 검사를 위해 며칠 뒤의 날짜를 받아 든 나는 엄마의 회한, 우울, 분투를 모니터링해보았다.

"지금 뭐가 먹고 싶어?"

고작 그런 질문이 나와 엄마를 어떤 시간으로 이어줄 수 있을까. 엄마는 옛날 남부 지방에서 먹던 굵은 면발의 차가운 국수가 생각난다고 말했다.

올림픽대로로 달려가는데 전에 살던 잠원동 아파트가 보였다. 초목에 파란 물이 들면 우리는 함께 강변으로 나갔었다. 그때마다 엄마 손엔 모종삽과 바구니가 들려 있었다. 엄마가 나물을 뜯는 동안, 나는 조금 떨어져 앉아 막연히 강물의 피부를 쳐다보곤 했다.

"생각나? 그때 엄마, 나물 뜯으러 밖으로 자주 나왔잖아."

엄마는 예전 집을 돌아다보았다.

"그런데 요즘 풀들은 너무 웃자라서 억세."

반포대교로 우회전하기 직전, 뭔가 고속도로 진입로처럼 혼란스러워졌다. 이렇게 함께 밖에 나올 일이 또 언제일까. 해답이 여기 있는데 그걸 나중에 가져오고 싶지 않았다.

"우리, 집에 가는 길에 용산 가족 공원 들렀다 갈까?"

"그러고 싶어?"

반포대교를 다 건너올 때쯤 직관적인 신호가 후려쳤다. 나는 장소를 고쳐 말했다.

"우리, 덕수궁 가자."

엄마는 항상 말했다. "네 아버지가 봄이 오면 항상 김밥 싸서 덕수궁 가자고 했는데, 한 번도 그렇게 하질 않았다. 난 맨날 핀잔이나 했지. 지금이 그럴 때냐고……."

그 말을 할 때마다 엄마는 미래의 날개를 상상할 수 없는, 아직 깃털이 나지 않은 소녀 같았다.

엄마는 항상 나의 악덕이 아버지를 닮았다고 했다. 나는 그 비난을 극단적으로 받아들이진 않았다. 굳이 부정하지도 않았다. 다만 아버지처럼 사회적 소용돌이 속에 억지로 끼어들어 세월을 허비하고 싶지 않다는 생각만 분명했다.

나는 엄마 또한 추억을 필요로 하며, 그 추억 옆에 괜찮은 친구가 있다는 걸 알게 해주고 싶었다. 하지만 누군가 이런 나를 보며 엄마를 보호하려는 내 의지가 다 소용없다고 말해주길 바라기도 했다.

덕수궁으로 가는 도로 표지판에는 약간의 보상이 코팅되어 있었다. 그 길은 엄마에겐 잿더미 속에서 빠져나와 언덕 위의 성까지 오

르는 여행이 아니었다. 덕수궁은 너무나 마음 깊숙이 자리 잡고 있
어, 둔중한 문을 열고 중심부로 한참 파고 들어가야 하는 장소였다.
어쩌면 바닥에 페달이 달려 있어 누르기만 하면 과거로 향하는 타임
머신 같았다. 그래도 어느 쪽으로든 움직여야 할 때 길을 모른다고
걱정하지 않는다면 어떤 방향으로든 갈 수 있을 것이다.

낮은 벽과 성채로 둘러싸인 덕수궁 돌담은 서사시처럼 웅장하진
않지만 뭔가 특별한 장소에 있다는 느낌 이상의 것을 주었다.

"아버지와 못 와본 덕수궁 돌담길을 아들하고 걷네……"

엄마는 입장권을 사는 나를 보며 무감하게 말했다. 안경을 처음 쓸
때 같은 두통이 찻물처럼 옅게 우러나왔다.

"아들하고 오니까 좋지 뭘……"

봉납물로 예배당을 채우는 대신, 나는 언제나 비질을 하듯 그녀를
가볍게 밀쳤다. 그게 사랑의 방식이기라도 한 것처럼.

돈을 내고 표와 거스름돈을 받는 행위는 나에겐 늘 약관만큼 복잡
했다. 하지만 그날은 프로그램화된 온기와는 다른, 어떤 순수한 사치
가 내 마음과 짝을 이루었다.

..

이른 오후의 햇살은 하얀 구름 사이로 생선가시처럼 뻗어 내렸다.
덕수궁은 예전부터 언제나 존재해왔다는 것을 암시하듯 침윤돼 있
었다. 나무가 우거진 방향을 따라 걸을 때 문득 사람들이 모두 웅성
거리고 있다는 사실을 깨달았다.

"저 벚꽃 좀 봐!"

엄마가 청결하게 소리쳤다. 나는 코의 연골이 중추 주변으로 붕괴된 것처럼 힘겹게 킁킁거렸다.

"이건 고무나무, 저건 옥양목, 또 저건 개나리……."

엄마의 제스처가 음악이라고 해도 모데라토 풍의 악보가 이어지진 않을 것이다. 하지만 그 몸은 사람의 이목을 끄는 연설과 닮았다. 엄마의 삶엔 완벽을 구하는 망상과 되찾을 수 없는 아름다움이 있으니까. 코스모폴리탄적인 광경이 아니라 과거의 잔영으로서…….

가로수길 아래 보행자 길을 따라 걸을 때 내내 괴롭던 질문이 떠올랐다. 엄마의 삶 가운데 지금 소중한 건 무엇일까? 있다 해도 그걸 즐길 수 있을까? 엄마는 왜 조금만 힘을 주어도 휴지처럼 찢길 것 같을까? 엄마가 생수병을 들고 나하고 오래 걸어 다닐 거라는 생각은 할수 없다. 피로를 모르던 육체를 소모시켰으니 신체적으로 불가능한일. 그러나 엄마가 받아야 할 대가를 빼앗은 건 세월이 아니라 나였다.

나는 엄마의 팔을 잡았다. 그 팔은 엄마에게 합당한 아들이 되기위해 비집고 들어가 쥐어야 하는 철봉 같았다. 엄마는 가끔 재판봉을 탁 쳐서 시끄러운 방청객을 쫓아내는 판사와 닮았으니까.

엄마는 다시 처마 끝에 매달린 작은 구리 종 아래 혼자 걷고 있었다. 옆터짐이나 뒤트임 없이 엉덩이까지 내려온 엄마의 재킷을 보며나는 깜짝 놀란 자동차처럼 비명을 질렀다. 재킷은 그녀의 틈 없는어깨선과 충돌하더니 흥미로운 흔적을 남기고 사라졌다. 덕수궁 안의 그림 맞추기에서 몇 조각이 빠져버렸다. 추억은 하나의 미니어처에서 일어난다. 하지만 고궁이 아무리 찬란해도 과거는 오래전에 유실되었으며, 우리는 빈 공간을 서성거리는 것이다.

엄마는 석조전 계단에 앉아 공중의 산소를 모두 들이마실 듯 들썩이며 쉬고 있었다. 나는 엄마 옆에 앉았다.

"숨 차?"

"응……."

"엄만 예전이나 지금이나 그대론데 뭐. 하나도 변한 데도 없고."

엄마 얼굴에 동의할 수 없다는 기색이 비쳤다. 내가 그러고 싶듯이 엄마 역시 나에게 이해시켜주고 싶은 이야기가 있겠지. 하지만 그 개념을 이해하기엔 뭔가 어휘가 부족했다.

피곤했다. 하지만 봄 햇살 아래 행복한 피로였다.

"이제 집에 가자."

엄마가 말했다. 충분하진 않다는 생각, 그러나 적당하다는 생각을 하며 일어섰다.

덕수궁을 빠져나오자 도시의 역동성이 그대로 느껴졌다. 우리는 거대한 전류에 감전된 작은 소립자 같았다. 하지만 나에겐 자동차와 다른 소리가 들렸다. 내 마음속의 목소리는 이렇게 물었다. 여기서 우리가 본 건 무엇일까? 이건 구색이 아닐까? 나는 피신시키듯 엄마를 차로 안내했다.

··

언덕을 올라오는데 하나, 둘, 셋, 넷, 여섯 개의 아파트가 금빛 먼지의 음영 속에서 어른거리고 있었다. 황혼이었다.

"이번 토요일에는 성주 엄마하고 같이 잠원동에 가자. 내가 차로 거기 내려줄게. 같이 나물 뜯어."

초등학생이 분홍과 은색 재료를 따 붙인 아상블라주처럼 촌스러운 교회를 지나치며, 오늘 우리가 입양한 시간에 관해 더 이야기를 나누었다. 엄마 얼굴은 어딘지 놓여난 듯했다.

엄마의 재킷을 받아 들다가 안쪽 주머니에서 옷이 만들어진 정확한 해와 달, 날짜가 적힌 레테르를 보았다. 16년 전에 만들어진 코트였다. 내 옷장엔 수동적인 행동양식이 뒤엉켜 한 번도 주름이 잡히지 않은 옷들이 가득한데, 나는 터질 것 같은 옷장에서 번번이 단추를 잃어버리거나 주머니 주위를 두른 솔기를 뜯어먹기 일쑤인 아들인데…….

어둡고 폭풍이 몰아치는 저녁, 젖살이 빠지지 않은 소년처럼 내 마음이 죄어왔다.

엄마는 코를 골고 있었다. 나는 세계를 떠도느라 기진맥진한데, 그렇게 편안한 난파선의 모습으로 엄마가 잠이 들었다. 내가 엄마에게서 원한 건 안도감. 그건 정직한 감정이다. 그곳에서 씨앗이 뿌려졌으니까.

올해는 가장 깊게 내 마음을 들여다본 한 해였다. 나머지 것들에 대해선 달랐다. 시간에 대한 감각은 뒤로 미룬 것들을 다시 앞으로 끌어놓았다. 그러므로 이대로 살면서 괜찮아, 라고 말할 순 없었다.

엄마가 "으음" 하고 뒤척일 때 맥주 거품처럼 탁한 소리가 났다. 전에는 엄마와 사는 게 행복한 이유는, 내가 그 여생의 마지막 목격자이기 때문이라고 생각했다. 나 말곤 누구도 그럴 자격이 없다고. 하지만 정말 그럴까? 나는 구경꾼이 아닐까? 방바닥에 놓인 엄마의 손, 맥없이 놓인 그 팔은 두툼한 양감으로 덮여 있었다. 그건, 알아차릴 수밖에 없었다.

　나는 가만히 엄마의 팔을 붙잡았다. 어디에서도 놓지 않으려는 것처럼.

에어컨
전기료

　··　어렸을 때 인삼을 뷔페로 먹은 것도 아닌데 왜 이렇게 몸이 뜨거운지 알 수가 없다. 나는 의인화된 용광로일까. 아니면 태양이 하늘에 하나, 땅에 하나, 두 개가 되었나.

나는 겨울이 좋았다. 11월이 제일 좋았다. 겨울이 시작되는 달이니까. 12월은 지난 1년 동안의 업적을 정산하는 달이지만, 11월은 잘못을 만회할 수 있는 유예로써의 한 달을 남겨두었으니까.

열다섯 살 때 영하 7도는 추운 게 아니라 그냥 시원한 정도였다. 체질도 형질도 미스터리처럼 달라진 지금, 더위는 견딜 수 없이 뜨거운 어떤 상태가 되어버렸다. 결국 나의 이상적인 배우자는 공업용 에어컨 집 딸내미가 되었다. 20평에 살아도 에어컨만은 200평 용량으로 틀고 싶어서.

그래서 선풍기를 많이 샀다. 외국에 갔다 올 때는 제너럴 일렉트릭, 웨스팅하우스, 갤럭시, 미쓰비시 같은 옛날 선풍기가 한 짐이었다. 그런데도 나중엔 다른 사람들 다 줘버렸다. 그래서 여름이 오면 선물했던 선풍기를 도로 뺏어올까, 속으로만 분주했다.

올 여름은 공기마다 불꽃이 일었다. 발걸음을 뗄 때마다 불이 붙었다. 날씨에 대해 낙관적이긴 힘든 일. 자연은 한발 앞서 실행하는 똑똑한 존재이며, 세상은 기후변화에 대한 과학적 흥미를 곁들인 세트였다. 그러나 주변에 펼쳐진 것들을 셜록 홈즈처럼 다른 시각으로 본다 해도 엘니뇨 현상을 예측하는 것은 능력 밖의 일 아닌가. 나는 조금만 덥거나 습해도 멧돼지처럼 식식대며 에어컨을 틀었다. 엄마는 오직 선풍기만 틀었다. 눈은 십 리나 들어가고, 온몸은 열흘 된 모차렐라 치즈처럼 뭉개지면서도.

..

토할 만큼 더운 날이었다. 쌀쌀맞고 가차 없는 햇빛에 델 것 같을 땐, 생각 없이 걸을 수 있어서 좋았다. 이런 것들은 다 나중에 어른이 되어 행할 것들의 연습이기 때문에.

현관문을 여니 용서할 수 없는 야생의 열기가 자욱했다. 엄마는 언제나처럼 연옥 같은 거실에서 동면하듯 누워 있었다. 아니 거의 죽기를 바라는 기절 상태 같았다. 그럴 때마다 이 나이까지 터득한 자비는 바로 사라졌다. 나는 에너자이저 건전지가 사방에 부딪히듯 닥치는 대로 집 안 모든 에어컨과 선풍기를 틀었다. 패턴은 늘 같았다. 에어컨은 가장 낮은 18도에 파워 냉방 모드, 선풍기는 무조건 3단.

"도대체 밖이 지금 얼마나 더운지 알아? 엄만 안 더워?"

엄마는 산사에서 참선 중인 듯 대꾸했다.

"가만히 누워 있으면 안 덥다."

"어떻게 안 더워? 어떻게 안 더울 수 있어?"

"너 지금 밖에서 금방 들어와서 그래."

땀방울이 초기 뾰루지처럼 다닥다닥 맺힌 엄마의 얼굴이 죽비가 되어 나를 때렸다. 나는 사스에 감염된 사향고양이처럼 맹렬해졌다.

"엄마도 더우면서 뭘 그래? 에어컨 트는 게 뭐가 그렇게 아까워? 그까짓 게 뭐가 아까워? 에어컨에서 금 바람 나온대? 난 엄마가 더운데도 꾹 참고 시워하는 게 죽겠어. 거의 분노라고!"

"너 에어컨 전기세가 얼만지나 알아? 내가 맨날 너하고 싸우면서 전기세 아끼려고 해도 이달 또 얼마나 많이 나왔는지 몰라!"

"더위 먹어서 내는 돈은 그깟 전기요금 열 배도 넘을걸? 전기세 십만 원 아끼려다가 병나면 천만 원 쓰는 거지 뭐. 난 막 틀 거야! 다 틀 거야!"

거품이 흐르듯 흐늘흐늘한 내 입에서 쉰 소리가 그렁거렸다.

빡빡 씻고 나오니 거실 에어컨은 그새 꺼져 있었다.

"튼 지 몇 분 됐다고 또 꺼?"

"이렇게 있다가 못 견딜 만하면 트는 거지, 어떻게 하루 종일 틀고 그래?"

나는 다시 에어컨을 틀었다. 5분도 안 지나서 엄마는 에어컨을 또 껐다. 웃기기도 하고 슬프기도 한 모습으로.

"에어컨이 시원하라고 있는 거지 어떻게 못 견딜 상태가 되어야 겨우 틀고 그래? 난 진짜 엄마 땜에 미치겠어."

엄마는 태연히 리모컨을 눌렀다. 25도에 눈금 세 개, 가장 약한 세기였다.

"난 에어컨 바람이 너무 차면 팔이 시려."

엄마는 담요를 찾아 덮었다. 그쯤 되면 내연기관 푹푹 날뛰듯 하다가도 물러설 수밖에 없었다. 하지만 구세대의 구식 방법이 우리의 경제와 명예를 지킨다는 건 이미 알고 있었다.

..

모든 것이 음침한 더위처럼 들끓었다. 아무 데도 갈 곳이 없었고 할 일도 없었다. 그러다 엄마의 심장에 탈이 났다. 입원하자마자 바로 스탠트 수술을 받을 만큼 상태가 급했다.

탱크라도 부식될 만큼 축축한 날. 병원 벽은 곰팡이 포자들로 가득한 습지濕紙를 발라놓은 것 같았다. 중환자실에 누워 있는 엄마를 일으켜 입속을 살피며 주춤주춤 흰죽을 떠드리는데, 여드름이 뜨문뜨문 난 레지던트가 나를 따로 불렀다.

"환자 상태가 저기서 더 나아지지 않으면 다시 수술해야 하는데, 그렇게 되면…… 돌아가실 수도 있어요."

수염만큼 어두운 입술이 희떠운 소리를 했다. 짓이겨진 그의 구취를 외면할 때 「사이코」의 샤워처럼 불길한 절망이 나를 올라타고 앉왔다.

엄마가 일반 병동으로 옮긴 날, 도로는 프라이팬 위의 버터처럼 거칠게 녹아내렸다.

늦은 밤, 빈집에서 나는 소음. 나는 우유 잔을 든 채 주방에 앉아 집을 울리는 침묵을 어색하게 외면했다.

나는 고요함이 싫었다. 어쩌면 슬프게 만들었다. 작은 소음들은 나를 지탱해주는 것 같았다. 밤새 희미한 와트의 전구를 켜고, 낮에 라디오의 어느 채널을 종일 틀어놓으면 퇴근했을 때 날 반가워해줄 것을. 그러나 화장실 거울은 비웃었다. 혼자 남은 우체부 같은 나를. 자기혐오와 의심의 냄새를.

나는 아무도 앉은 적이 없는 것처럼 소파를 매만지고, 먼지 롤러로 시트를 훑고, 옅게 구부러진 갈색 머리카락 몇 개를 집어냈다. 조심조심 안방 문을 열어보니 엄마가 없는 방의 윤곽은 오래된 수조처럼 탁해 보였다.

천장의 네모난 에어컨을 올려다보는 심사가 털실뭉치처럼 뒤죽박죽해졌다. 내가 에어컨 때문에 하도 화를 내서 엄마 심장이 열을 받은 걸까.

비 내리고 덥지도 않은 그날 밤, 에어컨을 세게 틀고 잤다. 새벽 내내 추워서 자꾸만 깼다. 더듬더듬 머리맡에 둔 리모컨을 찾는 동안 아침이 왔다. 나는 그대로 냉동인간이 되어 있었다. 실은 엄마에게 미안해서 얼어 죽고 싶었다.

부활절
달걀

요즘의 일요일은 어렸을 때의 일요일보다 더 나른했다. 지금 나는 품위가 보이지 않고, 덜 금욕적이며, 훨씬 물질적이기 때문에.

내가 자랄 때 일요일 아침은 고결함 자체였다. 종교적인 어떤 서슬, 깨끗한 옷의 낙담스러운 선택. 육중하고 열렬한 어른들과 함께하는 끝나지 않는 설교조차 지루하지 않았다.

이제 주차장까지 엄마 손을 잡고 걸으면 내 걸음도 삐뚤삐뚤. 몸이 서로 안 부딪히게 보조를 맞춘다. 부활절 날 엄마를 교회로 모셔다드리면서 주기적이고 도덕적인 기독교를 탓할 때, 두통이 생길 것만 같은 일요일의 따분함……

아무리 기복적이지 않고 교세를 자랑하지 않으면서 평강이 가득

해 뵈는 교회라 해도 그 안으론 들어가고 싶지 않았다. 교회 밖에 차를 대고 차 안에서 엄마를 기다리는 혼자인 시간이 좋았다. 엄마를 교회에 들여보내 놓고 나는 나만의 종교를 지켰다. 나에겐 신학적인 책을 읽거나, 「빅뱅 후 1초」 같은 다큐를 보는 것으로 유식한 척 신성을 이해하려는 선부름밖에 없었다.

곧, 예배를 마치고 쩔뚝쩔뚝 교회 밖으로 나오는 여인들이 다 엄마처럼 보였다. 햇빛이 몰인정한 건식 사우나보다도 뜨거웠다.

"날씨가 너무 더워. 흐렸음 좋겠어. 춥거나."

나는 안경을 닦으며 엄마에게 말했다.

"넌 네 생각만 하지? 날이 더워야 싹이 트고, 싹이 터야 순이 돋고, 순이 돋아야 낟알이 맺히지."

"……."

"이렇게 햇빛이 뜨거운 날이면 난 언제나 고추 사다가 말리고 싶어. 그러면 김치도 얼마나 빨갛다고."

"엄만 햇빛 보면 그런 생각밖에 안 들어?"

"그럼. 여잔 다 그래."

엄마의 삶을 주문해서 맞출 수 있다면 여러 가지 색의 반짝이로 뒤덮일 게 분명했다. 10초 뒤 엄마는 경제적 대차대조표를 생각하는 본래의 그녀로 되돌아왔다.

"근데 이놈의 고추 파는 집들이 배때지가 불렀는지 뭘 시켜도 집까지 안 들어주는 거야."

"내가 가면 되잖아."

"네가 오늘만 집에 있지, 늘 집에 있니?"

두런두런한 머리로 엄마를 집에 모시고 오니, 아이를 착착 씻기고 챙겨 학교 보낸 싱글대디 같은 기분이 들었다.

엄마는 달걀을 꺼내 껍질을 까기 시작했다.

"교회에서 줬어."

"부활절에 왜 달걀을 주지?"

"부화하잖아."

"응?"

"병아리가 알에서 깨어나듯 예수님도 깨어나셨잖아."

"근데?"

"그 다음은 몰라."

달걀은 죄 뜯기듯 까졌다. 다시 태어나기란 참 어렵다는 듯이.

확실히 일요일에는 파괴의 부분이 존재하고 있었다.

김치와
꽁치

··   어떤 일들은 나도 모르게 그냥 벌어지기도 한다. 우리
가 살면서 어떤 방식으로 무슨 일이든 할 수 있다고 믿는 건, 그런 우
연성 때문이다. 하지만 누구라도 필연코 야만적인 진실과 대면해야
하는 지점에 다다른다. 누가 죽는 일 같은.

구호를 만났다. 추위가 아직도 구름층을 뚫고 사라지지 못한 밤이
었다. 대기는 스펙터클하다 못해 자제심을 완전히 잃어버릴 듯 차가
웠다. 나는 한낮에 길 잃은 심정으로 도로변에서 안절부절못하고 있
었으나, 한 시간이나 늦은 친구를 벌하진 않았다. 그는 낙하산을 타
고 내려온 병사처럼 내 얼굴을 보며 밝은 빛을 필요로 했으니까.

인사동 좁은 골목의 점거물들은 밤의 한가운데서 비추는 희미한
빛에 대항하며 서 있었다. 우리는 물이 질펀하게 괸 땅을 피해 작은

주점으로 갔다. 구불구불 만수산 칡덩굴처럼 구획된 실내가 대관절 한국적이라는 생각은 어디서부터 비롯되었을까?

주름진 마음 위에 적막한 옛날 가요가 들려오고 있었다. 맥주 두 잔을 마시는 동안 나는 친구가 겪은 참담함의 면적을 헤아려보았다. 얼어붙은 손끝처럼 예민한 질문이 그를 보살피고 싶은 내 마음을 보여준다고 믿으면서. 하지만 미리 준비한 문장은 아니었다.

"······엄마 보고 싶지?"

"······응."

대답은 평온했지만, 그 마음속은 과일 칼자국처럼 깎여 있는 것 같았다.

"얼마 전에 집에 가서 어머니가 예전에 담가놓으신 김치 다섯 포기를 지금 내가 사는 집으로 가져왔어. 그걸 냉장고에 넣어두고 꽁꽁 얼려놨어."

언어란 불행 속에서도 아름답구나. 미사를 집전할 때 성서를 펼치는 것 같은 경건한 마음이 인후를 타고 넘어왔다.

"어머니는 내 맛의 근원이잖아. 그런데 생각해보면 어머니가 해주는 음식을 이제 다시는 먹을 수 없게 됐잖아. 이 김치는 언제까지가 될지 모르지만 그냥 놔두고 싶어. 곰팡이가 슬든지, 나중에 어떻게 되든지. 갈 데까지 가는 거야."

히터에서 부는 바람이 박하처럼 추웠다. 모든 힘을 다해서도 빠져들지 않고 싶은 유일한 건 어머니가 죽지 않을 거라는 착각. 하지만 이제는 너무 늦은 일이 되고 말았다.

구호의 어머니는 얼마 전 세상을 뜨셨다. 교통사고였다. 고통을 당한 사람은 자기 모습을 쉽게 찾지 못한다. 친구는 내가 보는 데서 울지 않았다. 나는 너무 많은 것을 약탈해간 그날 아침의 바람을 생각해보았다. 기이한 카운트다운이 시작되었고, 다시 몇 계절이 지났다.

"어머니를 만날 수 있다면 더도 말고 딱 두 시간만 이야기하고 싶어. 두 시간만."

"그 시간 동안 무슨 얘기를 하고 싶은데?"

"그냥 무슨 얘기든……. 그동안 살면서 얼마나 힘이 들었는지 듣고 싶어."

구호가 정한 두 시간의 절박성이 날개를 퍼덕였다. 내 마음이 미친 누비이불처럼 변했다. 슬픔과 붕괴와 경외가 뒤섞인 감정이었다. 마음의 화폭, 우울한 구름 밑에서 완전히 사라질 수 없는 그 사람.

언젠가 텔레비전에서 엄마를 잃은 아이가 눈가를 손으로 문지르며 울고 있었다. 리포터가 물었다.

"원하는 게 뭐예요?"

그 애가 대답했다.

"엄마가…… 다시 왔으면 좋겠어요……."

되돌려놓을 수 없는 사실을 부인하는 불명확한 목소리는 내 마음에 수정구를 들여다보듯 선명하게 남았다.

..

아파트 복도에 서서, 밤의 조각구름 아래 흐릿해진 도시를 내려다

보았다. 멀리 보이는 하늘은 어쩐지 덜 마른 것 같았다. 오랫동안 남들에게 했던 말을 굳이 떠올리는 시간. 그러나 너무 멀리 바라보는 건 좋지 않다. 그건 내면을 감시하고, 외면하게 만들고, 다치게 만드니까.

문을 열자마자 거실 저편에서 내륙에서 울리는 듯한 목소리가 들려왔다.

"누구?"

"아들."

"내 아들? 남의 아들?"

"댁의 아들."

"남의 아들이지?"

"무슨 소리야?"

"내 말 들으면 내 아들이지만, 내 말 안 들으니까 남의 아들이지."

엄마가 정한 통금 시간보다 일찍 들어왔는데도 남의 아들이 되다니. 잠깐 침대에 주저앉자 잠이 들락말락할 때 같은 허구적인 평화가 밀려왔다.

식탁에 마주 앉아 엄마에게 구호 이야기를 들려줄 때, 오랜 격리 상태의, 러시아 소설 같은 이상한 어둠이 머물렀다. 각자의 골몰한 머리를 메운 건 짙은 모호함이었다.

"친구가 엄마를 정말 소중하게 생각했구나……."

엄마는 길게 한숨을 쉬었다.

"옛날에 재환이네 외삼촌이, 자기 어머니가 돌아가셨을 때, 그러니까 결혼하기 전인가 후인가, 엄마 스웨터 하나를 안 빨고 방에 걸어놓고 엄마 보듯 쳐다보고 그랬대. 엄마 냄새 맡는다고, 하나라도 못 태우고 못 버리게 했대. 그리울 때 맡아야 된다고."

그때가 되면 나는 어떻게 할까. 또 어떻게 될까. 모든 단어마다 빈칸이 있음을 알게 되겠지. 우는 것도 기적이겠지. 긴 시간이 지나도(충분히 길었다 해도 누가 시간의 경과에 마음을 놓을 수 있을까?) 나는 병원 벽처럼 벌거벗은 채, 시간을 움켜잡지 못한 무력함을 매일 반추하겠지.

위아래로 떨리던 마음이 나팔수의 뺨처럼 불룩해졌다.

"……엄마도 외할머니 그립지?"

엄마 얼굴은 오래된 레몬 색깔로 변했다.

"외할머니 돌아가실 땐, 네 아버지가 숨이 넘어가고 있는 때라 아무 생각 없었어. 난 고기 한 번 마음 놓고 지글지글 못 해드리고, 이거 더 먹어, 저거 더 먹어, 그거 못 한 게 두고두고 후회돼. 외할머니가 호랑이 같은 시아버지, 호랑이 같은 남편하고 사는데 딸조차 시집가 위안이 되지도 못하고……. 내 마음속에 음지가 있어. 뭉치 같은 것. 그 응어리가 풀어지지 않아."

"……"

그 응어리는 다시 나를 겨냥했다.

"할머니에 대한 그리움, 한탄은 내 가슴에 뭉쳐 있지만, 너 장가 안 간 것에 대한 미움, 너를 미워하는 화딱지 같은 방망이는 아주 그냥 내 목구멍까지 치밀고 올라와. '기러기 한 백 년' 하면서 내가 기다릴 순 없잖아."

"무슨 한 백 년?"

"아, 기러기가 오래 산다며? 기러기 한 백 년 살 때까지는 내가 못 기다리잖아. 너 장가가는 거 기다리다가 죽겠다 이 말이지."

엄마는 상대의 마음을 살짝 찌르면서 저장해놓은 풍자를 꺼낸다. 그렇게 내가 원하지 않는 말을 하며 내 옆을 지나간다. 내 삶에 들어오는 모든 정보를 당신 식으로 정의하고, 지속적으로 거기 뭔가를 보태는 건 자기 책임이라고 생각하면서. 그러나 그 흐름은 도로 위에서 불어나는 퍼레이드처럼 이윽고 엄마와 나의 연대기를 만드는 것이다.

. .

어느 밤, 불충분하게 끝난 술자리가 섭섭해 집에서 또 술을 찾았다. 소주밖에 없었다. 보드카라면 한 병 부여잡고 3분 안에 마실 것도 같았다. 소주가 고량주만큼이라도 맛이 있다면 얼마나 좋을까? 엄마의 야유는 하나의 가격加擊과 같았다.

"웃어라? 그렇게 좋은 술 마시는데 왜 찡그리니? 웃어라?"

그런 말쯤은 콧등으로 날리며 안주를 찾았다. 냄비에는 아침에 먹었던 배추 무국이 그대로 있었다.

"왜 이렇게 짜?"

"식어서 그래. 국이 식으면 염분이 가라앉고 수분이 증발하니까 짜지는 거지. 짠 거 싫으면 물 더 넣고 데워 먹어라?"

"아니 이대로 먹을래. 난 더운 게 싫어."

숟가락을 들다가 나는 타다 만 나무토막이 되었다.

"엄만 외할머니가 해준 음식 중에 생각나는 거 있어?"

"아무거나 다 생각나지 뭐. 콩을 솥에 볶아 소금을 훌훌 뿌려서 주걱으로 뒤적뒤적거리면서 저으면 메밀가루가 콩에 눅진눅진하게 묻는 거야, 콩엿처럼. 뚜껑을 닫고 한참 있으면 콩도 뜨겁고, 솥도 뜨거워. 그럼 콩이 야물지도 않고 짭짤하게 간이 배게 되지."

"그게 어떤 맛일까?"

"배고프지도 않고, 물리지도 않고, 달지도 않고……. 요새도 심심할 때 그것 좀 먹었으면 좋겠다 싶을 때가 있어."

"또 다른 건?"

"김치죽. 외할머니가 김치로 죽을 끓이면 그게 그렇게 맛있었어. 들기름으로 김치를 들들 볶다가 쌀뜨물로 퍽퍽 치댄 다음 그걸 끓이는 거지. 집에서 일하는 일꾼들이 뭘 먹어야 새벽에 일하잖아. 어머니가 김치죽을 끓이면 그걸 그이들이 그렇게 잘 먹었어. 두 그릇씩 먹었어. 근데 내가 끓이면 그렇게 안 맛있더라. 입이 달라졌는지, 재료가 달라졌는지 그 맛이 도대체 안 나. 하긴 옛날 같은 입이 아니지, 요새는."

"엄만 나한테 뭘 해주고 싶은데?"

"글쎄……."

"그럼 세상에서 엄마만 자신 있게 할 수 있는 것 세 가지만 말해봐."

"자신 있는 것도 난 없어요. 요새는 밥도 잘하다 못하다 그러잖아. 질다가 되다가."

"그럼 엄마가 맛있어하는 건 뭔데?"

"글쎄, 보리밥에다 나물 넣고 찌그덕찌그덕 하면서 먹는 건 누구한 테든지 좋을 거야. 나물 넣고 부글부글 된장찌개 넣고 썩썩 비벼 먹는 거. 그리고 우거지, 썰지 않고 지글지글 길게 지져서 밥 한 숟갈 걸쳐 먹는 거."

나는 '찌그덕찌그덕'이라거나 '썩썩' 같은 부사의 질박함에 마음을 뺏겨 엄마가 묘사하는 모든 음식마다 축복했다.

"나는 음식에 화학조미료 안 넣는 게 더 이상해. 조금이라도 넣지 하나도 안 넣고 그 맛이 어떻게 나와? 근데 난 단건 싫다? 난 떡에도 단거 안 넣어. 뭐, 사람들이 김치에도 넣두마는. 예를 들어 지은 에미나 네 누나는, 내가 시루떡 같은 걸 하면 달지 않아 싫다고들 하지만 난 맛없으면 설탕 찍어 먹어라, 난 그냥 먹을 테니까, 그러고 말잖아. 혹시 멸치볶음 할 때나 조금 넣을까? 가끔 나도 설탕 넣어볼까, 그러다가도 잊어버려. 습관이 안 돼서. 조금 넣어본들 네가 기절초풍을 하니까. 내가 달게 안 해줘서 단거 싫어하는지도 모르지."

"난 단거 싫어하는데도 왜 살이 찌는 걸까?"

"난 집에서 생각해. 얘가 오늘 저녁을 먹고 올까? 에이, 살찌는데 해놓고 있지 말까. 그래도 혹시 안 먹고 오나 싶어서 부글부글 해놓고 있다가 네가 퇴근해서 먹는 거 보면 좋지만, 살찌는 거 생각하면 그게 또 겁나서 요즘은 잘 안 해놓잖아. 내가 너 못 먹게 하는 거 서럽다 하지 말고, 단 꿀이라고 생각하면 돼. 너 안 먹게 해서 살 안 찌게 하는 단 꿀."

..

다음 날 아침, 엄마는 기다렸다는 듯 꽁치조림을 해주셨다. 아아, 그것이야말로 매일의 생활이 만드는 판타지였다.

"우와, 엄마는 도대체 내가 먹고 싶어 하는 걸 어떻게 그렇게 전부 다 알아?"

"엄마가 돼 자식이 좋아하는 걸 모를까?"

"우리 엄마는 마법사구나, 마법사."

"나만 못한 엄마가 어디 있을라구?"

"전부 다지, 전부 다!"

나에겐 아직도 세상에 진입하려는 풋냄새가 난다. 늘 무슨 일이 일어날까, 미어캣처럼 시간을 살피며 누구라도, 심지어 작은 돌멩이 하나도 떠나길 바라지 않으니까. 명백한 일들이 빗나가면 추억이 그 자리를 대신한다. 그러나 추억으로도 되돌아갈 길을 찾지 못할 때, 그 자리는 그동안 엄마가 해준 음식이 대신할 것이다.

아침밥을 남기지 않고 다 먹었다. 행복이라는 경이롭고도 평범한 말은 여느 때와는 다른 속도로 내 가슴속을 지나갔다.

충족되지
않는
욕망

아침 일찍 오래된 잡지들을 모아 끈으로 묶는데 엄마가 내 팔꿈치를 건드렸다.

"이 일본어 교본이 나한테 얼마나 중요한데, 이걸 버리려고? 정신없어, 얘가!"

"그동안 아, 안 보길래, 나는 또, 안 보는 줄 알고⋯⋯."

내 자신, 언제나 화염방사기를 주워 든 단순 과격한 바닷가 청년인 줄 알았는데, 엄마의 지청구 한 번에 당장 팔푼이가 되고 말다니.

잠시 후, 엄마는 검고 두둑한 책들을 한 아름 안고 집에 들어왔다.

"쓰레기 버리러 갔는데, 옆에 이게 있잖아."

전후 일본문학전집이었다! 나는 펄쩍 뛰어오르며 옛날보다 더 동그래진 엄마의 뺨을 만졌다. 당이 엄청 축적되지도, 콜라겐이 바닥나

지도 않은 피부엔 주름도 거의 없었다.

"모두 열 권인 것 같은데 아홉 권밖에 없더라."

"이거, 내가 15년 전에 읽고 얼마나 다시 읽고 싶었다고! 이노우에 야스시의 『하구』, 오오카 쇼헤이의 『충족되지 않는 욕망』! 너무 좋다, 너무 좋아!"

엄마는 머리에 꽃을 꽂은 빌리 홀리데이처럼 섹시해 보였다. 나는, 엄마를 위한 꽃을 트레일러로 사서 집으로 부치라고 당장 어딘가에 전화하고 싶었다. 어떤 모험이든 감행할 준비가 된 엄마는 발열하며 다시 몸을 돌렸다.

"나가서 나머지 한 권도 마저 찾아봐야지."

엄마는 기쁨을 아끼려는 듯 단숨에 7층 아래로 내려갔다. 이쯤 되면 엄마는 여자 제임스 본드였다. 그녀가 서대문구에서 일상만으로 바쁘게 사는 건 에디트 피아프가 걸그룹에 들어간 것처럼 말도 안 되는 실수였다.

딱 7분 후 엄마는 조금 실망한 기색으로 돌아왔다.

"한 권은 암만 찾아도 없네."

엄마는 세일즈맨처럼 싹싹하거나 의논성 좋은 사람은 아니지만, 때로 도토리 광주리를 발견한 다람쥐처럼 사랑스럽다. 오늘 같은 날이 자주 왔으면 좋겠다.

#4

엄마가 갖고 싶은 것

엄마 눈이 잘 보였음 좋겠다

심인성 우울증

취미 따윈 필요치 않아

아버지의 롱코트

빛나지 않는 졸업장

밤새도록 나는 울었네

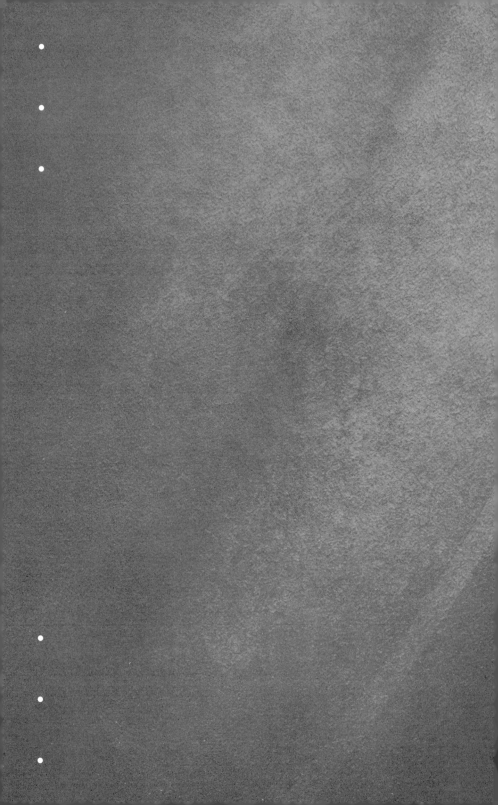

엄마가
갖고
싶은 것

황혼과 밤 사이의 시간. 엄마 눈은 여느 때처럼 화면으로 향한 채 입은 돈 걱정으로 분주했다.

나는 비스듬히 기어가는 태아 자세로 소파에 누워 있다가 뜨끔하게 손바닥을 얻어맞은 것처럼 엄마 옆으로 내려왔다.

"난 엄마가 돈 걱정 좀 그만하고, 이제부턴 어떻게 하면 시간을 더 소중하게 쓸까, 그런 생각만 했음 좋겠어. 가고 싶은 거, 하고 싶은 거, 먹고 싶은 거, 그런 것에만 맘 썼음 좋겠어."

말은 그렇게 했지만 정작 엄마와 여행 한 번 간 적 없었다. 마트나 병원에 간 것 빼고는 몇 년 전에 엄마하고 강남에서 영화 두 편 본 것과, 고궁 몇 번, 남산 한 번, 박물관 한 번, 김연아 아이스쇼, 그게 다였다.

"돈 들 데가 얼마나 많은데. 이것저것 생각하면 어떻게 걱정이 안 되겠어?"

삶의 식단 속에 차려진 음식들은 죽기 전에 어서 와 맛 좀 보라고, 모든 사물 속에 비축된 강렬한 감정을 느껴보라고 매일매일 졸라대는데, 엄마가 그 나이 되어서까지 자잘한 걱정으로 시간을 탕진하는 게 억울했다. 매일 열두 트럭으로 쏟아지는 문화적 쓰레기, 다 알아야 한다고 졸라대는 유행의 소스들을 감당할 순 없다 해도, 둘이 소파에 앉아 있을 때 엄마의 화두가 타인들에게만 집중돼 있다는 게 가장 화가 났다.

나는, 엄마가 어깨를 펴고 걷는 게 얼마나 중요한지를 잊지 않기 바랐다. 매일 똑같은 옷으로 체념하지 않길 종용했다. 새로운 이웃과 교류하고 새로운 수업을 듣기를 기다렸다. 네 개의 마음속 본성을 일깨우고, 삶으로부터 모든 감각의 질료를 빌려와 귀한 것, 옳은 것, 사랑스러운 것, 칭찬할 만한 것이 어떤 건지 느끼게 해주고 싶었다. 육체적 지식과 감정의 재편성으로서, 몸이 뚱뚱하건 수영장에 얼마나 젊은 사람들이 많건, 엄마도 이젠 따뜻한 물에서 헤엄칠 권리가 있는 것이다. 엄마 나이가 그 사실을 바꾸진 못할 것이다. 액정화면에서 번성하는 기술의 요소 앞에선 다소 주춤거릴지 몰라도.

쿵 하고 코를 풀듯이 내가 대꾸했다.

"그래봤자 소용없어. 난, 엄마가 엄청나게 더 아파서 치료비 수억 나오면 이 집 팔아서라도 댈 거니까. 난 그런 돈 하나도 아깝지 않아. 사람은 누구나 늙고 죽지만 서둘러 늙고 서둘러 죽을 건 없어. 엄마가 힘들어해봤자 서로에게 짐만 될 뿐이야. 그러니까 좀 이기적으로 살아."

어차피 살아 있다는 것 자체가 돈을 쓸 수밖에 없다는 얘기고, 죽어서 상을 치르는 데도 돈이 드는걸.

..

엄마 생일이 다가오고 있었다.

나는 이번에야말로 공중을 떠다니는 판타지를 같이 펼치고 싶었다. 그래서 나의 방법으로 부산스럽게 엄마를 조절하려 들었다.

우선, 객관적 토대 위에 예수를 사랑하길 바란다는 핑계로 학술적인 신학책을 엄마의 소반에 얹어놓았다. 평생의 검박한 지혜도 옳지만 우주의 나머지 지식도 갖추어야 한다고 칼 세이건의 『코스모스』도 슬쩍 들이밀었다. 엄마가 책도 안 읽는 음울한 노인이 되어 인생을 여생으로 만들게 할 순 없으니까. 별의별 전煎을 다룬 책은 매일 아침 해달란 소리로 비칠까봐, 『죽음과 죽어감』,『나는 왜 기독교인이 아닌가』 같은 책은 괜히 엄마를 착잡하게 만들까봐, 고민 끝에 거두었다.

웬만한 석학보다 빼어난 한문 실력이 아까워 퇴계 이황의 한시漢詩 묶음집을 올려놓으면, 엄마만의 색인으로 넝마가 된 옥편이 더욱 북적거렸다. 그러나 엄마는 돋보기 쓴 채 성경책을 스무 번 넘게 읽었으면서도 자랑하지 않았다. "아, 구절구절 생각하면서 읽지 않고, 국어책 읽듯이 막 넘겨만 가면서 읽어서 그렇지."

엄마 생일에 내가 원한 한 가지는 이기적이게도 엄마가 자신을 위해 기도하는 것이었다. 사실 엄마의 지금을 들어 올리려고 하는 마음에 색다른 점 같은 것은 없다. 어쩌면 시시하고 심지어 조금 웃기다.

엄마에게 뭔가를 선물하고 싶을 때의 대사 역시 매번 똑같이 밍밍했다. "뭐 해줄까? 편하게 말해. 아무것도 필요 없다, 그러지 좀 말고." 엄마의 대답도 달라지지 않았다. "난 갖고 싶은 거 없어. 이미 다 갖고 있어." 생일을 맞는 여자는 모순된 감정으로 가득 차게 마련일 텐데도……

아무리 엄마를 위해 친칠라 코트에 대관식을 방불케 하는 축하카드를 쓰고 개마고원을 채울 만한 선물을 한다고 해도, 생일은 시간이 흐른다는 사실을 상기시킬 뿐이다. 이 순간은 일회하며 다시는 돌아오지 않는다는 사실을.

..

생일 보름 전, 새벽부터 자꾸 쌀과자 씹는 소리가 들렸다. 타닥탁탁, 싸르륵싸르륵. 쌀알이 한 톨씩 양동이에 떨어지는 소리인지, 손톱으로 이를 톡 눌러 죽일 때 나는 소리인지, 아침은 빗소리에 싸매져 있었다.

공중 곡예사처럼 등을 굽히고 한 손으로 신문을 짚어가며 읽던 엄마가 나를 불렀다.

"나, 얇은 솜에 바느질을 얼기설기 덧댄, 적당히 으슬으슬할 때 막 입을 재킷이라면 하나 사줘."

맑은 거울 같은 얼굴.

"아, 진짜?"

파마를 해 곱슬곱슬해진 머리 위에 아주 작은 판타지가 서리처럼 녹고 있었다.

"아유 관둬라. 그까짓 거 남대문에 가서 사오만 원에 하나 사 입고 말지 뭐. 근데 나한테 맞는 건 남대문 가야겠지? 너 또 압구정동 같은 데서 사지 마라!"

제풀에 약화된 엄마가 서둘러 눈을 부라렸다.

엄마가 원하는, 허리가 쏙 들어간 스타일은 치사하지만 엄마를 위한 게 아니었다.

"그럼 남자 건 어때?"

엄마가 무덤덤하게 말했다.

"나 여자야."

엄마가 내뱉은 숨은 어떤 냄새도 풍기지 않았다. 무정형의 마음이 금방 연두색으로 변했다. 비는 그쳤지만 마음엔 아직 연두색이 덮여 있었다.

나는 바로 친구 디자이너에게 전화를 해 엄마가 원하는 옷의 윤곽을 설명하곤 생일 전날까지 날짜 맞추라고 으름장을 놓았다.

"엄만 이제부턴 좋은 옷을 입어야 하기 때문이야. 가장 좋은 음식, 가장 훌륭한 것을 누려야 하기 때문이야."

옷장에 주르륵 걸린 엄마 옷은 예쁘다기보다는 사이즈 문제가 더 중요했다. 그러나 내가 사드리거나 맞춰드린 옷들은 하나같이 예뻤다. 거기엔 스파르타적인 편안함도 곁들여져 있었다.

주문해둔 옷을 받은 생일날, 엄마는 입어보지도 않고 대뜸 딱 잘랐다.

"이거 안 맞아."

그래놓고는, 치켜 올라가는 내 눈꼬리를 느꼈는지 주섬주섬 팔을 끼워보다가 바로 멈추었다.

"봐. 팔도 안 들어가잖아. 이런 건 줘도 안 입겠다."

어떤 땐 아무리 용을 써도 매트리스 밑 완두콩 하나 때문에 잠 못 자는 예민한 공주를 웃길 수 없다.

"옷에 팔이 안 들어가는 게 무슨 자랑이라고? 어떻게 사람이 선물하는데도 그게 몸에 맞고 안 맞고가 핵심이야?"

하지만 크리스마스 선물로 낙타색 코트를 맞춰드렸을 땐, 안방에 들어가 어울리지도 않는 보라색 머플러에 바지를 갖춰 입고는 활짝 물었었다. "이거 예쁘니?"

하지만 재래시장에 가는 것이야말로 우리에겐 가장 신나는 일이었다. 엄마는 오존층만큼이나 빨리 생일이 사라지기 전에 신문 사이에 끼워진 마켓 세일 전단지를 보며 말했다. "여기 가보자, 여기가 파 한 단도 더 싸." 중요한 신호였다. 뭔가 원한다는 건 전환된 필요이고, 필요는 다른 의미의 욕구며, 욕구는 희망의 다른 이름인데, 희망은 우리를 살아가게 만드니까. 고르는 건 언제나 엄마 몫, 짐을 드는 건 내 몫이었다.

시장 가는 길에 카네이션이 담긴 좌판이 보였다. 엄마는 내 팔꿈치를 붙잡았다.

"이야, 참 이쁘다!"

꽃향기가 살짝 쏟겼다.

"이쁘면 사."

"집에 꽃 많아. 장미도 있고……."

꽃 가까이 굳이 잡아끌어도, 엄마의 지도는 명확한 선을 그었다.

생일의 사치는 하루도 못 갔다. 엄마는 그 다음 날 당장 삐그덕거리는 무릎으로 빨래를 널며 "아구구구" 비둘기 스무 마리가 단체로 매 맞는 소리를 냈다.

. .

엄마가 신발을 사달라고 한 것은 망가진 무릎으로 조심조심 시장에 다녀오다가 반쯤 얼이 빠진 직후였다. 엄마가 원한 건 물론 마놀로 블라닉이 아니라 눈길 미끄럼방지 구두였다. 엄마는 그때만큼은 전화 주문한 구두가, 놀부 시아버지 제사 지내듯 꾸물꾸물 배달이 더뎌 한 시간마다 독촉했다.

평생 건강보조식품과는 무관하게 살아온 엄마가 마늘농축액을 먹고 싶다고 했을 땐 철사뭉치보다 복잡한 죄의식을 느꼈다. 이제야 그 몸에 충전재를 필요로 하다니. 건강 증진은 무엇을 위해서일까? 40세에 저콜레스테롤을 유지하는 게 80세의 행복과 건강을 보장하는 걸까? 나는 생명과 관련된 현상이 운명이라는 생각을 의심한다. 사실 잘 늙는 것과 관련된 육체적 변수들은 실재적이다. 금연은 아주 중요한 생존의 요소이며, 알코올과 비만은 삶을 중간 어디쯤에서 멈추게

할 테니까. 그렇지만 그런 것에 대해선 나조차 아무 생각이 없다. 마늘농축액의 절반은 내가 다 먹어버렸으니까.

엄마가 냉동실 물이 자꾸 새서 냉장고를 바꾸고 싶다고 말했을 때 반색했던 건, 워낙 갖고 싶던 냉장고가 있어서였다(내가 인디안 해골을 수집한다면 그건 또 뭐 그렇게 자연스러울까마는). 안 그래도 양문형 냉장고는 산 지 15년을 넘기자 고장이 속출했다. 문짝의 고무패킹을 간 건 셀 수도 없고, 컴프레셔를 통째 교체하기도 했다. 우르릉 쾅쾅 모터 소리는 굴착기가 위축될 정도였다. 냉장실 온도가 뚝 떨어져 냉동고로 변해버리는 건 일도 아니었다.

냉장고는 한번 집에 들이면 고집 센 본처처럼 죽기 전엔 못 치우는 가전 일습이라서 훨씬 세심하게 골라야 할 필요가 있었다. 그러나 한국 여편네들에게 세도 부리는, 성황당도 기절할 꽃무늬 국산 냉장고는 꿈에 볼까 무섭고, 그 앞에 서면 숙연해진다는 거대한 미국 냉장고는 이미 아파트 전세값인 데다 주방에 냉장고 자릴 넓히는 공사까지 새로 해야 하니 우체국 대출로도 턱도 없고, 임꺽정처럼 씩씩한 업소용 냉장고는 우직하고 든든하나 우리가 한 끼에 한 말을 먹는 돼지 모자는 아니었다.

나에게 알뜰한 가계부나 살뜰한 노후 따위는 없었다. 내일 일은 난 몰랐으니, 하루하루 살았다. 작심한 수집가도 작파한 마니아도 아닌 채 시계를 스무 개 넘게 가졌으면서도 관절염 걸린 손목에 통금 시계를 찬들 무슨 소용인가, 라고 사자후를 토하는 게 제정신인가.

..

각각 사고 싶은 게 있을 때 우리가 서로를 대하는 태도는 늘 갈렸다. 나는 엄마가 갖고 싶어 하는 건 그게 뭐든 사드리고 싶었다. 엄마가 길거리에서 파는 샌들을 보며 교회 갈 때 신으면 참 편하겠다, 문득 갈등할 때 그 기미를 눈치채고 그깟 '쓰레빠'를 명품인 척 교만하게 재보는 상인이 아니꼽지도 않았다. 엄마가 그걸 신고 예배당에 가서 주를 앙모하여 독수리처럼 올라갈 수 있다면.

그러나 엄마는 내가 원하는 게 아무리 요긴하고, 엄청나게 싸고, 너무나 필요해도 대체로 저지했다. 당신이 원하는 건 하나같이 값도 만만하고 용도가 분명한데, 나는 비상식적인 것에만 골몰하니까. 그러니 별로 비쌀 것도 없는 컨버스화를 사도 지청구가 길게 이어졌다.

"지금 네가 그런 거 살 상황이니? 신발이 도대체 몇 켤렌데 그걸 또 사? 맨날 똑같은 거. 정신 좀 차려라. 그래갖고 언제 돈 모을래?"

세상에 같은 신발은 없으며, 디자인도 색깔도 신었을 때의 안락함도 다르다는 나의 항변은 혀 밑에서만 메아리칠 뿐이었다.

엄마가 관대할 때는 오직 마트의 식품 코너 앞에서였다. 하지만 마트의 고기 코너에서 '행복하게 자란 돼지 뒷다리살'이란 카피를 볼 땐 살짝 추모하는 마음이 되었다. 결국 도축되건 산 채 묻히건, 아직 살아 있는 한은 '동물로서' 존중받는 게 옳겠지. 세상은 미래의 푸줏간. 인간도 박테리아의 먹이가 될 거니까. 근데 돼지 스스로 장차 고기가 될 걸 알고도 행복하게 자랐을까?

"우리 호주산 소고기 한번 먹어볼까? 호주, 공기 좋아. 오존이 좀 파괴됐단 소린 들었지만."

"사자!"

"어, 저기 오뎅 있다!"

"먹어."

"우리 다른 라면 한번 먹어보자. 옛날엔 안성탕면도 괜찮았잖아."

"알았어."

한 달 된 신생아건, 눈앞에 놓인 모든 것을 거부하는 열세 살 남자애건, 아들이 먹고 싶다는 것은 모성의 핵으로 직행한다. 엄마에게 배고픈 아들은 살아 있는, 숨 쉬는 비난이기 때문에.

엄마 눈이
잘 보였음
좋겠다

　　　이달 마감까지 30분 남았다. 조금만 더 하면 그 알량한 하중을 내려놓는다고 생각하니 호사스럽기까지 했다. 현실 속의 인터넷 사이트, 날씨에 따라 변하는 면역 체계, 여럿이 있는 자리에서 갖추어야 하는 속 빈 멘트, 모든 허장성세로부터 자유로워진 것 같달까. 어쩜 평화롭고 낙관적이 되는 건 쉽다. 평등과 사회 생태학, 이 사회를 사는 도덕적 의무에 대해 심각하게 고민하지 않는다면. 정치적 올바름에 대한 추구나 계급의식에 그다지 단호하지 않다면. 그저 좋아하는 노래 속에서 코러스를 따라가듯 한다면.

　당장 내일 저녁부터 보름간의 저녁이 풀부킹되었다. 이런 시기엔 못 마시는 소주조차 말술로 마실 자신이 있었다(물론 한두 잔 하곤 금방 맥주로 돌아가겠지만). 와인은, 두 됫박쯤은 끄떡없을 것 같았다. 혀가 넥타이 매듭처럼 꼬이고, 발을 접질려 회사 복도를 질척질척 배회한다 해도 그럴 가치가 있는 시간이었다. 술잔이 담은 쾌락은 죄책감과 닮았으나, 마감 직후에 마시는 술은 지구의 중력만큼 중요하기 때문에.

동시에 후둘거리지 않는 부추김치와, 죽엽을 찍은 송이버섯과, 동네 호프집의 불량한 치킨과, 약간의 엘리트주의까지 더해진 미끈미끈한 캐비어의 향락까지 그리웠다. 그렇다면 구운 백조, 공작의 가슴살처럼 한때 이름을 높였으되 미각과 법률의 변화로 설 자리를 잃은 고대요리조차 얼마든지 안주거리렸다!

그때 전화벨이 울렸고, 위가 순식간에 딱딱하게 긴장했다. 이런 테러 같은 예감이 우리 삶을 잠식하고 있다니.

"나, 이상해……."

엄마 목소리는 전화기 저편에서 느슨하게 올이 풀려 있었다. 횡경막 깊숙한 데서 물을 뿌리고 전선줄을 댄 듯 뻑뻑한 쇼크가 급습했다.

..

서랍을 약으로 채운 엄마는 인생을 다시 살라면 아마 힘이 없어 더 못 살 것이다. 내비게이션이 바보 같은 조수처럼 느껴졌다. 나는 운전석에 앉아 백만 가지 경우의 수를 생각해보았다. 구체적인 현실이 되어 머릿속을 돌아다니는 나쁜 상상을 주저앉히느라 삭신이 쑤셨다. 당장 먹고 마실 생각밖에 없던 주제에 뒤늦게 개심한 남자 심청이가 되어 수선 피워봤자 그 속이 훤히 보였다.

응급실은 바닥에 피가 질척거리는 중세의 수술실 같았다. (국내 굴지의 병원이라면서) 복도에까지 밀려 나온 침대며, 막 실려온 환자들의 인후를 찢는 비명이며, 그야말로 폭탄이 터진 직후의 광경……. 사람의 몸이야말로 가장 가혹한 환경이었다.

엄마는 병원 침대가 부족하다는 짧은 고지 하나로 응급실 복도 의자에 방치돼 있었다. 누구도 지금 엄마의 상태며, 다음의 진료 절차를 말해주지 않았다. 흰 가운을 입은 무리들이 엄마를 잠깐 흘낏 보곤 사라지길 몇 번, 그게 전부였다.

"기다리세요. 만약 위급하다면 의사들이 가만있겠어요? 무슨 조치를 취해도 취했지."

심드렁하고 태연하다 못해 괴상한 품위로 무장한 간호사의 말은, 뚜렷한 게 하나도 없는데도 가장 확실한 정보가 되었다.

이윽고 엄마는 침대로 이송되었다. 아무 설명 없이 링거가 팔에 꽂히고, 의사로 보이는 이들이 와선 단단하게 꿰매어진 입술로 엄마를 슥 스캔하면 그만. 그 와중에 이유를 듣지도 못한 사진을 자꾸 찍었다.

엄마는 지체장애 병아리처럼 비틀거렸다. 뭔가 짚지 않고는 혼자 걸을 수 없었다. 걸음을 떼면 취객처럼 휘청휘청 여기저기에 몸을 부딪혔다. 내 팔이 엄마 팔을 혈압측정기처럼 감을 때 엄마가 꺼끌꺼끌, 루이 암스트롱이 현현한 목소리로 말했다.

"내가 이제 도로 어린애가 되려나봐. 너 없이는 한 발자국도 걷지 못하잖아."

"사람은 나이가 들어도 나이만 많은 어린애일 뿐이야. 그리고 솔직히 '미안해요. 내가 지금 약해진 한때를 보내는 중인데, 나 좀 도와줄

래요?' 할 수도 있지 뭐."

　병원에선 불가해한 일이 반복되었다. 돈은 내가 내는데 의사를 상대로는 열세의 위치에서 전쟁을 벌이는 것 같았다. 모든 의사는 전공에 상관없이 환자의 마음을 고치는 정신과 의사일 텐데, 엄마 병을 대하는 그들의 태도는 무례와 다르지 않았다. 입원수속으로 동분서주할 때 병원 창구녀들의 극단적 단답형 지시, 두 시간 기다려 의사에게 듣는 3분간의 조악한 진단은 병원을 지탱하는 사악한 에너지 같았다. 코미디 같건 말건 감정이 드러나지 않는 얼굴을 탓할 순 없다. 그러나 환자를 숫자로 대한다면 이야기가 다르지.

　의학은 때로 환자를 위해 존재하는 것 같지만, 한편 의사들의 딜레마를 만들기 위해 존재하는 것도 같았다. 게다가 누가 병원에서 피해를 입은 타인에 대해 깊은 동정심을 갖는단 말인가.

　그러나 경륜에 상관없이 드릴로 이를 가는 중이란 사실도 잊게 만드는 치과의사도 나는 안다. 코감기에 걸려도 그 병원에 다시 가고 싶게 만드는 의사를.

　· ·

　엄마를 일반 병실로 옮길 때까지도 들락거린 의료진 이름은 고사하고 담당이 누군지, 인턴인지, 레지던트인지, 의사이기나 한지 알수 없었다. 반찬국물 밴 꼬질꼬질한 가운을 걸친 이들은, 연차나 성별에 상관없이 모든 질문을 씹거나 반말조의 생략된 음절만 부려놓고 병실을 나가기 바빴다. 그들은 환자의 철저한 무존재성에 대해 배운 게 틀림없었다. 어른 앞에선 존칭으로 자신을 밝히는 게 예의라고 다들 배울 때 그들만 졸았거나. 그때마다 혼돈스러움이 끌어 올라 참을 수 없었다. "다시 한번 말해주세요." "그게 무슨 소리예요?" "그러니까 한국말로 말해달라고요!"

급기야 어느 저녁, 유령처럼 스르륵 와선 말없이 주삿바늘을 점검하는 꼬질꼬질 흰 가운에게 소리를 질렀다.

"환자는 질문할 수 없어요? 궁금해하는 걸 말해주는 게 시간낭비예요? 왜 말 안 해요? 언어장애예요? 대답하지 않는 의사의 시간은, 모든 걸 들여다보고 싶은 환자의 시간보다 가치 있나요? 엄마가 행려병자예요? 지금 공짜로 치료받아요? 귀 먹었어요? ……야!"

엄마의 귓속 평형기관이 바이러스에 감염됐다는 진단이 그렇게 어렵고 그렇게 미적거릴 일이었을까. 진단명을 들으며 껌을 한 번에 여섯 개를 씹었더니 심장이 세차게 뛰었다. 결국 나는 매번 경계해야 할 블랙리스트 환자 보호자로 낙인 찍혔다.

두 번째 진료가 있는 날, 개나리가 야트막한 산등성이를 덮고 있었다. 안 그래도 봄꽃이 핀 길 따라 차를 몰고 싶었다. 조용히 아래를 향해 있던 엄마 눈이 반짝 하고 떠졌다.

"저길 좀 봐. 개나리 천지야. 개나리 군락이야. 근데 난 낙락장송 없으면 별로 안 좋아. 낙락장송은 보석 같고 이뻐."

"개나리는 안 이쁘고?"

"이쁘지 않아서가 아니라, 열흘 붉은 꽃은 없으니까."

껍질에 싸인 계절 위로 부드러운 것이 깔리고 있었다.

엄마는 손을 들어 싸리나무를 가리켰다.

"싸리 필 땐 어미한테도 가지 말라고 했어. 그때가 식량이 다 떨어져 옆집에 쌀을 꾸고 그럴 땐데 자식이 온들 뭘 먹이겠어?"

마음이 저녁식사 접시를 다 씻은 후에 새로 담는 푸딩처럼 온화해졌다.

"목련은 필 때는 제일 이쁜데, 질 때는 제일 더러워."

"맞아. 이쁜 것들이 제일 더러워져. 꼭 눈처럼."

어디선가 더운 바람이 나뭇가지를 이상하게 흔들어댔다.

"아, 라일락 향기……."

향기를 말로 맺기 전에 엄마가 나직하게 말했다.

"질부가 전에, 작은 어머이요. 라일락 꽃향기 참 좋니이더, 그랬는데……."

그 목소리는 반음 낮춘 악기같이 들렸다. 아무것도 없는 교차로, 봄빛이 남은 길에서 마음은 풀처럼 굳어버렸다.

..

엄마의 차도差度는 더뎠다.

2차선 남산 순환도로를 작은 차로 크게 돌며 드리프트를 만들 때 벚나무는 작은 언덕을 가리고 있었다. 가지가 도로 양편에서 뻗어 나와 서로 맞닿을 만큼 꽃잎을 늘어뜨리고, 엄마는 골프의 들썩이는 조수석에서 나선형 도로를 따라 옆으로 앞으로, 기계적으로 기울어지고 있었다.

"지겨워."

차가 잠시 횡단보도에 서 있을 때였다.

"응?"

"지겨워."

"뭐가?"

"맨날 병치레 하는 내 몸이 지겨워!"

필립 라킨의 언어는, 삶이 처음에는 지루함이고 다음에는 두려움이라고 했다. 글쎄? 지루함은 맞지만 두려움은 틀렸다. 삶이 뭐 그렇게 공포스럽다고? 그 말은 반대여야 했다. 삶은 처음에는 두렵고 다음에 지루한 거라고.

"걱정 마. 내가 딴 건 잘 못해도, 엄마 싣고 병원 가는 건 잘하잖아. 나, 엄마 몇 번 살렸잖아."

"다음엔 살리지 마."

엄마는 눈먼 동상처럼 입을 닫았다. 침묵은, 모든 소통에는 자신만의 순환이 있다는 것을 말해준다. 아무리 언어가 복잡하고 전할 것이 백만 광주리라고 해도, 우린 여전히 그 순간을 알 수 없다는 불확실성까지.

오후의 구름은 거대한 케이크에 꽂힌 바닐라 아이스크림 같았지만, 거인만이 손가락으로 찍어 먹을 수 있을 것이다. 그러나 그 길은 엄마와 병원 다니던 길. 언젠가 엄마가 없을 땐 더 이상은 밟을 수 없는 길.

··

퇴원 후에도 사고가 잇따랐다.

그날 아침의 공기는 젖은 스펀지 같았다. 식탁에 앉아 있는데 싱크
대에 선 엄마 옆얼굴이 보톡스를 한 가마니 맞은 듯 팽팽해 보였다.
코부터 미간까지 곰치국처럼 말간데, 코끝엔 검붉게 멍까지 들어 있
었다.

"세상에! 어떻게 된 거야?"

덜컹 소리를 내며 가슴에서 바퀴 하나가 빠졌다.

엄마는 국그릇을 식탁에 놓고 천천히 의자에 앉았다.

"나, 어제 죽을 뻔했다."

어제 마트에서 장을 본 엄마는 양손에 비닐봉지를 들고 집에 오다
가 발을 헛디뎌 아파트 담벼락에 그대로 얼굴을 부딪혔다.

"정신을 차리고 화단에 앉아 있는데, 피가 정신없이 나오는 거야.
세상에, 손수건으로 닦을 수도 없었어. 평생 흘린 피보다 더 많은 피
를 흘린 거지."

엄마는 부상당한 참새처럼 보였다. 고통은 오히려 신호가 된다지
만, 슬픈 건지 화가 나는 건지 알 수 없었다.

"누구 지나가는 사람도 없었어?"

아픈 엄마와 지내는 건 시한폭탄을 안은 것과 같아서 매 순간 시
간을 확인해야 한다. 그러나 술 취해 새벽에 들어와 아침이 되어서야
그 얘기를 듣는 입증된 잘못.

"저쪽에 젊은 여자애들 몇몇이 지나가긴 하드라만, 지네들끼리 떠

드느라 나 있는 쪽을 볼 수나 있었겠어?"

아침 출근길은 길고 외롭게 뻗은 밤의 고속도로를 닮아 있었다.

퇴근해서 보니, 엄마 얼굴의 멍은 눈으로 올라와 둥글고 검은 원을 그리고 있었다.

"하하하. 우리 엄마가 판다곰이 다 됐네. 아니면 폭력 남편한테 두들겨 맞았나? 얼른 달걀 눈에 대고 비벼!"

플라스틱 손잡이를 잡아당기면 킥킥 금속성 소리가 나는, 소원을 들어주는 자동판매기가 있으면 좋겠다. 병이 생길 때마다 약이 척척 나오게.

얼마 전부터 엄마는 왼쪽 눈이 잘 안 보인다고 했다. 턱없는 낙관으로 방임하다가 엄마가 손바닥으로 번갈아 한쪽 눈을 가려 각각 다르게 비치는 풍경을 비교하고, 모서리가 으깨진 사물을 묘사하고, 걸을 때 중심이 뒤틀린 듯 기우뚱거리자, 그 길로 안과에 모시고 갔다.

그건 황반변성의 일반적인 증세였다. 그 병엔 지금까지도 획기적인 치료법이 없으며, 안구에 직접 주사하는 것만이 차선이라는 게 의사의 소견이었다.

황반변성 치료 전, 나는 엄마의 보호자로서 수술이며 수혈이며 주사에 관한 동의서에 사인을 했다. 속으론 쿠키처럼 부서지는 모래덩어리를 그대로 토할 것 같았다.

엄마는 왼쪽 눈에 마취약을 넣은 채 안과 37번 방 앞 대기의자에 앉아 졸고 있었다. 나는 반대편에 앉아 숙취에 절여진 채 징벌 같은 병원의 데시벨을 견뎌야 했다.

세상에 위험하지 않은 게 하나도 없었다. 인간의 껍질은 시간이 지남에 따라 취약해지는데 세상은 칼날과 모서리로 가득했다. 집 열쇠는 대못이 되고, 우편함 뚜껑조차 고기 써는 칼이 되었다.

강변도로에서 엄마는 습진처럼 퍼진 담청색 하늘을 올려다보았다. 그 하늘은 내가 보는 것과 달랐을 것이다.

..

엄마는 주기적으로 안구에 주사를 맞았다. 엄마가, 눈이 아프고 저리고 시리다고 할 때마다 나는 고작 "빨리 자. 모든 병엔 자는 게 가장 빨리 낫는 방법이래. 얼른 자"라고 말할 뿐이었다. 마트에서 블루베리 몇 봉지와 칼로리가 제일 낮은 무지방 우유를 사들이며 법석을 피워봐도 엄마의 저조함은 당장 기쁨으로 바뀌지 않았다.

어느 날 아침, 냉장고에서 블루베리와 우유를 꺼내 수시로 약처럼 먹으면 아주 끝내주게 효험을 볼 거라고 말했다. 태산이 무너져도 콧바퀴조차 씰룩하지 않고 모든 것에 시큰둥, 주석보다 단단한 엄마의 얼굴 피부가 살짝 움직였다.

"우리 아들 고마워. 최고야. 착해. 어떤 때 너무 깐깐하고, 엄마 말 안 듣는 것만 빼고."

그날의 햇살은 길가에 버려진 밝은 유리조각 같았다. 잔상이 오래 남는 빛.

삶 그대로를 받아들이건 변화를 꿈꾸건, 우주를 아우르는 제1의 법칙은 모든 것이 항상 똑같이 머무르지는 않는다는 것이다. 이 진실은 타협될 수 없고, 결국 우리는 힘든 작별을 하며 일생을 보낼 것이다.

심인성
우울증

진료실은 바닥부터 나직하게 어두워졌다. 갈색이 섞인 어두움은 최대치의 빛을 움켜쥐고 있었다. 스스로 너무 많은 걸 통제하고 있었다는 느낌, 그 느낌을 뺏기고 싶지 않아서 두들겨 맞는 시간……. 근원은 늘 단순했다.

"그러니까 스트레스가 많아서라는 거지요?"

"네."

온도계를 겨드랑이에 끼운 것처럼 마음이 추웠다. 연말 내내 등과 겨드랑이 밑을 찌르던 통증이 단지 마음이 준 병이라는 말을 그대로 믿을 순 없었다. 나는 뭔가 큰 탈이 났고, 원인은 다른 데 있다는 걸 입증하고 싶었다.

"아뇨, 저 스트레스 별로 없는데요. 전에는 힘든 일이 많긴 많았는데요. 그런데 요즘은 하나도 그런 거 없어요. 얼마나 즐겁게 산다고요."

나는 미리 배포된 진술문만 읽듯이 지껄였다. 거짓말이었다. 아니, 반쯤만 정말이었다. 의사의 눈썹이 약간 아치형으로 변하더니 타원의 뺨이 늘어났다.

"환자 분의 성격, 하는 일, 모두가 충분히 마음의 병을 만들 수 있는 것 같은데요."

결연히 튀어나온 눈두덩. 배려와 배타성이 함께 드러나는 눈초리. 어떤 관록은 인정할 수밖에 없었다.

"일단 할 수 있는 검사는 다 해봅시다. 그리고 별 이상이 없으면 정신과를 소개시켜줄게요."

..

연말부터 등이 아팠다. 통증은 피하 5센티미터 저 밑에서 두꺼운 못으로 내지르듯 쑤셨다. 바닥에 등을 대고 잠을 잘 수 없었고, 매 시간 깼다. 통증은 오른쪽 겨드랑이로 옮아왔다가, 다시 왼쪽 겨드랑이 밑과 옆, 종횡으로 바쁘게 돌아다녔다. 가슴속에 가시풀 한 포대를 넣고 다닌 세월이었다. 한의원에 가서 통증 부위를 대침으로 쪼아도 보고, 무슨 경우인지 잘 모르겠다는 할아버지 약사가 지어주는, 좀 갸웃거려지는 약도 먹었지만 헛되고 헛되었다.

나는 비스듬히, 시시하다거나 판단하는 눈으로 의사를 보는 대신 시키는 대로 하겠다고 말했다.

나오지 않는 오줌을 종이컵에 받아내느라 끙끙대는 그 순간, 엄마는 병원 근처 다른 한방병원에서 얼마 전에 받았던 중풍 방지 프로그램과 온갖 검사 결과를 기다리고 있었다. 하필 엄마의 결과가 나오는 날과 나의 진료 날짜가 겹치는 바람에 친구더러 엄마를 모시고 가게 한 터였다.

가로수에선 어른 손바닥보다 큰 이파리들이 철썩 소리를 내며 떨어지고 있었다. 그 음향은 내 마음의 양쪽을 아프게 꼭 쥐었다가 얼른 놓았다.

엄마는 병원 창구 가까이 앉아 있었다. 아무 행동도 하지 않고, 판단을 내리지도 않고, 계획도, 근심도, 목표도, 기대도, 아무것도 없이.

나는 속도가 아니라 부드러움이 필요한 걸음으로 다가갔다.

"뭐래?"

"글쎄, 별 이상은 없는 것 같다고는 하는데……."

"정말?"

"……."

엄마의 표정을 읽을 수 없었다.

"어디 좀 보자."

서류봉투에서 진단서를 꺼냈다. 검사결과를 말해주는 종이들은 논문처럼 빽빽하고 두꺼웠다. 엄마의 환부에 대한 소견들은 노란 경고등이 되어 깜빡거렸다. 결과는 예상과 다르진 않았다.

한순간 내 눈이 커졌다. 진단서엔 엄마의 상태를 말해주는 중요한 요인이 우울증이라고 적혀 있었다. 아들은 마음이 만든 병 때문에 정

신과에 가야 한다는 말을 방금 들었는데, 엄마 병의 큰 원인이 우울
증이라고?

시간이 무정형으로 느껴졌다. 뚫고 들어갈 수 없는 벽으로 막힌 기
분. 우린 늘 희망을 이야기하지만 엄마와 나를 설명하는 우연한 증후
는 삶의 불확실성에 대해 좀 더 현실적이 되어야 한다고 일러주고 있
었다. 날은 이렇게 쌉싸름하게 온화한데, 단풍잎의 남은 빨강은 갈색
으로 오그라든 지 오래였다. 곧 있으면 봄이 올 거라고 생각하니 마
음이 멍든 것 같았다.

별로 먹고 싶지 않았지만 근처 한정식집으로 갔다. 엄마가 모카 케
이크를 아주 좋아한다면 그 마음이 흔들릴 때 몇 박스 사다주련만,
그녀는 본질적으로 식탐이 없었다.

바람이 찼다. 이미 어제의 바람이 아니었다. 하지만 아직은 미래
때문에 우울해할 수 없었다. 당장이야 엄마에게 도라지나물을 얹어
줄 뿐이지만.

취미 따원
필요치
않아

나이가 들면 생명이 얇아진다는 느낌을 받는다. 더 이상 얇아질 수 없는 순간이 올 때까지 얇아지기도 할 것이다. 그러다 생명이 다시 두꺼워지기 시작한다. 내면에는 커다란 알 수 없는 존재가 자라나기 때문에. 그러니까 '과거' 말이다.

어느 날, 내가 엄마 태중에 있을 때 내 위 형제들과 풀밭에 앉아 있던 젊은 엄마의 사진을 보았다. 연필 같은 몸피의 무감동한 얼굴은 스물일곱이 안 된 나이인 채 장래로부터 방임된 여자를 설명하고 있었다.

"나에게 청춘은 없었어. 오직 고난뿐이었어."

꼭 붙들고 있던 비밀을 놓아버리듯이 엄마는 말했다. 회한은 길게 이어지지 않았다. 지나간 건 지나간 것이라고 생각하는 나의 냉담한 미덕 때문에.

"누군들 자기 꿈을 충분히 이룰 수 있겠니? 그러나 내 꿈은, 꿈을 꿀 가치도 없었어."

자신을 가득 채울 기회를, 표현하려는 바를 잃어버린 엄마의 청춘엔 사탕수수밭 흑인의 노동요처럼 고단한 소금기가 묻어 있었다. 내가 어떤 존재인지, 그 존재가 어디에서 시작되는지 명확하게 알 순 없지만 엄마의 유실된 청춘에 대한 나의 원죄의식은 채권자와 같았다.

외할아버지는 충청도 반가의 종손이었다. 외할머니는 남편에게 복속된, 식물 같은 내자였다. 엄마는 8남매의 맏이로서, 스무 살까지 큰살림을 관리하고 일꾼들을 부리는 집사로 양육되었다. 그러나 엄마가 원했던 미래는 국민학교 선생님이었다.

"외할아버지는 콩 심은 데 콩 나고, 팥 심은 데 팥 난다고 믿는, 그 말 그대로만 산 사람이었어. 지 털 빼서 지 구멍에 박는 사람 있잖아. 경우 바르고, 사심 없고, 분명한 사람인 건 좋았지만 나에겐 어떤 기회도 주지 않았어. 일할 때 말고는 내가 밖에 나가는 것조차 싫어하셨어. 엄마보다도 더 나를 찾으셨어. 나한테는 자유가 없었어."

추억은 삶의 가치를 은유한다. 경험의 영역은 너무나 방대해서 낱낱이 용납할 수 없지만, 그것들이 어떻게 내부와 연결되는지는 알 것도 같았다.

엄마의 과거로 통하는 통로는 밀봉되었다. 호기심은 강했지만 삶에 대해 생각할 겨를이 없었다. 삶의 변두리를 살아온 사람의 갈망은, 잘못 걸린 운명의 시계 속에서 비틀거렸다. 남편을 만났으나 상황은 더 악화되었다. 목사직을 작파하고 낙향한 시아버지는 손자에게 사탕 하나까지 인색한 파락호였다. 자식 넷을 건사하고, 과부가 되고, 지금 그 나이가 될 때까지도 엄마는 엎질러진 삶을 쓸어 담지 못했다. 하지만 나는 옆에 앉아 엄마의 회한을 정당한 논리로 바꾸고 싶었다. 흩어진 잔해로부터 엄마를 다시 만들고 싶었다.

"그렇지만 나는 지금이 가장 행복해. 아들이 버는 돈으로 편하게 살지, 친구도 많지, 어디 가고 싶은 데도 맘대로 갔다 올 수 있지. 그러나 솔직히 너 때문에 즐거울 건 없어. 다른 기쁨을 네 걱정에 들이부어 버리고 나니 남는 기쁨이 없다고. 난 함정에 빠진 거야. 네가 파놓은 함정에."

..

늦은 밤, 잔물결 속에서 몰래 현관문을 열었다. 엄마는 작은 소반에 얼굴을 수그린 채 기도하는 사마귀처럼 팔을 접었다 폈다 하고 있었다. 신문에서 오려낸 영어와 일어, 한문 자료를 펼쳐선 사전을 뒤적이면서.

엄마의 학구적인 탐구는 머리를 쓰면 치매를 막는다는 실용적 명분이나 노인대학류의 위안이 아닌, 호기심이라는 대륙을 안겨주었다. 옥편엔 엄마만 알 수 있는 기호들이 난수표처럼 얽혀 있었고, 성경책 구절마다 모란시장 이불 홑청만큼 알록달록 형광펜이 그어져 있었다. 엄마를 이끄는 건 몸이 아니라 심장이며, 청춘의 에너지는 결코 낭비되는 게 아니었다.

"심심해서."

엄마의 설명이 늘 고춧가루 넣지 않은 찌개마냥 밍밍한 건, 감정을 드러내는 게 부도덕하다고 믿었던 여염집 여자들의 정당성 때문이었다.

"언젠가 채영이가 '할머니. 삼촌 장가가고 할머니 혼자 쓸쓸하게 집에 남으면 그땐 삼촌 생각하면서 테레비 봐. 그럼 시간이 잘 갈 거야.' 그년이 그런 말을 다 하더라. 근데 이렇게 사전 찾고 그러다 보면 시간이 잘 가. 잠 안 오면 엎드려 있다가, 또 낮이고 밤이고 잠이 퍼부으면 잠을 자다가, 일어나 그걸 풀고 있으면 모든 근심을 잊어버릴 수 있잖아."

엄마의 언어는 엷은 안개가 되어 수평으로 움직였다. 하지만 엄마의 부서진 퍼즐을 맞추어볼 때마다 빛은 빠르게 어둑해지고, 시간은 모든 것을 해체하기 위해 돌진하곤 했다.

육체적 부패의 의미로서 엄마의 청춘은 없었다.

..

인생에는 시간이 더 이상 중요하지 않으며 끝을 향하는 것이 평범하게 느껴지는 순간이 온다. 하지만 모든 것이 결정된 수동적인 평화의 시기로서 늙음이란 하나의 이상이자 관념에 불과하다. 엄마에겐 의미가 좀 달랐다. 보다 결벽했달까.

어떤 때 현실과의 접촉을 잠깐 놓치거나, 시간, 날짜, 요일, 연도를 헷갈려하면서도 엄마는 세금은 냈는지, 저축은 얼마나 되는지, 고지서 내는 날은 언제인지 면밀히 점검했다. 필수적이고도 자질구레한 일상은 엄마에겐 잊으면 안 되는 목록들이었다. 엄마는 특별한 취미도 기쁨을 만드는 재능도 없었지만 스스로 늙었다는 생각은 하지 않았다.

그런데 엄마와 영동대교를 건너던 차 안에서 무슨 이야기 끝에 내가 그랬다.

"있잖아. 노인들은 혼자 두면 안 된대."

"노인? 누구?"

엄마의 얼굴은 정말이지 과녁을 못 찾은 사람의 것이었다. 나는 당황해서 머뭇거렸다.

"난 어디서 누가 '노인'이라고 말하면, 누굴 갖고 노인이라 그러나, 그런 생각해. 난 노인이라는 생각이 전혀 안 들어."

그러면서 지하철을 타면 노약자석에 앉아 눈 깜박할 새에 잠이 들다니. 언제나 커튼이 처지듯 사뿐히 내려앉는 그 눈꺼풀을 보며 나는 육체적 핸디캡의 실재성을 용납할 수밖에 없었다. 김장할 때 찍은 사진을 보며 "내가 이렇게 노인이 되었어?" 하고 되물을 때. 엘리베이터 앞에서 자전거 타는 서너 살 어린애를 칭찬하자 그 애가 제 엄마더러 "저 할머니가 나 자전거 잘 탄다고 했어"라고 뻐겼을 때. "쟤가 보기에도 내가 할머니니, 참……." 하며 엄마는 헛헛하게 웃었다.

생일날에도 엄마는 그랬다.

"거울을 볼 때마다 항상 이런 생각이 들어. 도대체 나한테 무슨 일이 일어난 걸까? 언제 이렇게 주름이 늘었고, 또 언제 머리가 이렇게 희었지?"

"그러지 마. 나도 가끔 내 몸에 실망할 때도 있어. 하지만 우리한테 몸에 대해 고민할 시간이 어디 있어?"

"나는 아직도 열아홉 같거든……."

그 말엔 야심이 없었다. 반대도 그림자도 올가미도 없었다.

나는 생각했다. 노년이 어디 있나? 단어를 지배하는 것은 나지, 단어가 나를 지배하는 건 아니잖아. 삶은 노화의 단계마다 생각도 못한 선물을 마련하는 게 아닌가? 삼십 대는 무섭고, 사십 대는 너무 취해 기억이 잘 안 나고, 오십 대는 많은 것이 변한 최고의 순간이며, 육십 대에는 오십 대의 축복을 연장시킨다. 그럼에도 불구하고 노년을 이해할 순 없다. 그 은하수는 상상 밖에 있으므로.

..

나는 문풍지가 찢기는 여편네식 데시벨로 수다스러운 엄마를 본적이 없다. 하지만 북벌 나선 고선지 장군보다 묵묵한 여자가 전화기를 붙들고 있을 땐 달랐다. 신호음이 언어와 시간과의 관계를 덮을 때, 엄마의 낮은 목소리는 끊길 줄 몰랐다.

엄마가 따로 휴대전화를 가지기 전까지 모든 소식은 오직 집 전화기로만 전해졌다. 단단하고 신뢰감을 주는 네모난 전달체는 엄마에겐 하나의 가전제품이 아니라 말하고 싶은 필요를 충족시켜주는 절대적 사물이었다. 엄마는, 모든 메시지는 예측하지 못한 순간에 다가오고 알 수 없는 곳에서 전해진다고 일러주는 전화기를 통해 분개,

낙담, 극단적 기쁨을 합법적으로 투사해왔다. 고대하던 전화가 온 순간은 만족과 축복에 이르는 모든 것을 이끌었다. 그러니까 엄마는 모든 연령대의 가족, 친구 사이의 소통 분석가, 데이터베이스였다.

엄마는 텔레비전 채널을 선국하는 리모컨의 움직임도 좋아했다. 텔레비전이 펼쳐 보이는 세계의 언저리를 서성거리며 격투기의 일화를 탐닉했다.

영화를 보는 내 두뇌의 등급은 디즈니 영화가 다 정해주었다. 턱이 떨어져라 입을 벌리고 만화적 공상이 사태 나는 영화를 보는 건 마음속에 커다랗고 붉은 완구를 집어넣는 것과 같았다. 그러나 엄마는 필름 속에 비축된 강렬한 감정들과 아무 상관없었다.

엄마가 조카아이와 「집으로」를 보고 온 날이었다. 엄마가 외출할 때 쓴 모자는 거대한 구근처럼 생겨서 사람을 아주 작아 보이게 만들었다.

"어땠어? 재미있었어?"

"좋아."

"겨우 그거야? 다들 재밌다 그러는데?"

"감동했어."

"그리고?"

"아유, 시골 사는 풍경 그대로 요새 애들한테 보여주니까 걔네들 저런 거 보고 느낄 게 참 많겠구나, 그런 생각했지 뭐. 나야 다 아는 거고. 니들이 게 맛을 알아? 그런 식으로 요즘 애들한테 니들이 옛날 풍경을 알아? 그러니까 좋은 거고."

"그 영화, 시골 풍경 보여주자고 만든 거 아닌데? 새마을 영화가 아니잖아. 영화 보고 나면 사람들이 다 울고 그러던데."

"울더라. 그렇지만 난 안 울었어. 옛날 사람들 다 그렇게 살았잖아."

"그게 가난하고 못 먹고 슬프고 그런 영화가 아니라니까? 외할머니하고 애하고 서로 교통하는 영화잖아. 그래서 서로 그리워하는 영화잖아."

"「집으로」에 누가 헤어지는 장면이 나오니?"

나는 엄마를 의심스럽게 쳐다보았다.

"······맨 마지막에 애가 서울로 올라올 때. 버스가 떠나는데, 걔가 외할머니 보려고 버스 맨 뒷자리로 와서 수화하잖아. 미안하다고······. 그때 안 슬펐어?"

"슬펐어."

"그런데?"

"함께 있다가 헤어지는 건 누구든지 슬픈 거야. 헤어지면 또 만날 수 없다는 건 더 슬프지. 헤어졌다가 다시 만나는 건 젊은 사람들 얘기지. 그렇지만 그 할머니는 너무 늙었잖아. 늙어서 헤어지면 다시 만날 수 없을 테니까, 그러니까 슬픈 거지."

"다시 만날 수 없으면 슬픈 거구나."

"넌 안 그래?"

"난 다시 만날 수 없는 사람들보단, 다시는 만나기 싫은 사람들이 더 많으니까."

"너도, 세월 금방이다."

엄마는 다시 퍼즐로 돌아갔다.

..

엄마의 노화엔 늘어진 피부를 조롱하고, 건망증을 희화화하고, 젊게 보이고 싶은 속임수를 야유하며, 나이 든 여자를 놀리는 유머 카드가 없다. 엄마는 노화의 단계를 축하하진 않았지만, 누구를 탓하거나 핑계 삼은 적도 없다.

나는 웃으며 엄마 카디건의 단추를 매만졌다.

"엄마는 특별히 어떤 영화를 좋아해?"

"매일 티비 보니까 영화 생각이 잘 안 나. 어제도 네 둘째 이모 제천으로 갈 때 고속버스 태워주고 오는데 극장 간판이 보이는 거야. 그런데 영화 프로그램 살펴보니까 내가 볼 건 별로 없어. 등 뒤에 배낭 멘 애들만 천지더라. 그래서 그냥 왔어."

"뭐라도 좀 보지. 영화는 그 순간, 그 세대, 그 시대 생각의 통합이잖아. 연애하는 거라도 좀 보지."

정말 인생은 순환되는 필름 같은 걸까? 하지만 영화가 다른 세계로 열린 창이라고 해도 엄마는 신념을 위해 죽는 영화 속 인물들을 믿지 않았다. 신성한 리얼리티를 찾아 헤매지 않았다. 모든 몽상을 현실이라는 식단으로 짤 수 있는 상상력 때문에.

"몰라. 난 그런 게 그렇게 싫더라. 애정 영화도, 요즘 말로 쪽쪽빵빵 그런 애들만 나오는 게 싫어. 난 서부영화 같은 게 좋아, 서부 활극."

나는 액션은 싫다. 그래봤자 총 한 방이면 가는데, 하는 시답잖은 관조 때문에. 사랑에 관한 관념으로 지리멸렬한 멜로는 더 싫다. 사랑이란 생화학적 반응의 집적. 남녀상열지사 속에 숭고함이 어디 있다고?

"옛날 신성일 엄앵란 영화도 별로였어?"

"그런 것도 연애지 뭐. 뻔한 연애. 난 그저 그래. 모든 게 다."

"왜 그럴까, 우리 엄마는?"

"내가 연애를 안 해봤으니 그 감정을 알 수 있나. 그런 감정이 있었다면 그런 영화 보면서 마구 짜릿할 테지만."

엄마는 흑백영화 결말 부분에서 미련 없이 떠나가는 여자 같았다.

"아버지를 사랑한 건 아니고?"

"사랑인지 뭔지, 그냥 네 아버지 죽을 때까지 산 거였지. 하지만 어떻게 보면 그게, 그렇게 산 게, 그러니까 사랑인지도 모르겠어. 너희들 낳고 그렇게 산 게."

"그러니까 남들처럼 뭐, 심장이 튀어나올 것 같고 까만 밤을 하얗게 새우고, 그런 게 없었네."

"내가 뭘 그렇게 느끼면서 살았을까. 난 밤새 살짝 내렸다가 아침에 사라지는 이슬밖에 안 돼. 금방 사라지는 이슬. 난 이제 너만 쳐다보며 살고 있을 뿐이잖아."

늘 낡은 의자에 앉아 뭔가 기다리다가 밤이 오면 군용 구제소에서 자는 것처럼…….

"그래서 섭섭해?"

"섭섭하고 고독하고 쓸쓸하고 뭔가 뺏긴 것 같고, 그건 이루 말할 수 없어. 그냥 집에서 네가 밤에 안 오면, 바람이 툭툭 스산하게 불고, 창문이 찰랑찰랑 흔들리고, 시곗바늘이 착착 소리를 내면서 돌고, 시간이 그렇게 더디 가는 거야. 전에는 자지도 않고 너 기다렸어. 언젠가부터 불 하나만 끄고 하나는 안 끄고 너 기다렸지. 그런데 이제는 너 기다리는 거 포기하고 불 끄고 자잖아. 그런 거야."

"뭐가 그렇다는 건데?"

"아, 삶이, 사는 게 말이야."

"그럼 너무 시시하잖아. 다들 영화같이 살고 싶어 하는데."

"세상엔 나처럼 생각하는 영화도 있겠지. 그냥 나 혼자 조용히 살다가 마는 그런 영화도 있는 거겠지. 안 그래? 왜? 엄마 말이 틀려?"

아버지의
롱코트

아버지는 나를 좋아하지 않았다. 나도 아버지를 좋아하지 않았다. 좋은 일과 나쁜 일의 달력을 헤아리면 불쾌했던 기억이 더 많았다. 나는 순응하지 않는 아들은 아니었다. 귓속이 충혈돼온다. 그렇다고 이성복의 "아버지…… 썹새끼, 너는 입이 열이라도 말 못해"처럼 조여진 구강으로 절규할 것도, 수필집에 아버지를 '개자식'이라고 써 갈긴 마이클 클라이튼처럼 숨 막히는 적의를 공개할 것도, 아버지가 죽더라도 울지 않겠다던 카스트로의 딸 페르난데스처럼 선서하듯 냉랭할 일도 없다. 우리는 단지 호감을 드러내는 학습에 서툴렀다. 서로가 원하는 걸 지니지 못했고, 그걸 알고 있었으며, 방치한 마음으로 서로를 바라보았다.

아버지는 그의 방식대로 어떤 행동양식, 공평함, 악센트, 식사예

195

절, 음주방식을 통해 도달하고 싶은 지점까지 가족들을 안내하려 했으나, 그건 형들한테나 통했다. 아버지가 삶을 통해 보여준 건 하층 신사의 취미도 아니었지만, 그렇다고 만찬을 우아한 외식으로 대신하는 습속도 아니었다. 그리고 나는 이류 자질을 가진 아버지를 거절했던 삼류 자식이었다.

나는 신중한 복장에 선별된 취향을 가진 아버지를 꿈꾸었다. 부드러운 갈색 트위드와 회색 플란넬 위에 톱코트를 걸친, 와인처럼 분석하기 힘든 이미지. 면으로 된 가운이야말로 가장 아름다운 남자의 이미지 같았다. 그러나 박쥐우산을 든 아버지는 바라지도 않았다. 아버지는 무정하게 입고 벗었다. 내가 좋아하는 검은색 윙팁 구두를 신지도 않고. 양복을 입으면 단추가 벌어져 바지 앞섶처럼 넓게 울었다. 아버지는 별다른 선택이 없다는 강요된 객관성으로 자기 스타일을 변호했다. 그러나 그런 복식으로 내 기대치의 손잡이를 당기기엔 어림도 없었다. 가끔 갈색 체크 모직 셔츠를 입고 뒷모습으로 술을 마시던 목덜미는 남루해진 크리스마스 같았다.

아버지는, 나에겐 아무리 머리 손질을 해도 뜻대로 되지 않는 아이 같았다. 하지만 뭔가 손을 대 고쳐주고 싶을 때마다 의미 없는 기침이 나왔다. 아버지. 양복 사실 땐 어깨 좀 신경 써서 보세요. 가로로 주름이 자꾸 생기잖아요. 그런 말은 마음 안에서만 난반사될 뿐이었다.

..

아버지를 양육한 범절은 누대에 걸쳐 상속된 것이고 또 그건 그대로 가치 있겠지만, 나는 늘 '가족의 계속'이라는 생물학적 고리에서 벗어나고 싶었다. 가족간에 적개심을 일으키지 않고도 그들로부터 벗어날 기발한 방법을 찾았다. 어쩌면 난폭한 탈출 계획에 성공하는 문제가 아니라, 누군가가 나를 구출해주기를 원했는지도 몰랐다.

아버지는 소리 내 웃지 않으면서 말을 아끼는 것도 아니고, 조용하지도 않으면서 불순하고, 번잡스럽기 짝이 없으면서 박약한 나를 제쳐두고, 튼튼하고 든든한 방풍림인 장남과, 당신을 제일 많이 복제해 곰살맞은 만큼 눈물도 덩달아 많은 차남과, 웃는 것도 우는 것도 천둥 같은 누나까지 다 편애했다. 그들은 어떻게든 죄에서 빠져나오는 데 나보다 훨씬 능숙했다.

아버지는 내 수염이 살을 뚫고 자라고 있는지 묻지 않았다. 하지만 외롭지 않았다. 아버지가 내게 줄 사랑의 분량엔 애당초 관심이 없었다. 몇 트럭 쏟아부어 준다 해도 내 인생의 크레파스가 원하는 빛깔이 아니었다. 아버지가 동화책을 사준 적은 있었다. 가스펠의 아름다움이 온통 쑤셔대던 『칼로스는 미친 것이 아니었다』. 그 동화를 대본으로 주일학교 동화 대회에서 상도 받았다. 그것이 전부. 나는 갖고 싶은 몇 가지만 충족되면 그것만으로 살아갈 수 있었다.

자다가 깨어 생각해도 비난할 것투성이인 아이는, 언제나 방문을 꼭 닫고 꾸중을 들은 뒤의 자조 섞인 휘파람을 불었다. 나는 외로운 감각 속에 스스로를 눕혀두는 것만이 행복했다. 무엇일까. 무엇이 그 모든 것으로부터 튕겨져 나오게 만든 걸까.

갖고 싶은 걸 못 가지는 한, 희망 없는 장래와 별수 없는 여생 사이에 끼어 따분하게 늙어갈 게 뻔했다. 대학생이던 내가 던힐 시계를 사달라고 했을 때 아버지는 웃었다. 부모가 주고 싶은 것과 자식이 원하는 건 늘 다른 법이다. 자식에겐 부모를 통해 무한한 행복을 손에 넣을 권리가 없다. 여의치 않은들 소송을 걸 수도 없다. 태어난 것 외엔 다 내 탓이니까. 영양이 부실해 백주에 쓰러져 병원 침대에 누워봤으면 하는 망상은 후생에서의 일일 것이다.

나는 아버지가 준 로맨스 소설을 숨겨둔 채 손전등 불빛 아래 읽고 싶었다. 아버지가 나에게 준 것을 몰래 꺼내 현실이 다가올 때까지 껴안고 싶었다. 그러나 성장과정을 연필로 그어놓은 벽, 사탕더미 같던 흔적이 콜레스테롤 레시피와 자리를 바꾼 지금까지도 나에겐 아버지가 쓰던 무엇 하나 남은 게 없다. 내 방은 어떻게 아버지의 오래된 사물 하나 없이, 침실의 감성과도 상관없이 책과 맥주로 채워진 요새가 되었을까.

다이애나가 '사랑받지 못하는 건 병'이라고 했던 말이 생각난다. 사랑받지 못하면 완전한 사람이 못 된다고. 그러나 나는, 입 밖에서 터진 피가 입 안으로 다시 쏟아지는 것 같은 키스를 내 자신에게 주던 나르시시스트였다. 가끔 아버지를 다감하게 조롱하기까지 했다. 기회 있을 때마다 내 식대로의 공양은 했었다. 하지만 아버지의 가죽 점퍼를 받아 옷걸이에 걸면서 머플러에 배어 있는 냄새에 고개 돌리던 그 도착된 남자는 누가 낳았을까.

..

나는 수집가였다. 모든 것을 기억하는 수집가. 나는 나만의 이데올로기로 아버지의 취향을 유감스러워했다. 아버지가 지닌 물건 일습 중 갖고 싶은 건 하나도 없었다. 아버지의 무심함으로 방목된 나를 위해 엄마는 숱한 보물을 대신 옮겨 날랐다. 나는 사회 속에 섞이면서 인생의 의미란 서로의 경험과 지혜와 사상을 나누는 거라는 걸 알았다. 그러나 만년필, 다이어리 같은 의고적인 냄새를 흠씬 묻힌 사물이나 가죽점퍼, 구두처럼 실사구시에 충실한 물건들엔 아버지의 미감이 함유돼 있을 텐데도 자꾸 무궤도하고 매정한 마음만 들었다.

하지만 창문틀 옆 작은 데스크 위에는 한때 대담했던 갈색이 늦여름 골프장의 잔디 색깔로 바랜 서류가방이 있었다. 각진 모서리마다 상한 자둣빛 쇠장식이 달린 가방에 아버지가 숨겨둔 건 우유 같은 음성 대신 손바닥보다 작은 수첩이었다. 아주 힘든 시간을 통과했음을 보여주는 초서체의 한문은 오른쪽 위로 경사지게 쓰여 있었다. 자세히 보면 흰 꽃에 검은 뿌리가 달린 마법의 풀 같았다. 아버지의 퇴적된 유물엔 그에 대한 좀 더 개인적인 기록이나 유추된 유전자 정보가 담겨 있을 것이다. 백 번을 '아버지'라고 발음한다 해도 이제 와서 그의 마음을 짚을 순 없지만.

그러나 아버지의 롱코트…….

그 코트를 생각하면 갓 빻은 커피를 싼 종이를 펼쳤을 때 나는 냄새 혹은 지하 창고의 사과 냄새가 난다. 옷이라는 단순명사만으로 부르기엔 너무 허전한, 버버리 체크무늬가 촘촘히 박힌, 어깨를 만들지 않고 목에서 겨드랑이 밑까지 소매가 경사진 라글란 슬립 롱 코트는 어떤 기후도 견딜 만한 견고함을 흠씬 풍겼다. 칼라가 나비처럼 조그맣게 펼쳐진, 명망 있는 '라사'에서 맞춘, 수공의 아름다움이 눅진하게 밴 롱코트는 시간이 한없이 느리게 흐르던 어린 날, 어서 어른이 되고 싶었던 단 하나의 이유였다.

아버지가 외출한 어느 오후, 영사기 같은 햇빛이 옆으로 눕혀진 기둥이 되어 창문으로 비치고 있었다. 흰색 광선 위로 먼지가 떠다녔다. 아버지의 코트를 내 몸에 씌우고 펠트 모자도 덮어 쓴 채 나는 채플린 같은 절박한 유머가 아니라 어른의 세계에 잠입한 비밀한 쾌락으로 경련하고 있었다.

그 롱코트가 내 몸의 부피와 아주 잘 맞을 때쯤 아버지는 세상을 뜨셨다. 크리스마스였다.

엉겨 붙은 공기 사이로 가족들이 장례식장을 향해 가고 있었다. 차 안에서 나는 시간을 살피며 아직 시간이 충분히 있다고 생각했다. 그러나 "엄마…… 나…… 아버지 코트…… 가져도 돼?"라는 말은 아버지를 잃은 남자애가 할 수 없는 말이었다.

하관을 하고 돌아오던 길에 엄마는 아버지의 모든 것을 태웠다. 내가 가져야 한다고 믿었던 코트까지. 나한테 묻지도 않고……. 그 코트는 태우지 마세요, 엄마. 그 옷은 비싼 거예요. 걸레처럼 그렇게 아무렇게나 찢어버릴 수 없는 거잖아요…….

목덜미에 작열감이 없는 둔한 아픔이 밀려왔다. 혼란은 수습되지 않았다. 흉터만 간직한 엄마가 "넌 그런 얘기밖에 할 줄 모르니?"라고 힐난한다면, "나는 엄마의 그런 이상한 분별을 미워해요"라고 항변하고 싶었다…….

..

산의 그림자가 또 다른 산을 가리고 있었다. 추웠지만 공기는 아주 부드러웠다. 엄마는 왜 그 옷을 나에게 주어야 한다는 생각을 못한 걸까? 엄마는 아버지가 지닌 것을 태움으로써 그를 잊고 또 추억하고 싶었겠지만, 나에게 그 불길은 기진하도록 갖고 싶은 코트가 사라지는 잿빛 광경이었을 뿐이다.

그 후로 내 머릿속의 비디오에는 그 옷을 버리지 말라고 애원하는 나의 헐떡거림과, 벌레를 불러 모으는 달무리 같은 연기 속에서 재로 남은 코트와, 파삭파삭해진 코트의 시체를 바라보는 망연한 내 얼굴이 무수히 리와인드 되었다.

그리하여 집에 아버지를 추억할 물건은 사진 몇 장 말곤 단추 하나 남지 않았다. 하지만 자동차가 빙수 같은 물을 튕기며 지나가는 어느 늦은 밤, 층계에 앉아 소리 없이 울고 계시던 엄마.

가슴은 모든 악기의 가장 낮은 음으로 채워지고, 나는 천천히 빨간 페트 커버가 씌워진 의자에 앉았다. 그것 봐요. 이렇게 붙들 게 필요한걸. 아쉬운 위안 하나 남은 게 없잖아요…….

아버지는 지금 어디에서 삶을 보내고 계실까. 나는 아버지의 유한함으로 더 이상 나의 불멸을 믿지 않게 되었다. 어쩌면 어느 시골 강가에서 수영하는 아버지의 금욕적이지 않은 나체를 멀리서 보았을

때부터였는지도 모른다. 인생이란 탕진이며, 어떤 형태로든 훼손될
뿐이다. 이젠 바늘땀이 다 해어진 아버지의 롱코트처럼.

빛나지
않는
졸업장

엄마의 흐려진 옆모습은 본능적으로 보호해주고 싶은
형제애를 만든다. 하지만 그때마다 마음의 뜰에는 폐차 직전의 차들
이 나뒹군다.

깊은 밤, 엄마는 거실 바닥에 우유를 많이 탄 카푸치노 빛깔 종이
를 펼쳐놓았다. 나는 가방을 던져두고 엄마 곁으로 갔다. 그건 아버
지의 유치원 졸업장이었다.

제483호

보육증 이기수

소화 7년 7월 5일생

위 사람은 본 유치원에서 일 년간 보육하였으므로,

이에 이 증서를 수여함

소화 13년 3월 19일 졸업

갑자 유치원장 류현숙

졸업장에 표기된 일본어식 한문은 몇 십 년간 한 번도 열지 않은 옷장에서 나는 좀약 냄새처럼 머리를 어지럽혔다. 나는 아버지의 이력에 대해 무엇을 얼마만큼 알고 있었을까.

나는 엄마와 내가 보다 깊고 원초적인 것들을 호흡한다고 믿었다. 무의식적으로라도 같은 공기를 호흡하고, 동일한 조건을 나누며, 비슷한 걸 바란다고. 하지만 아버지에 대해 공유하는 추억이 무엇인지에 대해서는 쉽게 이야기할 수 없다. 우리의 친밀함이란 서로를 향해 흘러가는 중간적인 상태만 의미하기 때문일까?

아버지의 졸업장을 보는 엄마가 이미 그녀 손에서 떠나버린 유용한 삶에 관해 생각할까봐, 그 얼굴 대신 푸르스름한 천장을 잠깐 올려다보곤 방으로 들어왔다. 깊은 밤의 취기는 내쉬는 숨결마다 약효 없는 약 냄새로 변했다.

언젠가 훔쳐본 엄마의 일기엔 '여보, 당신도 영혼이 있으면 말 좀 해봐'라고 적혀 있었다. 아버지가 세상을 뜨신 후 한 달도 안 돼 외할머니도 돌아가셨다. 잠깐의 시차를 두고 벌어진 참척을 엄마가 어떻게 견뎠는지는 잘 기억나지 않는다. 청회색 우리 안에 가두어진 느낌 밖에는.

아버지를 생각할 때마다 「타이타닉」에서 케이트 윈슬렛의 엄마가

"너희 아버지가 네게 남겨준 건 이름뿐이야"라고 말하는 신이 떠오른다. 그게 꼭 아버지와 나를 설명하는 관용문 같아서. 아버지가 고전적인 제스처를 구사하는 캐리 그랜트였을 리 없다. 하지만 어른 남자의 까만 가죽점퍼나 팥죽색 머플러를 보면 늘 아버지 생각이 났다. 그러니까 나는 일종의 암호 전달자였다. 나만의 렌즈로 아버지의 자취를 번역할 뿐인.

의식적으로 아버지를 추억해본 적은 없었다. 그 삶을 몇 마디 상투어로 정의하기 싫었다. 생각해보면 나는 아버지를 실망시키지 않은 법이 없었다. 아버지도 나에겐 마찬가지였다. 나는 감정적으로든 단순한 관심으로든 아버지인 사람에게 응당 그래야 할 도리로서든, 일정 분량 이상은 결코 그에게 주지 않았다. 아버지 또한 마찬가지였다. 아버지와 함께 식탁에 앉을 때마다 내 마음은 델타포스 같은 막강한 보안 상태로 돌입하곤 했다. 내가 갈망한 아버지는 스케이트보드를 타듯 매끄럽게 인생을 질주하는 남자였다. 음성을 한 번 듣기만 해도 그날 하루 내가 가장 중요한 사람이라고 자각하게 만드는. 그러나 그런 느낌은 한 번도 갖지 못했다.

아버지의 존재감은 절대로 파산할 일 없는 제조사나 견고한 백화점의 모습을 가졌을 테다. 부드럽고 서정적인 음조에 싸인 채. 그러나 내 머릿속에서 아버지는 외롭게 재배치될 뿐이다. 나의 우둔한 개인사를 격려하지 못하고 동요하던 입술. 유약한 긍지를 다치게 하던 도량 없는 마음씨. 가위로 전화기 선을 잘라버린 어느 밤. 새로 공사한 거실 바닥의 한 점 티끌도 못 견뎌하던 눈초리. 열여덟, 말없이 집을 나와 시골 친구 집에서 열흘 넘게 지내던 그때, 수소문 끝에 전화를 해 나를 꾸짖던, 버림받은 돌바닥에서 울려 나오던 고함소리……

가끔 생각한다. 아버지가 가장 먼저 맥주잔을 기울이고 싶은 사람이었다면, 아니, 목이 굵은 벌목꾼처럼 굳은 방식으로 자신을 표현해 주었다면…… 집에 있을 때 아버지는 소주를 마시거나, 잠을 자거나, 낡은 일본 잡지를 읽었다. 스스로의 모호한 실루엣이 나에게 얼마나 따분하게 보이는지에 대해선 줄곧 무심했다. 양처럼 소심하면서도 은닉된 조용함으로 자신을 드러냈을 뿐. 물론 누구도 타인의 문 뒤에서 일어나는 일을 알 순 없는 법이다.

아버지가 점진적인 망각 속으로 미끄러져 가는 동안 나는 다른 실존의 옷을 입었다. 추억은 물이 새고, 흩어진 모자이크로 구성된 환영만 남았다. 다만 멀리 다녀오시던 아버지를 기차역에서 기다리던 열 살 때의 어느 밤, 골수암을 앓던 아버지의 절망적인 연구개, 장례식 날의 추위.

추억은 불편한 이음새로 봉합되어 쉽게 꺼내지지 않는다. 엄마가 상기시키는 사소한 일들이 아니라면 나의 무엇이 아버지를 닮았는지도 잘 모르겠다. "넌 어쩌면 그렇게 발도 네 아버지하고 닮았니?" "넌 오른손 중지 손톱 마디에 펜을 쥐느라 생긴 굳은살도 네 아버지하고 똑같아." "옷 벗어놓고 걸지 않는 것, 물건 꺼냈다가 다시 정리하지 않는 건 어쩌면 그렇게 똑같니?"

아버지가 사라진 후에도 그 습관을 따라 하는 것은 내가 바로 그 사람이 되었다는 증거일까? 원하든 원치 않든 유지하는 게? 그때마다 저항감으로 버무려진 오묘한 감정을 맛본다. 누구나 부모를 닮는다는 명백한 이유가 주는 반발. 물려받은 반복이 주는 당황스러움.

온전히 자기 것을 가진다는 게 가능할까? 그러나 내 입과 눈이 정확히 아버지의 얼굴로 세팅되어 있다는 으스스한 감정은 없다. 백만 번 입을 열었어도 아버지 목소리의 톤과 멜로디를 닮았다고 느꼈던 적도 없다. 나는 아버지처럼 과장된 소음으로 재채기를 하지도 않는다. 부모의 제스처를 공유할 운명이었다는 오랜 깨달음 같은 건 처음부터 없었다.

술만 마시면 반죽처럼 옆으로 쏟아져 내리던 작은형 얘기를 할 때 엄마의 탄식은 보다 뚜렷해졌다. "내가 네 아버지, 맨날 술 마시고 못 이기는 것 때문에 평생을 그렇게 맘 상했는데, 네 작은형은 어쩜 그런 걸 그렇게도 닮았니?"

그때까지만 해도 술이 아주 셌으니 나는 아니라고 야비하게 속을 쓸어내렸다. 내가 아버지와 닮았다고 생각하는 한 가지는 오점 하나 때문에 삶 전체를 망가뜨릴 수도 있는 졸렬함이었다. 언젠가 피부가 상상도 못할 만큼 요절이 나면, 나는 늙은 불평분자가 되어 매 순간 의식의 한 부분에 죽음을 담가둔 채 주위를 침울하게 만들어버릴 게 뻔했다.

..

어둡고 모호한 그날 아침, 우리는 식탁에서 커피를 마시며 젊은 남자와 사랑에 빠진 이혼녀의 드라마를 보고 있었다. 진한 인스턴트 커피에 우유를 넣은 다음 어느 비율인가 설탕을 더하면, 그 옛날 밖에서 놀다가 집에 들어왔을 때 엄마가 타주던 커피 맛이 번개처럼 되살아났다. 엄마는 그 맛을 전혀 기억하지 못하지만. 나는 세상에서 가장 집요한 미각의 기억에 감탄하다 말고 베란다로 고개를 돌린 엄마의 시선을 따라갔다. 그리고 우리의 길고 더운 숙제를 꺼냈다.

"내가 만약 엄마한테 이혼녀를 데리고 오면 어쩔 거야? 엄마도 저 시어머니처럼 반대할 거야?"

엄마는 신속하게 관찰하듯 나를 보았다.

"매일 널 보면서 헤어진 그 사람 생각할 텐데?"

"그럼 사별한 여자는?"

엄마의 눈에는 잠행성潛行性이 깃들어 있었다.

"내가 아닌 척하고 살아도, 하루라도 네 아버지 생각 내다버린 적이 있는 줄 아니? 종일 뭘 하다가도 그때 이렇게 했더라면 안 죽었을 텐데, 그러고 있어……."

그 목소리는 물속에서 나는 것처럼 쉽게 판독되지 않았다. 회상의 공명 때문에 낱말도 흐트러졌다. 엄마에게도 그 추운 겨울날, 청량리역 앞 허름한 국밥집에서 아버지와 우리, 셋이서 함께 앉아 있던 기억이 있을까?

꿈속에서 아버지는 늘 폐허가 된 모습으로 나타났다. 탈물질화된 채, 말없이, 손 닿으면 부스러지는 회색 먼지와 같이. 이야기를 나눈 적은 한 번도 없었다. 그건 어루만지는 시선으로 나를 보지 않았던 옛날 아버지의 또 다른 형상일까.

삶은 우리를 흠씬 두들겨 팬 다음 상실을 겪게 한다. 사람은 완전히 무기력해지고, 그리고 죽는다. 아버지가 세상을 뜨기 며칠 전, 나는 땅으로 떨어지는 가지처럼 마른 몸피를 등 뒤로 껴안고 울었다. 하지만 녹슨 난간 위에 선 듯 붕괴로 깎인 마음은 아버지에게 봉헌한 나의 마지막 제스처였을 뿐이다.

..

아버지를 회상하며 내 자신에게 벌을 주고 싶을 때마다, 나는 우리 모두 어느 날엔 가스구름이 되어 천공으로 사라지는 유한한 족속이라고 생각했다. 우린 마음이 내켰던 친교 형태도 없었고, 생물학적 혼란 속에서 아버지와 아들로 지칭되었던 가장 사사로운 관계였다고. 나의 그런 배타성, 무미하기까지 한 냉담함을 아버지는 어떻게 받아들였을까.

개봉하지 않은 봉투 입구를 기웃거리듯이 생각해보지만, 아버지가 왜 그토록 술을 마셨는지에 대해선 관심이 없다. 하지만 열 살 때, 관 속에 들어가기 전까지도 여자일 수밖에 없는 할머니의 완만한 입술에 립스틱을 발라드렸는데, 그걸 본 아버지가 내 뺨을 갈겼다. 아버지에 관한 기억, 그리고 그 기억의 구획을 정하는 것은 어려운 일이다. 아버지는 내가 비스듬히 서 있을 때 주머니 속에서 가만히 쥐어보는 그런 비밀이기 때문에.

　가족들은 달랐다. 어느 12월, 누나 집에서 추도식을 하는데 큰형은, 이런 자리는 돌아가신 사람에 관한 이야기를 해야 한다며 누나에게 추억을 말해보라고 했다. 누나는 머뭇거리다가 "아버지는 엄마를 참 사랑하셨지……." 그러더니 말을 못 맺고 울었다. 데미 무어처럼 완벽한 뺨을 타고 흐르는 눈물은 아니었지만, 마음의 공기가 다 빠져나가는 밤이었다. 아버지는 그 둘 사이에 통용되는 방식으로 엄마를 사랑했다. 그러나 누나의 정서가 아버지에 관해 갖는 나의 상념과 부합되는 건 아니었다.

　어느 밤 차 안에서 후배와 통화하면서 그 애 아버님의 병세를 가슴 아파하는데 실밥이 뜯어지듯 눈물이 흘렀다. 아버지는 겨우 53세에 돌아가셨다.

밤새도록
나는
울었네

·· 　　　오전 10시 반. 오래된 책만큼 커다란 나뭇잎이 냉기를 머금은 빗속에서 보도를 덮고 있었다. 비. 마르지 못한 겨울의 눈물.

KFC 옆에서 박정자 그녀를 기다리고 있었다. 압구정동 아이스크림 가게와 아파트 담 사이, 좁은 길로 걸어오는 그녀의 속도엔 사는 게 지루하던 평소의 방백이 덧씌워져 있었다. 연극은 물음표가 붙은 현재의 땅이며 매력적인 모노레일. 하지만 미래의 땅을 약속하기엔 지리적 한계에 갇힌 예술이었다. 그녀가 매일매일의 건조한 반복에 지친 건 좁은 공간 속에서 숨을 쉬지 못해서일까. 립스틱만 바른 그 얼굴은 삶은 달걀을 벗긴 듯 숨길 게 없었다.

한편 잘게 뿌리는 눈처럼 꽃무늬가 흩어진 원피스는 안으로 말린 옛날 사진을 볼 때 같은 이상한 초조를 주었다. 그 원피스의 무엇이

유한함을 애석해하는 마음을 꺼낸 걸까. 그러나 지금 꼿꼿하게 살아 있는 것들이 옛날에 그랬다는 이유로 미래에도 같으리라고 누가 장담할 수 있을까.

아침 커피를 마시기 위해 우리는 작은 카페에 갔다. 침울한 커피 향기였다.

"왜 하필 그 원피스를 입고 오셨어요?"

우리는 항상 하나의 망각, 하나의 방심만으로 마음을 다쳤다.

"왜? 지난번에 용산에서 산 거잖아. 너 보여주려고 입고 왔어."

"……"

커피잔이 접시에 부딪히는 명료한 음향. 눈을 감고 젖은 회색빛으로 스쳐가는 바람을 느껴보았다. 바람은 지난 몇 천 년 동안 그랬던 것처럼 다음 몇 천 년 후에도 저 뒤틀린 나무 사이로 불고 있겠지.

"……그래, 모든 걸 다 기억해줘. 내가 어떻게 사는지 모두 다."

기술 훈련과 결단력이 있으면 예술을 하는 시대. 현대의 예술가는 영혼과 숭고함만을 추구하진 않는다. 새 문화질서가 오히려 예술가를 착취하고 기술 헤게모니를 부추기기 때문에. 그러나 그녀는 벽돌로 만든 결백한 장소이자 연극배우의 구유, 극장을 떠난 적이 없었다. 인후를 찢어버릴 것 같은 목소리를 남기고 그녀는 연극 연습장이 있는 동숭동으로 떠났다.

. .

종일 햄스터 우리보다도 어지러운 방에 누워 있었다. 잠을 내년까지 자고 싶었으나 그 뒤의 충족된 얼굴은 혐오스러울 것 같았다. 방 안에서 죄를 더 짓기 전에 일어나고 싶었지만, 청바지 가랑이 사이가 닳아 갈치 뼈 같은 올이 드러나 있었다.

"난 왜 이렇게 이런 데가 꼭 먼저 닳지?"

나는 필시 비뇨기를 상기시키는 어휘만 나오면 공모하듯 웃기 바빴던 2차성징 직후로 돌아간 게 분명했다. 뜯긴 실밥은 더 이상은 안 된다고 강요받았던 두터운 순결의 성벽을 허물어뜨릴지도 몰랐다.

"잘 좀 입어라. 살 때는 좋아가지고 그렇게 날뛰다가, 너 옷 간수하는 걸 보면 한심해죽겠다."

꽁치구이를 먹고 싶다는 말을 기억했다가 사랑이 지나쳐 태워버린 엄마는, 내 청바지를 탄핵하는 것으로 못 먹게 된 꽁치를 모면하려 했다.

"함부로 둬서 그런 게 아니고, 다리가 벌어지지 않고 붙어 있으니까 마찰이 돼서 그런 거지 뭐. 난 조신하게 살고 싶은데 왜 이런지 모르겠네."

망측한 소리를 음전하게 하려니 나부터도 재미없었다.

"너 오늘 시간 있지? 영등포 가자."

우표에 침 바르는 걸 깜빡했다는 듯이 엄마가 나를 보았다.

"어, 왜?"

"배추 주문해놓은 거 있잖아."

시장 상인에게 주문해둔 배추를 내 차로 싣고 오자는 얘기였다. 하긴 집에서 붓도록 쉬는 것보다 엄마를 거스르는 게 더 싫었다.

엄마는 갈색 캐시미어 코트를 챙겨 입었다.

"그거 입고 가려고?"

"너도 내가 뭘 물으면 '그냥' 이러지? 나도 그냥 입었어."

"나, 그 옷 싫은데. 오늘 같은 날은 비도 오고, 패딩 코트가 더 낫지 않나?"

"난 이게 좋다, 왜?"

"시장 가면서 스팽글이 달린 핸드백은 또 뭐야?"

"어서 준비나 해!"

"오늘은 왜 또 그렇게 머리 웨이브가 촘촘해? 내가 그렇게 짧은 곱슬머리 하지 말랬지? 완전히 깡다구 쎈 동네 아줌마잖아."

"이렇게 하면 오래 가고 좋아."

"세상엔 세 종류의 사람이 있대. 남자, 여자, 그리고 아줌마. 난 우리 엄마가 아줌마 되는 건 싫은데. 옛날엔 둥글둥글 웨이브진 머리도 잘 했잖아."

"아유, 귀찮아!"

공중을 베며 엄마가 소리칠 때, 나도 냉큼 더플코트를 찾았다.

엄마는 화분을 들고 엉덩방아를 찧는, 두 배 무거워진 맥 라이언처럼 조수석에 풀썩 주저앉았다.

"왜 벨트 안 해?"

"귀찮아."

"안전벨트 안 하고 있다가 사고 나면 그냥 팔다리만 부러질 것 같지? 머리만 조금 찢어지다 말 것 같지? 코가 다 없어진다니까? 눈도 없어지고. 그래도 좋아? 그러고 싶어?"

엄마 얼굴에 나타난 무관심한 표정은 조악하게 합성한 영화 같았다. 나는 안경을 벗어 눈을 문질렀다. 차에 엄마만 타면 도대체 삶이 당겨 운전이 어설펐다. "좌측 깜빡이 켜야지." "백미러도 안 보고 급하게 끼어들면 어떡해?" "천천히, 앞을 좀 보면서 운전해라." ……엄마는 교황청 순회 대사라도 되는 듯 정확한 운전을 요구했다. 신호 체계에 해박하다는 것이 탄복스럽긴 하나, 나에겐 수틀리던 운전학원 강사 애들과 다를 게 없는 참견이었다.

"운전도 못하면서 어떻게 신호는 그렇게 잘 알지?"

엄마의 대답은 두 술 더 떴다.

"다 들은 풍월 아는 문자다. 아, 천천히 가! 노란 신호등이잖아!"

..

아스팔트는 뽀얗게 젖어 있었다. 헤드라이트는 옅은 비의 안개 속을 비추었다. 나는 차창에 서린 김을 없애는 방법도 모르면서 꾸역꾸역 올림픽대로를 달렸다.

국 냄비가 쏟아지듯 사람들이 범람하는 시장통이며 홍남부두 같은 지하도를 둘이 나다니자니, 무릎까지 내려오는 코트가 성가셔죽을 판이었다.

"그냥 가죽점퍼 입고 올걸."

"집에 입어치울 게 그렇게 쌔고 쌨는데, 그렇게 비싼 걸 또 사니까 그렇지."

"이거 선물 받았다고 했잖아. 크리스마스 때. 그래서 내가 크리스마스가 일 년에 열두 번이면 얼마나 좋겠냐고 그랬잖아. 다 들어놓고 꼭 그러셔."

"거짓말 마라, 이놈아. 그거 다 네 돈으로 사놓고는 내가 뭐랄까봐 딴 사람들한테 선물 받았다고 거짓말하는 거지?"

"나한테 돈이 어딨다고?"

"그럼 나한테는?"

"……"

곤충이 면역성 탁월한 초벌레로 변해가듯 논쟁은 건마다 새 갑옷을 갈아입고 멈출 줄 몰랐다.

지하도 계단을 올라갈 때 나는 그대로 스톱모션이 되었다. 중년 여인이 지하도 난간을 잡고 급히 아래로 떠밀려오고 있었다. 역광 때문에 외곽선만 선명한 채 무등산 수박만 한 가슴은 나를 뒤덮을 듯 출렁거렸다. 철썩 소리를 내며 진창에 처넣은 경멸처럼.

"봤어? 난 봤는데."

혀가 꾸덕꾸덕 잘 돌지 않았다.

"저기 초록색 티셔츠……. 아줌마가 되면 왜 옷을 저렇게 입을까? 아, 왜 이렇게 서글프지? 내가 너무 과민한가?"

엄마는 여전히 내 말에 관심이 없었다.

트렁크엔 배추 열 포기가 묵직하게 쌓였다. 그것이 이 지방감량시대에 우리 식구를 위한 겨울 양식이었다.

돌아오는 길은 더 막혔다. 엄마는 이번엔 알아서 안전벨트를 맸다.

"아까 나 걱정했다? 벨트 끈이 짧을까봐."

안전벨트는 비틀거리며 엄마를 나선형으로 둘렀다. 예전 사진을 보면 엄마는 딱 환생한 버드나무 가지였는데, 나 낳고 집 고치다 허리를 다쳤고, 한약을 잘못 먹는 바람에 그 즉시 우람해졌다. 그래서 가끔 엎드려 책을 보는 엄마 위에 누우면, 엄마 허리엔 내 등이, 엄마 엉덩이엔 내 허리가 꼭 맞는 양감으로 얹혀선…… 나는 노래를 불렀다. 풀 냄새 피어나는 잔디에 누워 새파란 하늘과 흰 구름 보면……. 요나를 삼킨 고래인 듯 엄마가 한번 요동치면 바닥으로 굴러떨어졌지만.

엄마는 물론 예전 백금녀나 오천평도 아니고, 너무 뚱뚱해 집에 누워만 있다가 외출해보자고 한 번 일어났다가 체중을 못 이겨 다리가 부러진 해외 토픽의 그 여자도 아니고, 「길버트 그레이프」의 엄마처럼 그렇게 가슴 아프게 살찐 것도 아니다.

하지만 언젠가 뉴욕에서 실컷 놀다가 돌아오기 전날, 맞추지 않는 한 국내에 맞는 사이즈가 없다던 엄마의 불평 때문에 브래지어도 E컵인 여자 전용 백화점에 가선, 분홍 카디건과 스웨터를 골랐었다.

"아주아주 큰 사이즈 주세요."

점원인 흑인 여자는 라지 사이즈를 내밀었다. 나는 고개를 저었다.

"우리 엄만 이 사이즈보다 더 큰 걸 입어야 해요."

투 엑스라지 사이즈의 카디건을 손으로 펼쳐봤지만 자신이 없었다.

"더 큰 사이즈 없나요?"

"이 정도면 충분해요."

"아네요.『걸리버 여행기』아시죠? 거기 나오는 거인 있죠? 우리 엄마가 거기 살다 왔어요."

"……엄마가 동양 여자 맞아요?"

"네."

"이것보다 더 큰 옷 입는 동양 여잔 못 봤어요."

나는 팔을 활짝 벌렸다.

"허리가 이만한 걸요?"

점원은 쓰리 엑스라지 사이즈를 가져다주면서 말했다.

"이건, 불가능한데요……."

괜히 너무 큰 걸 사는 게 아닐까. 그러나 작아서 못 입는 것보단 낫지. 투 엑스라지도 불안한 의구심은 오히려 경이로웠다.

집에서 카디건을 입은 엄마는 아주 흡족해했다.

"꼭 맞는다."

"그게…… 맞아?"

등장인물들이 어떤 일로부터도 떠나지 않고 서로 사랑하리란 걸 완고하게 믿는 무구한 소설가 같은 데가 나한테는 있었다. 엄마에게 그 큰 옷이 맞는다는 안도감은 나를 아주 오래 불행하게 만들었다.

· ·

낮게 가라앉은 안개가 거리를 덮고 있었다. 기우뚱거리며 앞으로 나아가는 동안 전조등은 안개 깊숙이 파고들었다.

라디오 채널마다 비 노래만 틀었다. 빗방울은 일기예보, 날짜에 대한 기억을 간직하고, 기억은 예기치 않은 순간에 방아쇠를 당기듯 다가오지만 도대체 도취되지 않았다. 기억은 내리는 비의 일부를 이루지만, 자주 분리되어 더러 돌아오지 않으므로.

15분쯤 달리다가 다시 라디오를 틀었을 때 손인호의 그 노래가 들렸다. 「나는 몰랐네」.

나는 평생 아버지의 노랠 꼭 한 번 들었다. 그렇게 떠들썩한 젊음이 그토록 희미한 영광 속에서 모서리가 깎여, 육체적 서정성을 잃은 종말을 맞다니. 사람에게 또 시대에게 생물학적 시계의 째깍거림이란 얼마나 쓸쓸한 일인가.

그해 연말, 온 가족이 모인 자리에서 큰형이 그랬다.

"아버지. 오늘 우리 가족들 다 모였는데, 노래 한번 불러보세요."

아버지는 양반다리를 하고 앉아 이 노래를 불렀다.

> 나는 몰랐네 나는 몰랐네 저 달이 나를 속일 줄
> 나는 울었네 나는 울었네 나루터 언덕에서
> 손목을 잡고 다시 오마던 그 님은 소식 없고
> 나만 홀로 이슬에 젖어 달빛에 젖어
> 밤새도록 나는 울었네

소쇄한 이상향을 그리워하는 이전 세대의 노래. 술 찌꺼기 달라붙은 입술로 철 지난 유행가를 흥얼거리며 밤길을 좁혀가던 시대의 자취. 방 안에서 춥다고 지금 그 갈색 코트를 꺼내 입었던 엄마는 코트

깃을 잡고 아버지의 노래를 들었다.

엄마는 과거로부터 운반된 냄새, 오후의 축축한 차가움 속에서 잠이 들었다. 몸이 만든 시詩로 고통을 표현하듯 기울어진 몸. 날마다 내 미숙한 상처를 감당하던 감은 눈.

이지러진 인형처럼 내 목 위가 허우적댔다. 언제나 다른 사람들에겐 아무렇지 않은 일들이 왜 나에겐 피폐한 낙인을 남기는 걸까. 나만 목격한 엄마의 모습을 나만 아는 진실로 숨겨두는 게 슬펐다. 나같이 미지근한 인간에겐 너무나 무책임한 진실이라서.

우리의 간격이 수축되는 것을 느끼며 나는 손톱을 물었다. 고요라고 할 수도 없는 침묵이 계속되었다. 나는 조심조심 엄마를 깨웠다.

"엄마, 엄마. 일어나. 집에 다 왔어."

#5

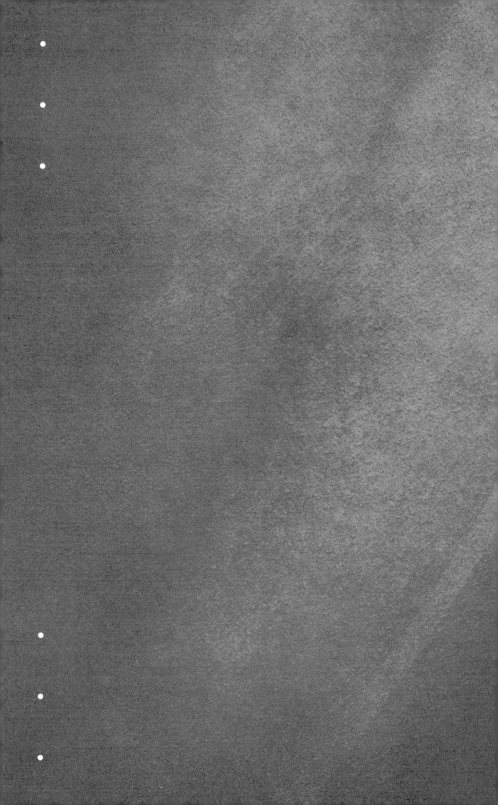

철들 수
있을까

.. 삶은 교차로이며 붐빈다. 나는, 한쪽은 도산공원, 다른 한쪽은 피아자 산 마르코로 연결된 것처럼, 분명하고도 복잡한 행동 양식의 레이아웃 사이를 헤맸다. 어떤 점에서 내 인생은 어떤 책임, 경제논리, 남자를 바로 세우는 소속감에 종속되지 않은 휴지기와 같았다. 엄마는 나를 늘 십 대처럼 대했으니까.

그때는 갑자기 나 자신을 찾게 돼 신나죽겠으면서도, 괴로운 일을 통해 배운 것들만 내 마음을 만졌다. 진짜 위인들의 회고록이 대체로 십 대의 배경으로 서술돼 있는 건 우연의 일치가 아니다. 프로이트가 가장 좋아라 하는 어린아이 시절보다도 재미있으니까. 그러나 지금 나를 그렇게 다루는 게 옳은가.

엄마는, 내가 밖에서 제대로 된 시민의 몫으로 사는지, 허구한 날

"이거 싫어." "그건 안 돼." 소리를 입에 달고 사는 어린아이를 다들 싫어하는 건 아닌지 안절부절못했다. 다른 애들이 아이스링크 가운데에서 스핀하는 모습을 지켜보기만 하는 얼음 가장자리의 소년이 될까봐 전전긍긍했다. 그래서 엄마는 내 앞에서 골을 막는 수비수처럼 행동했다. 재미로서가 아니라 앞니가 빠지는 싸움을 손 놓고 볼 수는 없을 테니까.

엄마는 맑은 공기를 쐬라고 했지만 나는 달빛 아래서 놀고 싶었다. 그래서 어디로 튈지 몰라 불안하다는 소리, 나 때문에 기 막혀 죽겠다는 소리는 귀에 달고 살았다. 사회의 어른이 된 지금까지도 달라지지 않았다. 결국 내가 엄마한테서 가장 많이 들은 말은 "정말 너 땜에 못 살겠다. 넌 언제 철이 들래? 정말 맨날 봐도 도대체가 애야, 애!"였다.

후배들도 푸념했다.

"어쩜 그렇게 철이 없으세요? 어떤 땐 꼭 제 동생 같아요. 그래서 우리가 너무 힘들어요."

호랑이 장모처럼 무서운 동생도 그랬다.

"오빠 자몽 같아. 겉에서 보면 뭐 있어 보이는데, 먹어보면 아주 시고 쓰기만 해. 그게 오빠야."

내가 쓸모 있는 사람이 될 수 있을까? 종잡을 수 없는 성격을 가진 내가? 가능한 한 오랫동안 보살핌이 필요한 소년이? 혹시 누가 나에게 미치광이 칩을 이식한 건 아닐까?

..

　생활연령은 내가 얼마나 살았는지 측량하는 기준이지만 정신연령은 인생을 어떻게 살아왔는지를 반영한다. 생활연령은 시간이 흐르면서 늘지만, 정신연령은 원하는 걸 얻을 때의 처신으로 결정된다. 언제부턴가 인생의 대부분을 성인으로 살아왔지만, 나는 웬만한 시민으로서의 도덕적 측면 말고 실용적 관점에선 모든 책무가 성가셨다. 어른의 문턱에서 바닥으로부터 들어 올려지지 못한 채 언제나 재수생 같은 마음만 질질 끌고 다녔다. 그렇다면 내 정신연령은 누가 봐도 열일곱 살 정도일 것이다. 솔직히 나만 그런 것도 아니다. 주민등록증에 기록된 정보와 상관없이 사람은 때로 열아홉 살이나 여덟 살, 드물게는 세 살처럼 행동하니까. 모든 일에 자기 논리가 없는 친구는 잘 쳐봐야 열네 살이고, 죽어라고 같은 잘못을 반복하는 후배는 영락없는 아홉 살 아닌가. 10년 만에 미국에서 온 아버지를 만나면 열다섯 살이 되는 데는 누구라도 10분도 안 걸릴걸.

　그렇지만 엄마의 지적은 갈수록 빈번해졌다. 나도 마냥 듣고 있지만은 않았다.

　겨울철에 밖에 나갈 땐,

　"추워. 집 밖에 나갈 땐 양말 좀 신어."

　"발 안 시려! 잠깐 나갔다 오는 건데 뭐. 또 동상 좀 걸리면 어때?"

　술 마시러 저녁 7시에 집을 나설 땐,

　"이 시간에 가긴 어딜 가니?"

　"내 맘이야, 내 맘! 내가 이 나이 먹어서까지 이 시간에 밖에도 못

나가?"

이윽고 9시가 되면,

"안 들어오고 뭐 해? 밤이 늦었다."

"늦긴 뭐가 늦어? 내년에 들어갈 거야!"

받은 선물을 들고 집에 올 땐,

"넌 왜 맨날 받기만 하니?"

"내가 누구에게 김을 선물 받는다면, 난 그 전에 그 친구에게 아예 김 양식장을 차려줬을걸!"

술 마시고 술병을 거실에 두었을 땐,

"아, 밤새 술 마시고 술병 저렇게 꼭 화분 옆에 둬야 돼? 한 발짝만 움직이면 되잖아!"

"나한테 자꾸 뭐라 그러지 마. 나도 힘들어."

"나도 너 뒤치다꺼리 하느라 힘들어!"

밥에 김을 두 장씩 싸서 먹으면,

"한 장에 싸서 먹어!"

"김 한 장에 싸 먹건 스무 장에 싸 먹건 다 내 맘이야. 나한테 여전히 어린애처럼 일일이 이래라 저래라, 그러지 좀 마. 엄마가 지금까지도 날 그렇게 애로 대하면 난 진짜 제대로 된 어른이 될 수 없어. 여기서 더 성장할 수 없다고."

그래야 엄마가 나한테 모든 시간을 저당 잡히지 않을 수 있고, 나도 당신이 몸살로 끙끙댈 때조차 지적할 것 천지인 아들이 아닐 수 있으니까.

..

하지만 전통을 분해하며 내가 사는 세상은, 미래에 대해 생각하거나, 청구서를 떠올리거나, 제품의 약관을 읽거나, 혼자 힘으로 연말정산을 하거나, 인생의 다양한 옵션을 선택할 수 있는 세상이 아니었다. 그냥 하나의 공간일 뿐이었다. 좁은 공간. 정말 좁지만 지나가는 무엇이든 안아주는.

그러거나 말거나 엄마의 비난은 멎지 않았다. 나는 모든 게 아슬아슬한 본질적인 투정꾼이라서.

"넌 늘 정신머리 없고, 방도 잘 안 치우고, 씻고 나선 꼭 거실에 젖은 발자국을 남기고, 하루도 안 빼놓고 술 마시고, 지 동기간들에게 상냥하지 않고, 경제관념은 하나도 없잖아!"

엄마의 비난은 나에게 길을 열어주기 위한 것일 테다. 내 통장을 엄마가 관리하는 건 그녀의 금전 감각이 유달라서가 아니라 엉망진창인 내 산술 때문인 게 맞다. 그러나 지적이 옳을수록 들어주기 고역스러운 법 아닌가. 어른은 원하는 걸 얻을 때와 상대가 필요한 걸 줄 때 균형을 맞춘다. 박탈감 없이 상대를 존중하고 희생에 대한 두려움 없이 자신을 지킨다. 그런데 그런 사람이 대관절 어디 있다고?

내가 내 나이만큼의 성인으로 나를 존중해주는 엄마 속의 다른 엄마를 호명하는 동안 나도 변했다. 어린 학생의 무릎처럼 까지고 벗겨지면서 스스로를 보호하는 법을 배웠다. 그러다가 스스로를 보호하는 일밖에 하지 않게 되었다.

엄마의 공격적 화법을 피하는 방법은 피곤하다는 대꾸밖에 없었다. 자신이 참 괜찮은 사람이란 걸 입증하는 방법은 계속해서 변명하는 거니까. 그때마다 엄마는 한 걸음 물러나다 두 걸음 되돌아와 다시 윽박질렀다.

"너, 맨날 피곤 피곤 그러는데 도대체 뭘 가지고 피곤하다 그러는 거니? 어디 살이 아픈 거니? 아님 쑤시는 거니?"

온 정신을 다잡고 뛰어들어도 잡혀 먹히는 세상에……

"난 네 나이 때 뭐가 피곤인지도 모르고 살았다."

어렸을 땐 빛나는 갑옷을 입은 기사가 남자의 전형이라고 생각했다. 갑옷 속에서 검을 움켜잡았을 때 나는 겁에 질린 아이가 되었다. 아무것도 원하지 않거나 모든 것을 원하고, 가끔 두 가지 다 원하는 것이야말로 미성숙의 뚜렷한 증거라서. 그러나 나는 사실 철들지 않았던 적도 없었다.

..

나는 나의 욕구에 대해 아주 잘 알았다. 엄마는 타인이 나와 다른 욕구를 가질 수 있다는 걸 이해하지 못했다. 그래서 엄마를 돕고 싶어도 번번이 지청구만 들었다. "네가 도와줘서 일은 빠른데, 치울 일은 더 많아. 너는 뭘 만졌다 하면 고장 내고, 떨어뜨리고, 쏟고, 깨고, 엎지르잖아."

대체 리탈린은 왜 그때 없었던 거야? 물론 나는 맘만 먹으면 기꺼이 특정한 정서발달 단계로 퇴화할 수 있었다. 결국 어린애야말로 조건 없는 사랑을 받는다는 점에서 세상에서 가장 풍요로운 사람이었다. 내 머리가 쑥대밭일 때마다 엄마가 직접 가위를 든 건 그 때문이었다. 하지만 분홍 보자기를 내 목에 두르고 백정이 단칼로 자르듯 할 때마다 간이 콩알만 해졌다.

"일자로 막 자르는 거 아니지?"

"내가 알아서 해!"

"조심조심 잘라야 돼!"

"아, 좀 움직이지 마!"

나는 척추측만증 때문에 등에 버팀대를 차는 바람에 허리를 구부릴 수 없는 아이가 되었다.

"……으응, 믿어볼게."

그러나 다 자르고 거울을 볼 때마다, 언제나 처음 보는 전쟁고아가 훌쩍거렸다.

개구진 친구가 선물한 종이 크리스마스트리와 빨간 양말을 거실 창문 옆에 걸어놓았을 때도 엄마는 적극적으로 혀를 찼다.

"아이고, 애는 애다……."

엄마는 산타가 정말 없다고 생각하는 걸까?

경찰 친구가 동해에서 홍게를 보내줬을 때, 엄마는 게 다리 살 먹는 법을 가르쳐주었다. 다리를 똑 떼어 위아래를 잘라낸 다음 흡, 하고 빨아 당기면 살이 쏙 나온다고. 근데 그걸 제대로 못하니 숨이 가빴다. 평소에도 건강검진을 하면 숨을 내뿜는 힘이 달린다고 나오긴 했다. 기도까지 살쪘기 때문일 거야, 멋대로 분석하고 혼자 헉헉거리고 있는데 엄마가 그랬다.

"아이고 청아, 청아! 이 멍청아!"

공격의 외골격은 보통 단호한 만큼 어설프다. 호전성은 자세에서 나오는 허세니까. 엄마의 무기가 방어적이라는 건 이미 알고 있었다. 그녀 자신이 얼마나 불안정하게 느낄지도. 그러므로 문을 닫고 나와 다른 우주에 사는 엄마를 비웃을 수 없다. 엄마가 품위를 지키며 제발 일생 동안 내가 술에 절지 않기를 간구하지 않았다면, 난 결코 시민사회에 속할 수 없었을 테니까.

엄마를 나만큼 챙기는 친구도 그랬다.

"엄마가 자꾸 간섭하시는 건 형이 매일 보고 싶어서 그런 거예요. 엄마 아프실 때 형이 출장 가 계셨잖아요. 그때 제가 문병 갔는데, 병실에서 그러셨어요. 지금도 형이 '엄마' 이러면서 들어올 것 같다고. 매일 보고 싶다고."

나에게 네 인생은 이러니까 이러저러하게 행동해, 라고 말해주는 사람이 없다면, 누가 "넌 못생겼어"라고 말하는 것조차 일종의 호의로 느껴질 것이다.

．．

전에 엄마는 내 방에 들어올 때 노크하지 않았다. 환하게 열린 방은 통풍이 잘 되는 개방된 가족임을 증언하니까. 언제부턴가 엄마는 노크를 했다. 처음엔 맘대로 드나들던 방 앞에서 나의 기척을 기다려주는 것으로, 드디어 내가 사적인 영역을 가진 성인임을 인정한 거라고 믿었다. 그러다 문득 엄마가 개인의 의지로 마구 다닐 수 있는 몇 안 되는 곳에서조차 그렇게 꺾인 건 아닐까, 라는 생각이 들었다.

……문의 본질은 여는 것일까, 닫는 것일까? 나는 안으로 들어가고 싶은 문밖의 존재일까, 밖으로 나가고 싶은 갇힌 존재일까? 노크는 예의에 관한 것일까, 상실의 거리에 관한 것일까?

그러나 현재 시제의 긴박성은 다른 데서 번뜩이고 있었다.

엄마는 자주 식탁 앞에서 균형을 잃고 비틀거렸다. 내가 황급히 엄마 팔을 잡으며 "엄만 꼭 물가에 내놓은 애 같애." 하고 걱정할 때마다 엄마는 순하게 끄덕였다. "내가 그래? 이제 네가 어른이 다 됐구나."

엄마의 취약해진 몸은 나라는 내레이터가 가진 철학의 모호함, 꿈과 감상성에 대해 점검하게 만들었다.

친구들과 성대 결절되도록 놀았던 밤, 엄마는 공처럼 몸을 말고 소파에서 자고 있었다. 조형적이면서도, 추운 날 이불 밖으로 밀려난 맨발처럼 쓸쓸한 모습이었다. 늘 늦게 들어오지 말라고 인상을 쓰며, 밖에서의 내 선택권에 대한 독보적 지배력을 행사하면서도, 엄마에겐 거실에서 안방까지 가는 길이 너무 멀었다. 맥주 한잔 더 하고 올걸, 후회하는 마음속에서 찌르르 하는 소리가 들렸다.

지금 나는 기대했거나 필요로 하는 것보다 내가 원한 그만큼을 벗어났다. 나는 이렇게 길게 살 줄 몰랐다. 며칠만 있으면 또 한 살 먹는다. 좋아죽겠다. 사회로부터 더 극진한 존경을 받는단 얘기지. 근데 그럼 몇 살이 되는 거지? 나도 궁금하다. 내 나이의 누구도 나처럼 퇴행하진 않을 테니. 그렇지만 나이가 무슨 상관인가. 이미 삶이 얼마나 추상한지를 배우고 말았는데.

사는 게
즐거워

엄마가 던지는 다트 과녁의 중심엔 격식에 맞춘 입성으로 주위를 탄복시키는 남자가 있다. 하지만 아무리 범절을 갖추어 입는다 해도 수트가 아닌 한 엄마에겐 반쯤 깨진 토마토 같은 일. 온갖 번쩍이는 미학을 흡수해 즉물적인 나의 취향에 섞어본들, 엄마의 기대를 거부하는 한 한심한 사회적 나날을 보낼 게 뻔했다.

"이것 좀 한번 봐라?"

염천에 때아닌 몸살로 머리가죽이 들썩거리는데, 엄마는 갓 제대한 군인처럼 씩씩하게 나를 찾았다. 삭신이 삭신이 아니라서 깃털로 어루만진다 해도 진저리를 칠 판국에, 풀 먹인 무명처럼 빳빳한 목소리를 들으니 영문 모르는 채 엇나가고 싶었다.

"또 뭐?"

병든 사자처럼 기신기신 냉장고에서 오렌지주스를 꺼내선 등만 보이고 앉은 엄마 앞으로 후둘거리며 돌아서는데, 내 눈은 저절로 건드리면 찌른다, 선인장으로 변했다. 청바지와 블랙 진이 온통 푸른 개천과 거무튀튀한 하수구를 이루며 휘돌아나가고 있었다.

"어, 몽땅 진뿐이네?"

빈티지 가게에서 보따리를 막 푼 것 같은 광경이 신기하기도 했지만, 어쩐지 한 수 꿀려 우선 목소리부터 쾌청하게 가져갔다. 엄마는 대꾸 없이 눈의 흰자위만으로 나를 찌르곤 벌떡 일어나 베란다로 갔다. 당장 세탁기 뚜껑을 열어 빨지도 않은 옷을 꺼낸 엄마는 건조대에서 덜 마른 청바지를 잡아당기더니, 기운 좋은 채권자 빚 독촉하듯 내 방 옷걸이 위에 널브러진 블랙 진까지 낚아채선, 좌르륵 거실 바닥에 다시 흩뿌렸다.

"오늘 기가 다 차더라. 눈 있음 한번 봐라. 이게 대체 몇 벌이니?"

"청바지…… 열한 벌, 블랙 진…… 아홉 벌. 으응, 스무 벌이구만."

"누가 셀 줄 몰라 물어? 넌 지겹지도 않니? 정말 이해가 안 간다. 이 청바지하고 저 청바지하고 뭐가 다른 거야, 대체?"

"다르지."

"다르긴!"

"자세히 보라니깐? 이건 물이 조금만 빠졌지? 근데 저건 아주 많이 워싱 됐잖아. 탈색된 정도에 따라서 그 차이가 얼마나 엄청나다고. 근데 저건 또 남대문표 색깔이잖아. 촌스러운 군청색. 근데 요즘은 그게 또 트렌드야. 이 청바진 허리하고 밑단이 좀 짧지만, 저건 5센티미터는 더 길어. 그리고 또 봐! 이건 종아리부터 끝까지 아주 일자잖아. 근데 저건 허리가 불룩한 스타일 아냐? 그리고 이게 완전히 검정이라면, 저건 '잉크 블루'잖아. 이건 또 물이 많이 빠지니까 빛깔이 아예 짙은 회색이고. 엄만, 아무리 내가 똑같은 걸 그렇게 맨날 샀을까 봐? 요새 청바지가 얼마나 비싼데."

"내가 보기엔 한 치 한 푼이 안 틀리고 똑같다. 이렇게 돈 들여 표시도 안 날 거면 기지 바지 좀 사지. 너 지난번에 외가 결혼식 때도 진만 입고 와서 내가 얼마나 남부끄러웠는지 알아? 외가 애들은 하나같이 의젓하기만 하더라."

"됐어, 됐어. 엄마가 걔들 입은 옷 자세히 봤어야 해. 그렇게 입은 걸 어떻게 좋다고만 말할까. 하긴 걔들 듬직하긴 하지. 걸을 땐 완전히 옆으로 퍼져선, 순 '길 다 막아' 아냐?"

"너라고 빼빼한 소독저인 줄 아니?"

"말이 그렇다는 거지. 그리고 엄만 내 청바지 갖고 뭐라 그러지만, 난 청바지 사는 건 아름다운 낭비라는 생각이 들더라."

"아름다운 낭비 좋아하네! 어디서 말은……? 나 같으면 후질수록 비싼 저딴 거 살 돈으로 이쁜 면바지 하나 사겠다. 나 참 누가 너더러 옷 잘 입는다 그러는지 한번 얼굴 좀 보자들."

하긴 아무리 진을 사봤자 소용없는 짓이었다. 새 바지를 입고 후배들 앞에서 카바레에서처럼 팽그르르 뺑뺑이를 돌아도, 죄다 권태롭게 "그거 늘 입는 거잖아요." 트집 잡곤 했으니. 굳이 따지자고 들면 말 모자랄 것도 아니지만 청바지 편식에 나 또한 질린 터라, 데친 아욱 꼴로 내 방에 가 퍼지는 것으로 아까의 몸살 환자로 되돌아갔다.

나한텐 그 흔한 '기지 바지' 하나 없었다. 어떻게 그렇게 한결같이 진 일색일까. 진만 숭배하는 중독자라서? 글쎄, 빅 E가 새겨진 옛날 LEVI'S를 찾아 헤매는 건 나와 무관한 일. 나는 말 탄 서부 개척자들의 거친 숨소리나 황야를 동경하는 60년대 사나이도 아니고, 오로지 청바지만 섹시해죽겠는 족속도 아니다. 문득, 맨날 강냉이만 먹고 씨름대회에서 준우승한 아이라도 된 듯, 스스로 대견한 만큼 가여운 생각도 치받고 올라왔다.

　・・

졸업사진 찍을 때 양복을 입긴 했다. 공책만큼 커다란 나뭇잎들이 거리를 덮을 때, 교문 안에서 창궐했던 이념과 할복할 것 같던 사상, 미숙한 아름다움과 감미로운 불확실성은 죄다 명함 하나의 면적에 가려지고 있었다. 누구도 언제까지나 전깃줄 위에 앉은 검은 새처럼 살 수 없었다. 하지만 그때도 나는 아무 요량 없이 만사 음풍농월이었다. 거지도 입는 양복 하나 없이.

구상유취. 젖 냄새 나던 나이. 인생에서 가장 젊었던 그때, 나는 나에게 길을 비켜주고, 저 멀리 소실점 너머에 명백한 무엇이 있다고 가르쳐줄 누군가를 찾아 배회했을 것이다. 모든 필요가 절실함으로 육박하던 때. 나에겐 모형이 없었다. 비슷하게라도 살고 싶은 누군가가 없었다. 세계위인전집과 한국위인전집 사이에서조차 찾지 못했다. 만사를 시든 대추처럼 냉소했기 때문이건, 누구를 숭상하기엔 자존의 욕구가 지나쳐서건.

나는 신경의 마지막 뉴런까지 포식하고 싶은 청년이 아니었다. 이념을 나눌 동료 따위는 바라지도 않았다. 학교 도서관, 아픈 듯 오래된 냄새가 나는 서가 사이에서 고미카와 준페이의 『인간의 조건』을 찾아 공대 뒤편 계단에 앉아서 읽고, 프랑스 문화원에서 해독되지 않는 영화를 볼 때조차 스스로 전선줄을 갉는 설치류 같다는 자의식에 시달렸다. 모든 것이 내가 감수성이라고 믿는 무엇과, 논리 없는 공상의 사악한 연합 속에서 웅성거렸다.

남들 다 몰려다니며 우르르 졸업사진 찍고, 술 몇 잔 끝에 조도 낮은 선술집 화장실의 백열등 아래로 막걸리와 파전과 호르몬을 토하는 동안, 나는 잔디밭에 누워 공활한 가을 하늘을 막연히 올려다보거나, 체육관 뒤편 농구 골대를 빙그르르 돌다 사라지는 바람만 따라가며 나약하게 중얼거렸다. 나는 걷어 채였어. 나는 없어. 나는 혼자 앉아 있고 싶어. 나는 하늘에 빌지 않아. 난 벌레니까. 그런데 그게 기뻐…….

졸업사진 촬영을 미루고 미루다가 마지막 날, 학교 근처의 한 슈퍼마켓에 갔다. 주인 남자는 진열대로 가지 않고 머뭇대는 나를 어색하게 주시하고 있었다.

"아저씬 잘 모르시겠지만 저, 이 학교 학생인데요. 이 길 지나가다가 가끔 아저씨 얼굴도 봤고, 그리고 가끔 여기서 뭐 사기도 한 거 기억 안 나세요? 단지 그걸로 제가 졸업사진 찍을 수 있게 양복 좀 빌려주실 수 있으시겠냐고 여쭈어본다면, 저 좀 이상한가요?"

그런 박약한 음절들이 지루하게 모여 의미를 가진 문장이 되다니. 회복 중인 실어증 환자처럼 말을 더듬으며 우주의 쓰레기를 불러 모으는 내가 나한테도 이상해죽겠는데, 그분은 또 오죽했을까. 그러나 아저씨도 삼월이 풀 뜯는 소리에 어리둥절해져선 덩달아 말을 더듬었다.

"내 야, 양복이 거기한테 마, 맞겠어요?"

그 아저씨 벨트가 대보름달이란 건 나중에 알았지만, 절색 박색 가릴 처지가 아니었다.

정작 졸업식 땐 큰형이 맞춰준 양복을 입었다. 치수를 재자고 줄자를 비뇨기 밑까지 성큼 들이댄 맞춤 양복점 재단사의 용맹성은 정말이지 꼭 배우고 싶었다. 나중에 그 수트는 나보다 훨씬 말라서 오히려 옷태가 안 나는 작은형 차지가 되었다.

사회적 인간으로서 잡지사에 입사한 첫날, 새싹에 물 주는 목소리로 월급, 회사 강령, 연혁 일습을 들려주시던 이사님이 더 궁금한 거 없냐고, 문맹 지역에 발령받은 신여성 교사처럼 물었을 때도 궁금한 건 딱 하나였다.

"저, 매일 양복 입고 다녀야 하나요?"

그 질문은 두고두고 날 조롱하기 위해 인용되었지만, 여하튼 '기지바지'란 나에겐 도대체 용기가 필요한 아이템이었다. 그런데도 "청바지도 '트래디셔널' 아냐? 난 진 하나도 아주 '포멀'하게 입을 자신 있어!"라면서 씩씩하게 변명할 때마다 내 체형을 훑는 상대의 눈길은 아랑곳하지도 않았다.

..

휴일 마지막 날, 병색을 붕대처럼 감고 압구정동으로 잠입했다. 삼계탕 구경도 못 하고 지나간 말복과, 아침저녁으로 표 나게 기운 떨어진 매미 소리와, 지난 전쟁의 업적만 떠드는 퇴역 장군처럼 자리에 누워 탕진해버린 휴일을 함께 애통해하다가, 내 자신에게 뭔가 선물을 주지 않았다간 애꿎은 누구 하나 때려잡지 싶었다.

조금만 더워도 얼굴에 울긋불긋 발진이 이는 날. 사람들이 나를 쳐다보는 게 거슬렸다. 나는 활발한 호기심을 잃어버린, 무겁고 느린 초원의 소와 같아서. 거리에서 저돌적으로 몸을 부딪히고도 사과하지 않고, 지글지글 짜증도 곁들이면서, 태양이 미치도록 뜨거운 날 거리에서 그이와 이별하는 것이 가장 슬픈 일이라던 멜라니 사프카의「더 새디스트 씽」을 부르며, 세상에서 제일 외로운 장소, 귀걸이를 한 직원이 배치된 검문소, 백화점에 들어섰다.

그날도 거울 앞에서 체크 셔츠를 옷걸이째 들곤 불행한 얼굴을 숨기지 못했다. 워낙 흰 라운드 티셔츠에 옥스포드 셔츠, 헐렁한 팬츠를 섞어 전형적인 캠퍼스 룩을 상상했었다. 그런데 체크무늬가 나에게 어울리지 않는 게 의외라는 친구들에게, 그건 내 스타일이 아니라고 시뜻하게 설명할 때도 괜히 의기소침해지곤 해서…… 결국 회색 쓰리 버튼 재킷, 오디처럼 새카만 반팔 티셔츠, 박스 팬티 다섯 개, 체크 양말 세 켤레를 방심한 척 툭툭 골랐다. 실은 엉뚱한 파티에 가 이리저리 배회하는 심정이었다.

이윽고 한 손에 쇼핑백을 몰아 들고 미로 찾기 대회에 나온 아마

추어 조립로봇처럼 매장을 어슬렁대다가, 나는 갑자기 '내 눈은 빛나네, 걸음이 멈춰지네', 장밋빛 스카프가 되었다.

청바지 하나가 튀밥처럼 뻥 소리를 내면서 내 눈으로 치고 들어왔다. 나더러 쇼핑 중독이라던 영국 여자의 말이 귓바퀴를 때리고, 면바지 한번 입어보라던 엄마의 소원이 마음의 의자에 버티고 있는데도, 갈등은 늘 짜증보다 한심했다.

"한번 입어보시겠어요?"

볼 주머니에 해당화 같은 여드름이 다섯 개 솟은 숍 마스터는 청바지를 안타깝게 만져보는 남자가 실 구매자인지 아닌지 능란한 눈길로 탐색했다.

"두 번도 입어볼 순 있지만……."

재치 없는 대꾸를 하는데, 엄마와 3차대전을 치를 일이 후두부를 관통했다. 원자폭탄 같아서 터지면 함께 망하게 돼 있는. 그러나 덧대어진 그녀의 다음 말은 엉겅퀴 가시가 되어 나를 찔렀다.

"이거 표준 사이즈는 다 나갔어요. 히트 상품이거든요."

어, 나도 표준 사이즈인데……? 시키지도 않은 말을 꺼낸 그녀의 주황색 입술이 형광등 아래 감질난 듯 살짝 들릴 때, 나는 자신과 이미 협상 중이었다.

'하지만 집에 그냥 가고 나서 안 산 걸 후회하는 게 더 웃기잖아. 누구는 하루 쪼끔 방끗 웃고 중소기업만큼 버는데, 구차하게 청바지 하나 갖고 무슨 갈등이냐?'

'하지만 안 그래도 청바지 너무 많은데.'

'하지만 세상에 같은 청바지가 어디 있어?'

'하지만 집에도 안 입는 청바지 천진데.'

'하지만 그건 나중에도 입을 거잖아.'

'하지만 요즘 청바지 값이 웬일이래?'

'하지만 싼 청바지 사자고 딴 나라 가면 비행기 값은 안 드나?'

'하지만 엄마는 어쩌지…….'

'하지만 사달라는 것도 아니고 네가 번 돈으로 네가 사는 거다.'

결국 "에잇! 그냥 그거 주세요!" 기합까지 넣어 숍 마스터를 감동시켰다. 청바지를 쇼핑백에 집어넣는 그녀가 하지 않은 대사는 분명 '저기…… 입어보지 않아도 괜찮으시겠어요?'였겠지만, 매출이 더 급해 뵈는 심보를 탓하고 싶진 않았다.

더 머물렀다간 호박을 깰 무시무시한 얼굴로 백화점을 빠져나오다가 에스컬레이터 앞에서 부비 트랩을 만났다. 나는 아주 착한 금치산자가 되어, 요단 강 건너가 내일 일은 모르는 불나비가 되어, 블랙진을 두엄처럼 쌓아놓은 수레로 다가갔다.

이미 정지당한 카드나, 한도액을 초과했을지도 모를 오늘의 카드는 안중에도 없었다. 인생의 두 얼굴은 언제나 반쪽만 보여주니까.

그
옷만은
안 돼요

일요일. 홍대 앞에서 산, 겉을 안감처럼 누빈 티셔츠를 입고 밖에 나가는데 엄마가 나를 불러 세웠다.

"너, 옷 뒤집어 입었어. 똑바로 입어."

"이거 바로 입은 건데? 그냥 컨셉이 그런 거야."

"글쎄, 뒤집어 입었다니까?"

"이거, 해체주의 티셔츠라고 해. 그것도 모르지, 엄마는?"

"해체건 해태건 무슨 말이 그렇게 많아? 어서 똑바로 안 입어?"

"도대체 편집장의 옷 입는 감각을 뭐로 보는 거야?"

엄마의 목소리는 차라리 차력사 같았다.

"회사에선 네가 편집장일지 모르지만, 집에선 내가 편집장이다!"

엄마가 내 스타일을 탓할 때 나의 대꾸는 늘 같다. "엄마 옷은 내 맘에 드는 줄 알아?" 거기에 논리가 없는 건 아니다. 엄마의 주장도 마찬가지. 그러므로 우리는 서로 양보할 수 없다.

..

만약 집에 불이 나면 어떤 옷을 들고 나가지? 가끔 난센스 퍼즐을 떠올린 다음 괜히 주위를 살핀다. 참혹할 것도 슬플 것도 없이 너무 지능 처지는 질문이라서. 하지만 금치산자 같건 아니건 답은 진작에 나와 있었다. 오래전 LA 빈티지 가게에서 산 '검정 쓰리 버튼 울 재킷' 과 뉴욕 차이나타운에서 산 모자 달린 밀리터리 레인코트.

대한민국에서 버튼 세 개짜리 재킷은 눈 씻고도 찾을 수 없을 때, LA 뒷골목에서 입양한 쓰리 버튼 재킷의 툽툽한 옷감은, 그 후 10년 동안 흡반처럼 찰싹 달라붙어 떨어지지 않았다. 그게 단지 버튼 개수가 주는 기쁨일 뿐이었나. 60년대 쾰른 어디쯤에서 멋 좀 아는 아저씨가 입었을 게 틀림없는 재킷을 쇼핑백에 넣으면서, 스스로도 그 안목이 대견해서 죽는 줄 알았다.

레인코트는 뉴욕의 밀리터리 빈티지 가게에서 샀다. 그 겨울, 음산한 옛날 군복 사이로 우물 속 두레박이 되어 길어 올린 그 레인코트는 검약한 내 지갑을 짓이겼다. 엉뚱하게도 잠언의 한 문장이 떠올랐다. 속에서 불이 나는데 어떻게 옷이 타지 않느냐. 나는 옷 하나로 '사랑에 빠진다'는 참된 의미를 이해하고 있었다.

고무 재질에 후드가 달린 레인코트는 어느 참호에서 굶었는지 쑥색이 노래지도록 스크래치투성이. 질감만은 따뜻한 분비액처럼 마음에 스며들었다.

　나는 쓰리 재킷을 찬양하는 시를 무수히 썼다. 내 옷에 유난히 가혹한 엄마까지 "그것 봐라. 그렇게 입으니 좋잖아?" 칭찬인지 야유인지 알 수 없는 말을 반복했다. 그러나 레인코트에 이르러선 이야기가 달랐다. 비옷을 입고 싶다는 이유로 매일매일 비를 기다리는 나를 기와 묘를 다해 비난했다. 아무래도 엄마에겐 10원 주고 보라면 20원 주고 고개 돌릴 본새였다. "회사 다니는 사람 옷이 그런 거니? 그렇게 입고 가는데도 회사에서는 암말 안 하디?"

　서리 같다는 형용사가 모자랄 지경이었다. 그러나 나는 팥쥐의 모함이 우스운 콩쥐처럼 비가 오거나 말거나 죄 많은 비옷을 입었다.

　갈등이 오랜 잠복기를 거쳐 마침내 때를 얻은 어느 아침, 비옷이 보이지 않았다. 전날 밤, 나는 블랙 진과 검정 티셔츠 위에 비옷을 걸치곤 백팩을 챙겨 어느 자리에 가는 콘티를 짜두었으나, 이 방 저 방 단축 달리기를 하며 벽지까지 헤집어도 스티치 하나 보이지 않았다. 당첨된 복권을 잃어버린 것 같은 공황감에 접지 저항을 잃고 비틀거리다가, 흠칫, 용량이 작아 밖으로 속을 드러낸 휴지통을 목격했다.

　나는 반찬 자국 묻은 두루마리 휴지마냥 지체 없이 너덜너덜해졌다. 그 와중에도 내가 경기를 일으킬까봐 비옷을 밖이 아닌 집 안 휴지통에 버린 엄마의 시위를 이해할 수 있었다니.

　"……엄마…… 엄마가 이랬어?"

나는 손으로 비옷을 잡아끌며 울부짖었다.

"그래, 왜?"

'미안해'도 아니고, '깜빡했어'도 아니고, '그래, 왜?'라고? 내가 아무리 착한 척해도 한번 엇나가면 통제하기 힘들다는 걸 모르지 않을 텐데?

"난 엄마 옷 건드리지 않지? 엄마 옷 버리지 않지? 근데 왜 내 옷을 엄마 맘대로 이렇게 처치하는 거지? 엄마가 샀어? 내가 샀어!"

"그게 옷이니? 옷이야?"

"글쎄, 엄마한텐 아무리 그게 옷 같지 않아도 나한텐 그게 옷인 걸 어떡해? 그것도 젤 좋아하는 옷. 그럼 됐지?"

"그런 걸 옷이라고 입고 다니면서 사람들 인터뷰하고, 그럼 누가 널 존중하겠니? 두 번 말할 거 한 번 말하려다가 그것도 그만두고 싶겠다야."

그 말은 타는 불에 기름이었다.

"지금 엄마가 입은 옷은 내 맘에 드는 줄 알아?"

엄마는 전과가 있는데도 개과천선할 줄 몰랐다.

· ·

벽들이 서로 이야기하지 않는 내밀한 밤 12시에, 후배들한테서 전화가 왔다. 술값이 없으니 도와달라는 전화. 그런 질탕한 형제애는 나와 무관할 줄 알았다. 내가 벌거숭이인 줄도 모르고 가려운 데 피해 엉뚱한 데만 긁어대다니.

술값을 내주는 자리에 나가는 룩은 밑단 올이 풀린 청바지였다. 애꿎게 샌드페이퍼로 문지르거나 녹슨 칼로 바지 한가운데를 구멍 내지 않고, 저절로 뜯긴 실 몇 가닥만으로 건들건들 매력적인 건 뭐지? 나는 소방관 차림으로도 얼마나 거룩해 보이려나?

바지를 찾아 거칠게 행거를 헤치다가 찔린 듯 멈추었다. 청바지 밑단이 말끔히 재봉질 돼 있었다. 차라리 기포가 터지듯 투두둑 작은 웃음소리가 났다. 그 다음에는 긴 탄식이……. 나는 억제된 걸음으로 엄마에게 갔다.

“내가 이거 이렇게 만드는 데 얼마나 힘들었다고? 왜 엄만 항상 내 옷을 자기 맘대로, 그렇게 할 수 있지?”

심야에 흥분하니 발음도 웃겼다.

“나한테 보기 싫은 거면, 딴 사람한테도 보기 싫은 거다.”

신문의 낱말 퍼즐을 풀던 엄마는 경매인인 양 낚아채듯 말했다. 내가 70년 동안 풀 먹인 칼라와 서스펜더 차림으로 얌전히 책상머리나 지키면 좋아할까?

“그 ‘딴 사람’이 누군데?”

“모든 사람.”

내 손은 소맷자락 위를 오르내리며 비만한 팔목을 긁었다. 엄마는 당신이 맹신하는 취향 속에 나를 편입시키려 하지만, 모든 건 예고 없이 반대 방향으로 변한다. 엄마가 쓰리 버튼 재킷에 반색한다 해도, 실은 몇 십 년 전 미국 시골에서나 횡행했었다. 당시 금융업자나 상원위원들은 언제나 프록코트를 입고 출근했기 때문에. 나도 안다. 수트를 입지 않는다는 게 자유인의 습성일 리 없다는 걸. 넥타이 안 맸다고 창의력이 덤비나? 티셔츠에 여름 샌들은 더 민주적인가? 옷장을 열고 집히는 대로 걸친다는 사람은, 그러니까 초연하다는 건가?

"그래도 엄마가 좋아하는 그런 양복은 레스토랑 웨이터들만 입던데? 난 손님으로 온 남자들이 반바지만 입은 거 정말 많이 봤어. 엄마의 고집은 일종의 볼셰비키즘이야!"

그런 괴이한 말이 끝장난 청바지 앞에서 무슨 소용인가.

..

몇 년 전엔 소매가 좁은 의고적인 리바이스 블랙재킷을 의전용으로만 아껴 입다가 싫증나 조끼로 리폼할 작정이었는데, 이게 또 보이지 않았다. 엄마를 추궁하니 친구 아들에게 줘버렸다고 태연히 실토했다. 그는, 엄마가 늘 나와 비교하던, 그러나 내 속으론 씨도 안 먹히는 장점만 한 아름이던 자였다.

"넌 입지도 않더라. 옷장만 잔뜩 차지하고. 봐라, 다 온통 네 옷 천지다. 저런 면티들은 입지도 않을 거면 다 버려. 아님 누구 주든지. 그거 다 누가 빼는데 그래?"

"그럼 엄만 왜 명란젓 안 먹어? 지난번 고모할머니가 부쳐준 게 벌써 얼마 전이야? 냉장고에서 푹 썩어도 한참 썩었겠다. 그거 안 먹는다고 내가 딴 사람 줬어봐. 난리가 나지."

"내가 워낙 젓갈 같은 거 좋아하지 않잖아. 그리고 너 그렇게 말하는 거 어디서 배웠니? 낫살만 먹어가지고 하는 짓이라곤 꼭 세 살 먹은 어린애야. 통장 하나 제대로 관리할 줄도 모르면서. 걘 하루에 쓰는 돈이 버스 차비하고 점심값뿐이라더라. 담배도 안 하고 술도 안 한대. 일찍 들어오지, 동기간에 우애 있지."

"그게 부러워? 그렇게 부러우면 걔 엄마 하지 왜 내 엄마 해? 그리고 그런 애들 머릿속에 뭐가 들었을 것 같아? 돌만 들었다니까, 돌! 매일 금전출납부 쓰고, 회사하고 집밖에 모르고. 갑갑하고 단조로워서 어떻게 매일 그렇게 살지? 한 마을에 태어나 평생 그 동네 냄새만 맡다 죽은 노인들하고 뭐가 달라? 걘 그렇게 살다가 죽으라고 하세요. 지겨워죽겠어."

"넌 대체 뭐가 그렇게 잘났는데?"

"내가 잘난 게 싫어? 엄마가 엄마 아들한테 험한 소리 해봤자 다 자기 욕하는 거야."

"이놈의 자식이?"

"엄마가 낳았어!"

엄마 얼굴이 겨울바람처럼 싸늘해지더니 모진 말을 하기 위해 입술이 들썩거렸다.

"……결론은 이미 났어. 걔가 너보다 백배는 더 나아. 걘 벌써 집 샀잖니, 네 나이에. 그리고 마누라도 아들도 다 있잖아."

그 소릴 또 들었다. 나를 돈도 못 벌고 생식도 못한 등신 만들면 뭐가 그렇게 좋다고?

그런데 몇 년이 지나 똑같은 만행을 저지르고도 사람이 그렇게 씩씩할 수가 있다니!

엄마는 언제나 정숙하게 입으라고 요구한다. 그러나 진을 입는다고 윤락하는 건 아니다. 엄마는 진중한 구두를 강권하지만, 닥터 마틴은 경박한가? 나는 그렇게 진과 닥터 마틴의 논리로 무장하곤 노상에서 담배나 피우며 불량스럽게 다리를 떠는 것이다.

형제의
난

··　　옷은 추위, 마마, 호환으로부터 몸을 보호하기 위한 것만은 아니다. 사회에 대한 본질적 관점을 드러내는 게 먼저다. 입는 즐거움과 벗는 기쁨을 알게 해준다는 건 나중 얘기고. 애초부터 나는, 소매에 스트레스와 야심을 감춘 채 화이트 셔츠와 감색 수트로 남들과 비슷하다고 진술해야 하는 긴자의 증권맨일 수 없었다.

　　나는 입고 싶은 대로 입지도 않는다. 신체적 잠재력을 넓히는 것에도 익숙하지 않다. 귀고리 한 번 한 적 없는 나는 착한 사람. 권총용 가죽 케이스나 안전핀을 뺀 수류탄을 주렁주렁 달고 위협적으로 쏘다닌 적도 없다. 고무로 밑창을 댄 래퍼 스타일 부츠도 맞지 않는다. 디자이너 친구가 많다 해도, 새 경향을 찾아 시효가 끝나기 전에 공작 같은 날개를 펼치는 기민함도 없다. '아침엔 니나리치, 저녁엔 기라로슈' 같은 즐거운 교조도 모른다. 그렇다고 장례식에 갈 때조차 무심한 부류는 아니다. 셔츠 사이로 가슴을 드러낸 말론 브란도처럼 재킷 안에 아무것도 안 입고 나다닌 적도 있고, 벼룩시장 풍의 비비안 웨스트우드, 모두를 질색하게 만드는 존 갈리아노도 두세 개 있다.

주변 모두가 건강한 성인의 규격을 착착 획득하는 동안, 매일 일장기 같은 석양의 해를 쳐다보며 왜 오전이 지나면 오후가 오는 걸까, 지구과학적 사색을 하는 나에겐 구호가 만든 차이나 칼라 남색 롱코트가 어울렸다. 펜으로 한 번에 그린 듯 간명하고 경건한 디자인은 신부가 되지 않는 한 평생 입을 일 없지 싶었지만, 단지 갖고 싶었다. 나는 실사구시 같은 건 모르니까.

그러니까 나를 사로잡는 건 브랜드나 도회적인 얼굴이 아니라, 손목을 들어 시계를 볼 때의 장면 같은 것이다. 퇴근 무렵 아르마니 수트에 리복을 신는 80년대 스타일을 참 좋아했던 건 그래서였다. 어쩌면 안톤 체호프 소설처럼 입고도 싶었다. 눈에 굵은 음각을 세우고 딱 붙는 흰색 팬츠와 쿠바식 구두를 신은. 지금은, 고지식하지만 격식이 두드러진 영국풍을 좋아한다. 가는 스트라이프 팬츠 아래 살짝 들키고 마는 주황색 양말 같은 위트랄까.

..

사실 옷에 관해선 엄마보다 형들이 더 절망적이다. 친구들은 형이 둘이나 있는 나를 딱해했다. 형들 옷을 물려 입느라 바친 그 세월엔 내 옷을 따로 산 역사가 없었을 거라고. 하지만 지금까지 그들 옷을 입은 적이 없다. 훔쳐 입은 적도 없다. 차라리 "난 왜 이런 옷들만 물려 입지?" 처량한 소리도 한 번쯤 하고 싶었다.

리버풀 신사가 아닌 완전무결한 한국 아저씨의 양복 색깔은 있는 대로 어중간한 데다 소재는 작정한 듯 화려했다. 게다가 넥타이는 늘 장터 이불 홑청처럼 울긋불긋 꽃 대궐에, 구두는 두드러기 난 악어 껍질 일색이었다. 평소에 서로 히말라야에서 막 수행을 끝낸 요기처럼 만사 표표한 척해도, 다른 취향에 묵묵하긴 도무지 힘든 일이었다.

우리 집에 올 때마다 큰형은 언제나 "월급은 많이 올랐냐?" "외국은 또 안 나가냐?" "며칠 있음 지은이(형의 딸) 생일인데, 넌 삼촌이 돼 가지고 뭐 없냐?" 공연한 질문을 하는 것으로 내 눈썹을 꼿꼿하게 만들었다. "월급 올랐냐 소리는 좀 전에도 했잖아. 외국 나갈 때 여비 한 번 보태준 적 있어? 그리고 지은인 댁의 딸이잖아." 그러나 큰형은 아랑곳하지 않고 기어코 퀴즈를 냈다.

"이 마이 얼마 할 거 같아?"

내가 퀴즈왕이라고 해도 '마이' 가격까지 맞추고 싶진 않았다.

"그거 동네 할인점에서 4만 원짜리 3천 원 깎아 산 거지?"

"이게 얼마나 비싼 건지도 모르고? 40만 원도 넘어. 40만 원."

그럴 때마다 나의 '피니시 블로'가 작열했다.

"사람이 왜 그렇게 돈 써서 추해져?"

지금까지 싸워서 누구한테건 져본 적 없고, 마흔을 넘기고도 동네 깡패 여덟을 상대하면서 머리에 몇 바늘 상처만 입는 것으로 모두를 제압한 사람 앞에서 난 빈정거리기 바빴다. 내가 뜻대로 감격해주지 않으니, 형의 폭압이 바로 이어졌다.

"너, 안경은 그게 뭐야? 장기알만 해가지고. 네가 무슨 김구냐? 독립운동 하냐?"

"독립운동을 하건, 불구속 운동을 하건 이 안경으로 볼 거 다 본다. 딴 사람들은 죄다 멋지다 그러던데?"

"누가 그래? 어디 한번 데리고 와봐라. 얼굴 한번 보자. 아이고, 뻔할 뻔자지. 그 안경 멋지다는 사람들 다 너 같은 애들일걸?"

네버 엔딩 스토리. 나는 그쯤에서 안 해도 좋을 말을 했다.

"그런 말 하려면 우리 집에 오지도 마. 형 집에 가서나 실컷 해. 나 안 들리는 데서."

주고받는 것 없는 깔끔한 관계는, 내가 시계를 모으기 시작하면서 복잡해졌다.

나는 기계를 좋아하진 않았다. 하지만 시간을 조정하는 것 말고는 아무것도 아닌 것 같은 작은 버튼들의 속은 궁금했다. 시계는, 한 남자애의 장래에 모형이 되기 위해 스스로 바칠 수 있는 것보다 더 작은 수고로 더 많은 것을 이루어주니까. 누구라도 아우라를 만드는 시계에 무관심한 채 몸 하나만 휴대하고 다니는 남자를 사랑하긴 힘들 것이다.

그래서 시계를 모았다. 스무 개 남짓. 어떤 시계는 하나 사고 나면 일 년이 고달팠다. 금방 돈의 물줄기가 흘러내리는 것도 아닌 자에게, 없는 돈으로 비싼 시계를 사는 것만 한 기벽이 있을까. 힘든 경제적 허들을 넘어야 하는 습벽만 한 헛취미가 또 무엇일까. 그러나 큰형에게 시계는, 그 많은 것들 가운데 하나 주는 게 뭐가 대수냐는 숫자의 논리에 불과했다. 수정발진식 시계와 자동태엽 시계 사이에서 무엇을 살지 고민해본 적도 없으면서.

이미 오메가며 에벨이며 태그호이어를 약탈해간 큰형은 우리 집에 올 때마다 퓨마의 눈을 번뜩이며 시계를 달라고 졸랐다. 배수의 진을 치고 저항하지 못했던 건, 연민으로 형제의 난을 평정하려는 엄마 때문이었다.

"거 좀 줘라. 애들도 셋이고 힘들잖니!"

큰형이 아이를 셋 낳은 게 내가 시켜서였나? 자식 셋 기르느라 힘든 걸 왜 내가 보상해야 하지? 자식 셋 때문에 행복해할 땐 나에게 무엇이 돌아왔다고?

버티지 못하고 시계를 뺏긴 날, 세계는 낙심으로 검게 물들었다.

작은형도 집에 와선 말했다. "너, 시계 많대매? 나 하나 줘라." 형제애의 아름다움은 내부를 향해 꽉 막혀버렸다. 못 들은 척 가는귀먹은 척했으나 엄마는 또다시 형을 거들었다.

"거 좀 줘라. 애도 없고 힘들잖니!"

작은형에게 자손이 없는 게 내 책임일 리가? 그러나 작은형의 무심한 요구는 다른 이의 시간을 훔치는 시계의 힘까지 뺏어버렸다. 나는 여전히 온통 붉은 빛을 띤 채 보호막을 필요로 하는 갓난애 같은데, 어떻게 형이 돼갖고들 저럴까. 엄마는 다시 의사봉을 탕탕 내리쳤다.

"주는 사람은 늘 주게 돼 있고, 받는 사람은 늘 받게 돼 있다!"

"그래도 난 동생이잖아! 막내잖아! 근데도 나만 주더라!"

"주는 게 받는 것보단 백배 낫다!"

가족은 일생 동안 유쾌한 기억보다 데면데면한 추억을 주는 이들의 모임이다. 내게 존경받아 마땅한 사람들도 아니다. 기계가 출현하기 전의 생생한 토템 생활. 한 가계에 소속된 채 서로 배척할 수도 받아들일 수도 없는 비슷한 존재들이 그렇고 그런 상처를 주고받는 집단. 대화 또한 실제 생활의 불화를 그대로 비출 뿐이다. 가족이란 생물학적 고리 속에 연결돼 있을 뿐이라는 정의는 비린 냄새를 풍기지만, 여전히 고추장에 박힌 장아찌처럼 뇌엽 깊숙이 박혀 있다. 나는 내 진정 쉴 곳은 집밖에 없다는, 가족을 둘러싼 신성성이나 사회적 합의를 비웃지만 인생에 그들을 포함시켜야 하는 이유는 내 아들을 위해서다. 하지만 이브 몽탕처럼 일흔셋에 발랑탱을 낳아 일흔다섯에 죽을 수도 있지만, 아직 생기지도 않은 아들에게 줘야 하므로 형들에게 줄 수 없다는 구실은 너무나 빈약했다.

..

컴퓨터 회사에 다니는 친구와 나 사이엔 금기가 딱 하나 있다. 백화점. 전형적인 비즈니스맨이라 늘 품행이 방정하다 하나, 친구의 옷을 칭찬한 적 없는 나로선 그가 뭐라도 사러 가자 하는 순간 지뢰가 터진다. 누구의 감식력을 무시하는 것으로 그 생애까지 부정하지 않으려면 굉장히 조심해야 하니까.

다툼은 절개선이 종횡으로 치닫는 가죽점퍼를 든 채 내 칭찬을 기다리는 그의 충견 같은 눈빛 위에 작열한다.

"그걸 고르자고 30분이 걸린 거야?"

"디자인 끝내주잖아. 똑 떨어지고."

"무슨 폭포야? 다 익은 감이야? 똑 떨어지게? 넌 어떻게 남대문에서도 밀쳐진 구닥다리를……? 앤티크도 아니고."

자기 좋다면 그만일 텐데, 나는 왜 할 말 다 못한 장소팔이 되어 토씨 하나 그르치지 않고 쏟아붓는 걸까.

"네가 뭐 볼 줄이나 아냐? 맨날 청바지만 입으면서."

"미쳤어, 미쳤어. 가죽이라곤 쪼가리들만 잔뜩 이어 붙였구만. 무슨 패치워크를 짰는지, 아주 그냥 무당이 덮어쓰고 굿을 해도 3박 4일은 신나겠다."

그때마다 친구의 어퍼컷은 백화점 안을 순발력 있게 공명하는 것이다.

"네 스타일? 블랙 앤 화이트? 하! 우스워."

다른 일엔 그토록 의기투합하면서 옷에 대해서만큼은 서로 관대하지 못한 걸 보면, 우린 다 상추잎만 먹고 사는 자아도취의 희생자 같다. 자기 스타일이 아니면 일단 부정하고 보는 편협함이야말로 제대로 된 기능 장애 아닌가.

결국 이 모든 분쟁의 결론은, 내가 하고 다니는 모양새가 남들 보기엔 죄다 인생의 동서도 모르고 설치는 부랑아의 유산이라는 것이다.

달빛은
숙명적인
신호를
보내는 것
같아

·· 아무리 특별한 사건이 일어나도 삶이 얼마나 시시한지 설명하는 건 간단한 일. 누구도 경치만 뜯어먹으며 살 수는 없다. 자기만의 선택으로 그야말로 대지 위에 홀로 남아 모든 문제를 공중에 날려버리지 않는 한.

머리를 물들였다. 처음엔 단지 커트를 할까, 그랬다가 그냥 저질러버렸다, 라기엔 좀 자의식이 없었다. 탈주하듯 살고 싶어서? 스케일이 어떻건 새로운 종류의 광활함이 필요해서?

실은 달빛 같은 연회색을 원했을 뿐이었다.

머리 위에 스토브가 얹힌 것 같은 대폭발이 일어났다. 골이 녹아 이마 아래로 흘러내렸다. 「화성침공」에 나오는 것 같은 열기구에 머리를 들이밀고 두피를 요절내는 동안, '여호와는 나의 목자시니 내게 부족함이 없으리로다……' 미친 듯 다윗의 경구를 암송했다. 머리를 만져보고 싶었지만, 펄쩍 뛰어오를까봐 미리 무서웠다. 마취 없이 전립선 수술을 하라고 해도 그럴 수 있을 것 같았다.

오래 살면 전엔 몰랐던 독특한 아픔을 자꾸 겪는다. 사람들이 오래 사는 걸 죄스럽게 여기는 건 그래서일까?

그 와중에 잠깐 잠이 들었다. 한 묶음의 사람들이 흐리고 느린 동작으로 나를 따라오다가 한순간 왕관 모양으로 흩어졌다. 아파 죽겠는데 웬 우유 광고 같은 꿈은……. 같이 머리를 손보러 온 건축가 친구가 머리에 랩을 두른 나를 보고 탐욕스러운 땡중 같다며 살짝 기절했다가, 그래봤자 후진 헤어스타일을 고수하기 바빴다.

세 시간이 지났다. 달빛은 탈색 두 번, 염색 한 번, 다시 탈색 한 번으로도 추출되지 않았다. 머리색 하나 바꾸는 데도 시간이 이렇게 걸리다니. 겨우 봄나들이 가는 병아리 색깔 만들자고 이 고생이라니. 결국 문화, 문명이라고 명명되는 것들은 불충분함의 실체, 우리의 몽환일 뿐 아닌가. 모든 화의 근원은 우리가 사소한 소원의 암호 속에 포위되어 있다는 것이다.

"한 번 더 탈색해야 하는데요."

헤어 디자이너의 어조는 놀리듯이 무정했다. 나는 낙심천만하여 화장실로 갔다.

안경을 눈에 걸치고 거울을 보았다. 가로로 나누어진 눈에, 늘어진 대걸레 같은 사람이 비쳤다. 결말이 빤한 B급 영화 속의 네 번째 조연. 자기가 누군지 몰라 해체되어버린 아이. 달빛을 겉옷으로 걸치려고 있는 힘을 다했지만, 내장부터 망가진 그렇고 그런 아저씨.

단지 조금 다르게 살고 싶었다. 혈액형이나 눈동자 색깔을 바꿀 순 없었으니, 산수처럼 단순히 머리카락에 손을 댔을 뿐. 나는 굳이 웃음을 지어 보였다. 내분비선이 부어오른 듯 생경한 얼굴이 잠시 비현실적인 네온 광고판의 남자애처럼 멋져 보일 때, 두피는 맨드라미보다 붉게 타올랐다.

이 미장원과 저 밖을 분리하는 건 작은 창문 몇 개와 커튼. 햇빛이 비칠 여지없는 안쪽엔 시시한 거짓말쟁이의 이야기만 들렸다.

..

밖으로 나왔다. 한 번 더 탈색했다간 내가 죽거나 누군가를 죽여버리거나, 둘 중의 하나였다. 택시를 잡았다. 머리는 좌우간 노래졌지만, 가슴은 환해지지 않았다. 차창을 내렸다. 거리에서 염소를 탄 풀장 같은 비릿한 냄새가 끼쳤다. 전화기를 꺼내 친구를 찾으며, 나는 어딘지 울먹였을 것이다.

"나…… 머리를 바꿨어. 샛노랗게."

축소된, 책망하는 목소리.

"왜 그러셨어요? 젠틀하지 못하게. 정말 실망이다. 머리 노랗게 하면 얼굴이 얼마나 커 보이는지 아세요?"

나는 한 발 한 발 내딛는 발아래 버려진 땅이었다. 그건 내 식대로의 젠틀함이야, 라고 애써 말해보았지만 그대로 약화되고 말았다.

내가 꿈꾸던, 선봉대에 선 초기 개척자, 걸출한 영웅, 애국심에 불

타는 모험가, 광장에 기록되는 시민은 지금 나 같진 않겠지. 그들의 인내심과 강인함, 용기와 비타협, 말수가 적은 반항심과 비밀을 지키는 입, 불행한 옛날과 암울한 장래는 늘 내 가슴을 비추었지만, 지금의 나. 땅딸막한, 셔츠 앞이 복어처럼 팽팽한, 이발소 그림 앞에 선 것 같은 형국. 헤쳐져 귤껍질이 된 두피. 기름종이보다 구겨진 얼굴. 하지만 생각해보면 이것보다 치사한 공허는 더 많았다.

장애물 경주는 아직 남아 있었다. 아파트 입구에서 집에 전화를 걸었을 때.

"엄마, 놀라지 마."

수화기로 호흡을 삼키는 소리가 들렸다. 나는 다시 명랑하게 급습했다.

"나, 염색했어."

반응은 느껴지지 않았다. 짧은 후회가 훑고 지나갔다. 나는 왜 항상 타인에게 미칠 결과에 신중하지 못한 걸까? 머리 색깔을 바꾸기로 결심했던 동기를 떠올려보았다. 두뇌를 세 개쯤 가지고 사는 사려 깊은 친구들도 생각났다. 다른 목소리도 들렸다. 그렇다면 낮에 감추어둔 것을 밤의 어디쯤에서 꺼내야 하는 걸까?

현관문 앞에 서니, 몇 계단을 한 번에 뛰어오른 것처럼 숨이 가빠왔다. 천천히 깊은 숨결을 느끼며 문을 열었다가, 옷에 단추를 달고 있는 엄마를 보곤 소스라쳐서 입구의 왼쪽 모서리로 숨었다. 큰 숨을 들이쉬자 목에 깁스를 한 듯 조이는 소리가 들렸다. 나는 우리 집이 서로의 등을 두드려줄 만큼 괜찮은 집이길 빌었다.

"엄마……."

엄마가 고개를 돌린 한순간, 거실의 에너지가 그대로 얼어붙었다. 모든 움직임을 중단함으로써 더욱 큰, 니체 풍의 가능성을 고찰할 수 있다는 듯이.

엄마의 수류탄 같은 눈동자가 눈꺼풀 바로 밑까지 치켜 올라갔다. 엄마가 웃기 시작했다. 어쩌면 우는 소리 같았다. 그 몸은 다시 앞뒤로 격렬히 진자 운동을 하기 시작했다. 우황청심환이 필요한 건 아닐까, 하얘진 동공으로 엄마의 곡선이 끝나길 기다렸다. 동작은 당장 멈추지 않았다. 엄마는 뜻대로 나와주지 않는 발음으로 자음과 모음을 뭉개며 으르렁거렸다.

"내가 뭐라 그랬어? 노랑머리는 얼굴이 길쭉하고 갸름한 사람들한테나 어울리지, 너같이 되놈처럼 얼굴에 살만 뒤룩뒤룩 찐 놈한텐 어울리지 않는다고 내가 분명히 그랬지? 백 살을 먹어도 어린애야, 네가! 채영아!(외조카가 하필 집에 와 있었다.) 저 사람 누구니? 네 외삼촌 맞니? 네가 아는 사람이니?"

내가 익히 아는 낱말과 감정이 장방형의 거실을 흔들었다. 지구온난화를 덮을 수 있을 만큼의 한숨이 이어졌다. 나는 고개를 한쪽으로 돌렸다. 상대가 머리를 들이밀기 전부터 미리 대꾸할 말을 마련해놓거나, 각각의 질문마다 다른 논거를 들어 대답하거나, 코너에 몰리면 일단 위협적으로 화를 내야 한다는 마음의 전투 강령을 까먹은 채.

내 방에는 헨젤과 그레텔의 흔적 같은 잡동사니들이 뒤엉켜 있었다. 영험한 스님이 그렸다며 원근이 형이 선물해준 달마 그림을 지나, 그대로 침대에 주저앉았다. 헛된 인생에 펼쳐진 말 없는 스프레드 시트이자 죽음의 방수천, 머리카락이 잠깐 풀썩거렸다.

나는 사람이 하나도 없는 데서 살아야 마땅했다. 불편과 혹독함, 공허, 추위, 지루함만 있는 곳에서 사는 게 나았다. 나는 왜 항상 떠돌이 외판원처럼 자기도 확신하지 못하는 것들로 타인에게 끈을 당기는 걸까? 왜 언제나 애원하며 조개처럼 주먹을 쥐어 보이는 걸까? 술 취한 삽간성 신경증 환자의 눈으로 무엇을 또렷이 보려고 그렇게도 용을 쓰는 걸까?

홧김에 고량주를 병째 마시고 싶었다. 그 흔한 한국 드라마처럼 고수부지에 나가 안주 없이 소주를 마시고 싶었다. 하지만 이미 자동차를 수리하러 가는 것까지 놀이인 세상 아닌가. 모든 입자의 소리가 이미 의미심장한 것 아닌가. 몸 색깔을 조금 바꾸는 일은 그러므로 얼마나 숭고한가.

나는 구원군, 박정자 그녀에게 전화를 했다.

"오늘 기절할 일 저질렀어요. 염색했어요."

"잘했어."

고기를 자르는 칼보다 무시무시하고 혼란으로 가슴을 패이게 만드는 목소리는, 그럴 때마다 작은 도시로 초대하는 우편엽서처럼 변했다.

"엄마는 기절하시던데요?"

"나하고 너희 엄마의 차이는 그런 거야. 괜찮을 것 같은데? 다시 까맣게 염색하기 전에 나 꼭 보여줘."

어리둥절함, 우둔함, 단순한 혼란으로 배회하던 나를 그녀가 옹호하자 더덕 몇 뿌리에 기운 차린 듯 공간감각을 다시 환기했다. 내 나이, 회사에서의 직분, 해야 할 일과 하지 말아야 할 일.

운동화 밑창이 바닥을 스치는 소리가 복도를 지나갔다. 이럴 땐 잠을 자는 게 우선이었다. 후회란 응시하지 않으면 알아서 사라지게 돼 있으니까.

..

다음 날 아침, 넥타이 매듭을 관찰하는 동안 마음은 들판 위에 드문드문 난 나무처럼 황량하면서도 진작에 정죄받은 듯했다. 이 노랑 머리가, 스스로만 정당하며 티끌만큼의 흠도 없다고 믿는 합리주의자들의 엉덩이를 밀쳐가며 고수할 만한 선언이었는지는 모를 일. 하지만 양초 심지에 불과한 시간 속에서 머리색 좀 바꾸었다 한들 그게 무슨 지구를 말아먹을 짓이라고?

나는 피클보다 푹 절여진 채 이 나이까지 살았다. 경멸보다는 거부감으로 바라보았던 나. 평생을 검은 머리로 살았던 나. 몇 사람의 삶을 몇 마디 상투어로 치환시키며 살았던 나. 소유격에만 익숙했던 나. 필경사처럼 하루를 귀하게 보내지도 않았지만, 나쁜 짓은 조금밖에 안 했던 나. 하지만 그때도 세상은 다른 사람들이 맞추어놓은 초침 소리를 내며 흘러갔다.

출근하자마자 어제 같이 머리를 잘랐던 친구한테서 전화가 왔다.

"너 그 머리로 회사에 나왔니? 다른 사람들이 뭐래? 너, 머리를 그렇게 바꾸는 건 두 경우 중 하나야. 하나는 돈도 많고 지식도 많은 사람이 뭔가 다른 걸 해보고 싶을 때 그러는 건데, 근데, 넌 아무것도 없잖아."

에디터들도 나를 보곤 흠칫해선 다들 뒷걸음질쳤다. 그리고 정신을 수습한 후엔 한마디 한답시고 같은 대사를 덧붙였다.

"정말 쇼킹하네요."

나는 정말 잘 어울린다고 말해주지 않는 그들이 더 쇼킹했다. 나의 달빛은 사람이 살 수 없는, 이젠 아무도 찾아가지 않고 자기 힘으론 빛날 줄도 모르는 황량한 달에서 퍼져 나오고 있었다.

비행기가
날
때마다

··

어렸을 때, 어항 안에서 밖으로 나가고 싶어 안달하던 물고기가 있었다. 밖이 어디건 상관없어 보이던 그 겁 없는 물고기의 진짜 집은 어디였을까.

가끔 불쾌한 짓거리까지도 나를 돕기 위해 삶의 비밀을 발설한다. 내가 사는 데는 필연적으로 실재적인 세계, 정연한 층위와 현실성을 가진 세계가 아닐 것이다. 즉, 내가 원하는 건 믿을 수 없는 세계였다.

놀이동산의 문을 통과하기 전까진 그곳의 기념품, 롤러코스터를 매일 타고 싶었다. 그러다 거대하게 구부러진 강철 덩어리를 보고 입을 떡 벌렸다. 50미터 위에서 급속도로 하강하는 루프와, 용수철처럼 뱅뱅 돌아가는 스파이럴은 집어삼킬 듯한 아름다움으로 발열했다. 하지만 어떤 건 아무렇지 않았다. 얼굴을 꿰매고, 라식 수술 몇 번 받는 것쯤은.

나도 모든 청년처럼 불가사의한 것을 탐험하고 싶었다. 제트기를 타고 마하의 속도로 창공을 부수는 것. 사고事故 같은 극단적인 행동성. 순수한 모험심만으로 부들부들 전율하는 것. 손을 잘못 댔다가 흉포한 속도와 기압에 떠밀려 운석처럼 시공간 밖으로 떨어져나간다 해도 상관없다고 목뼈를 곧추세웠다. 태생 자체가 기계치라 모든 수동 조작이며 컴퓨터 통제 시스템에 서툴면서도, 견고하게 꿈틀거리는 생물체를 타고 발레 하듯, 탄도학을 흉내 내듯 날아다니다가 혹시 추락해 엄마가 인생의 그 먼 거리를 제대로 걸어갈 수 있을까, 자문해볼 때의 고독은 시늉뿐이었다.

스스로 결정해야 하는 삶의 순간, 엄마는 자기 세계를 찾으려 하는 아들을 언제 용납해야 할지 늘 고민한다. 엄마와 나의 주제는 분리와 불안에 대한 이야기이기 때문에.

..

엄마는 내가 외국에 가는 걸 싫어했다. 출장 갈 때마다 비행기가 공중에 떠 있는 게 무섭다고, 평소의 담대함을 잃고 소심한 여염집 여자로 변했다. 스위스 출장 때도 마찬가지였다.

"나, 너 외국 가는 거 싫어."

"싫을 게 뭐가 있어? 일하러 가는 건데."

"비행기 타고 멀리멀리 가니까……"

"그래봤자 반나절만 가면 돼."

"이번엔 어디로 간다고 했어?"

"응. 지난번에도 말했듯이, 스위스."

"스위스?"

"응. 세상에서 제일 살기 좋은 나라."

"난 안전한 나란가, 위태로운 나란가, 그거만 중요해."

엄마는 예측할 수 없는 재난으로부터 자식을 격리시키기 위해 신경과민이 된 여자는 아니지만, 늘 떨어져나가려는 아들의 저돌성과 보호하려는 부모의 의무 사이에서 관계성을 쟀다. 보호라는 이름의 모성이 확장되면 세상의 위험 속에 자식을 임대하기 힘들 것이다. 엄마는 어쩌면 일생, 부모로서의 긴장과 싸웠을 것이다. 두려움이란 좋은 부모를 부정하게 하는 전제이므로.

하지만 엄마의 응급상황마다 즉시 차에 모시고 병원 가는 것만 잘 하는 나로선, 집을 비우는 것이 세 배 더 큰 문제였다. 그까짓 거 잠깐 기차 타고 어딜 갈 때조차 마음이 반으로 꺾였다. 내가 엄마의 하루를 일목요연하게 스캐닝하는 것과 달리, 엄마는 정신 나간 내가 아우토반을 널뛰듯 달리고, 제트기를 타고는 스위스 창공에서 절룩거리고, 호주 하늘로 올라가 땅으로 냅다 뛰어내리는 걸 알 리 없었다.

..

그러나 잉골슈타트에서 아우토반으로 안내하는 도로 표지판이 보이던 그때, 오른편 램프로 접어들자 가슴속의 격납고 문이 격렬히 흔들리던 그때…….

두터운 구름이 깔린 날, 도로는 활주로처럼 보였다. 태양이 비추는 활주로는 아니었다. 아우디를 타고 무제한 속도의 무대, 1차선으로 진입하면서 내가 장착한 보호장치를 생각해보았다. 나사 우주인도 아니면서 내가 탄 자동차가 기압복이라고 믿는 건 무모해서일까, 미쳐서일까.

액셀러레이터를 끝까지 밟자 엔진에 불을 당기듯 원시의 느낌이 등골을 탔다. 차가 공기 속으로 빨려 들어갈 때 계기판을 볼 여유는 없었다. 시속 220킬로미터. 쉽게 계량화할 수 있는 속도가 아니었다. 이러다 사이드 미러가 깔대기 모양으로 변하지 않을까? 지금 느끼는 중력대로라면 내 체중은 0.1톤은 넘지 않을까?

차가 원을 그릴 때마다 불 켜지지 않은 헤드라이트가 얼음 같은 도로를 밝혔다. 힘을 주지도 않았는데 어깨가 저절로 아치 형태로 변했다. 지구의 모든 것은 의도적이거나 자연스러운 방향으로 바꾸려는 외부의 압력에 다치기 쉬웠다. 몸이 갑각류처럼 단단해졌다. 기차 바퀴에 끼인 듯 옴짝달싹할 수 없는 기분이기도 했다.

그 와중에 한국에 돌아가면 부항을 떠야지, 라고 생각했다. 운전에 집중한다면 외롭지 않겠지만, 조용한 차 안에선 대화할 친구가 필요했다.

흐린 하늘이 검게 변했다. 뒤에서 밀어붙이던 포르셰와 BMW의 성가신 헤드램프가 차 안 거울로 치고 들어왔다. 굴 껍질을 쏟아부은 자갈밭 위를 찌그덕거리며 지나가는 기분. 너절하게 굴면 누구든 번뜩이는 면도칼로 베어버릴 거야, 라고 윽박지르는 두 개의 그릴은 실

체를 드러낸 송곳니 같았다. 그동안 내가 했던 짓은 충분히 너절했다
는 생각이 들었다.

액셀러레이터를 더 세게 밟았다. 240킬로미터. 라이플 총알보다
빠른 건 아니었겠지만, 일종의 고주파를 느꼈다.

상승의 정점에서 몸이 쑥 가라앉았다. 무슨 일이 일어났는지 모르
는 파도가 내 안에서 출렁거렸다. 뭔가 망쳐놓기라도 할까봐 숨을 멈
추었을 때, 속도의 감각이 더는 위협적으로 느껴지지 않았다. 몸의
안테나는 불에 타버릴 것 같았지만 무섭진 않았다. 피할 수 없는 물
리학을, 오히려 역행하는 모순된 안정감이랄까.

··

호주 케언스의 스카이다이빙 회사 앞에선 선크림 번들대는 가부
키 얼굴로 캠에 몇 마디 남겼다.

"엄마한테 말 안 하고 온 거 미안해. 놀랄까봐 그랬어. 그렇지만 너
무 걱정하지 마. 암튼 재밌게 잘하고 갈게."

사고가 나면 누구에게 연락할 거냐는 질문엔 『지큐』 피처 디렉터
의 이름을 적었다. 낙하산이 펴지지 않아 팔다리가 떨어져나간 토르
소, 감자녹말처럼 으깨진 살점들을 엄마더러 수습하라 할 순 없어서.

경비행기 안에는 좌석이 없었다. 2인 1조 12명이 조종석을 등지고
비행기 뒤쪽을 향해 일렬로 앉았다. 모두 바위에 착 달라붙은 조개껍
데기가 되었다. 빨간 EXIT 표시가 덜컹 소리를 내며 눈앞에서 닫히자
마자 인스트럭터는 내 몸을 끈 몇 개로 포박했다. 구명줄이었다.

둔중한 엔진음이 전정고리관을 울렸다. 조종사들의 분주한 손짓과 함께 프로펠러의 움직임이 갈아버릴 듯 격렬해졌다. 곧 몸이 위로 들어 올려졌다. 비행장과 자동차와 집들이 깍두기만 해졌다. 광활하게 팽창된 열대숲 위로 구름이 태평했다. 모든 풍경이 천국의 축복 같은데 표정만 심란해졌다. 인스트럭터가 엄지손가락을 펴 보이며 웃으라고 독촉했지만 얼굴 근육만 홀로 씰룩댔다.

프로펠러가 파찰음을 냈다. 비행기가 목발처럼 기우뚱거렸다. 경비행기가 추락해 폭파하는 이미지는 왜 그렇게 흔한 걸까. 마음속에서 내내 끼기긱 하는 음향이 들렸다.

15분이 지났다. 하늘 끝까지 다 올라온 것 같은데, 겨우 6천 피트 고도라니. 뒷목이 붉어졌다. 4킬로미터 남짓 올라오기가 이렇게 더딘데 어느 세월에 성단 저 멀리 날아갈 수 있을까.

구름이 구체의 하늘을 덮듯이 감쌀 때 계기판이 1만 4천 피트를 가리켰다. 점프 고도! 깃발을 내리듯 문이 열렸다. 맨 처음 뛰어내릴 조가 엉덩이 걸음으로 나아가선 문에 걸터앉자마자 검은 깨처럼 허공으로 뿌려졌다. 심호흡을 할 여유도 성호를 그을 여지도 없었다. 다음 조도 칼날 위에서 바통 터치하곤 영원히 알 수 없는 바닥을 향해 빙글빙글 사라졌다.

내 차례까지는 10초도 안 된 것 같았다. 주춤주춤 문밖으로 발을 내밀며 손을 엇갈리게 가슴에 얹었다. "예수님, 이 불쌍한 영혼을 받아주세요……" 하는데, 우주가 기우뚱했다. 마침내 하늘과 땅의 국경이 허물어졌다.

첫 숨을 언제 들이켠 걸까. 바람의 중량은 이렇게 육중한 걸까. 바람의 부피는 얼마나 두둑한가. 팔을 벌리고 바나나처럼 몸을 젖혔다. 귓가에 바람이 활활 타올랐다. 고함인지 탄성인지 알 수 없는 프랑켄슈타인의 목소리가 목구멍을 헤집었다. 공중을 파고드는 소리만이 모든 음을 소거한 백색 소음이 되어 귀청을 찢었다. 거친 돛을 탄 바람은 있는 힘을 다해 머리카락을 하늘로 밀어 올렸다. 팔이 30센티미터 양철 자처럼 얇아지고, 볼살은 점보 아기코끼리 귀마냥 펄럭거렸다. 최대치의 공기 저항. 고글 주위, 볼부터 눈썹 위까지 이스트 용량을 초과한 빵이 되었다. 우주의 모든 공기가 입 안으로 빨려 들어왔다. 아니, 공기 속으로 빨려 들어가 다시는 빠져나올 수 없을 것 같았다.

차창 밖에 머리를 내민 것 같은 순간은 중력의 세 가지 운동성으로 짓이겨졌다. 비행기를 타고 하늘로 올라가는 건 중력에 반하는 일이지만, 땅으로 추락할 때는 중력에 순응하는 것일 텐데, 떨어져 내리는 나를 극렬히 반발하며 위로 밀어 올리는 힘은 또 무엇인가.

전율을 주면서도 이상하게 쾌적한 공기가 공허한 흉곽을 채웠다. 나는 새가 되었다. 날지 못하는 새. 활공하는 법을 배우지 못한 새. 미숙한 새.

평생의 쾌락을 다 모은 얼얼한 체험을 하고 호주에서 돌아온 날, 엄마에게 말했다.

"엄마, 사실 나 스카이다이빙 했어."

"스카이다이빙?"

"응. 경비행기 타고 하늘로 4.2킬로미터 올라가서 뛰어내리는 거야. 처음 1분 동안은 낙하산도 펴지 않고 그냥 뛰어내려. 진짜 완전 끝내줬어."

"그래……?"

"그렇다니까?"

"……."

더 물어보면 들려주고 싶은 얘기도 많았지만 대화는 거기서 끝났다. 놀랍게도 엄마는 놀라지 않았다.

. .

스위스 출장엔 제트기 타는 일이 포함돼 있었다. 비행기를 탈 때마다 다른 장소에 고양이처럼 안전하게 착륙하리라는 항공기술의 신념은 확고했지만, 내 맘까지 그런 건 아니었다. 비행기와 관련된 복잡하고 효율적인 시스템은 갑작스러운 날씨와 하늘의 저주에 쉽게 요동칠지 몰라서……. 하지만, 믿음과 의심은 분리될 수 없는 샴쌍둥이지만, 강한 믿음은 '완벽한 것은 없다'는 의심 속에서 비로소 확고해지는 것.

새벽에 깬 전날 풀어 헤친 짐을 마저 쌌다. 아침에 엄마의 표정은 흐렸다. 출근할 때는 "다녀올게" 해도 뒤돌아보는 둥 마는 둥 "일찍 와라"고만 하는 양반이, 비행기를 탈 때는 꼭 엘리베이터까지 나왔다.

"잘 다녀와. 조심하고."

엘리베이터 문이 열릴 때 엄마가 손을 흔들었다.

"안녕."

마하의 속도로 중력을 거슬러 빙글빙글 구름 위로 오르려는 아들에게 엄마가 말했다. 엄마 얼굴이 세로로 길게 좁혀지더니 문이 닫혔다. 엄마는 평생 나에게 "안녕"이라고 말한 적이 없었다. 1층 버튼을 누르는데 몹시 슬픈 생각이 들었다.

부오쉬에 간 첫날 엄마에게 전화를 했다.

"왜 이렇게 엄마가 보고 싶지?"

엄마도 말했다.

"나도 보고 싶어."

두 번째 날 또 전화했다.

"뭐 해? 엄마가 자꾸 보고 싶다."

엄마가 소리쳤다.

"자꾸 전화하지 마!"

..

즙이라도 짜낼 듯 몸을 조이는 옷을 입었다. 헬멧을 쓰니 연옥이 따로 없었다. 제트기의 투명한 보조석 뚜껑이 덮였다. 에어컨은 안 보였다. 오른손으로 비상탈출 고리를 괜히 당겨보았다. 숨을 내쉴 때마다 뜨거운 수증기에 폐가 델 것 같았다.

제트기는 활주로를 벗어나 오른쪽으로 길게 유턴한 다음, 다른 활주로로 이동했다. 제트기의 기초인 무기 전달뿐 아니라 공격 업무도 수행할 기세였다. 완만한 이륙. 그런데 동체의 무게감이 없었다. 시선의 앞과 옆으론 다른 제트기들이 공중에 떠 있었다. 올림푸스 산 위에서 천천히 유영하는 거인처럼 생물적이고도 무기질적인 양감이었다.

칸톤 호수와 눈이 녹지 않은 알프스를 멀리 쳐다보는데, 하늘이 순간적으로 팽그르르 돌았다.

"괜찮아? 지금 기분 어때?"

조종사가 내 상태를 확인했다.

"괜찮아. 좋아. 널 믿으니까."

옆에서 대열을 이루던 제트기들이 자기 방향을 찾아 흩어졌다. 내가 탄 제트기는 수직으로 치솟다가 드라이버처럼 급회전했다. 지구의를 거꾸로 돌리는 것처럼 몸이 두 바퀴 돌았다. 동그란 기류에 낚아채여선 허공으로 다시 딸려 올라갔다. 구약의 에녹도 이렇게 구름을 탔겠지?

하늘과 땅, 구름과 바다가 경계 없이 뒤섞였다. 휘슬러 밥솥 안에 있는 것 같은 압력과 중력과 기압으로 온몸이 이지러질 때, 물리학과 역학과 철학이 혼합된 의문이 마음속에서 우물쭈물했다.

아드레날린이 솟구치고 바이킹에서처럼 속이 뒤집혔다. 공기쿠션 속에 떠 있는 것 같은 기묘한 안락함도 함께 요동쳤다. 「A. I.」에서 시금치를 마구 먹다가 얼굴이 일그러지던 할리 조엘 오스몬트가 꼭 나 같겠지? 안전벨트가 모질게 살을 당겼다. 정확한 시간 감각은 없었다. 이 한순간이 평생 같다는 생각만 엽총의 공이치기처럼 울렸다.

제트기가 다시 하늘과 평행을 이루었다. 완화된 속도 속에서 땅과의 거리가 까마득히 실감되자, 비로소 구체적으로 무서워졌다.

인천공항에 내리자마자 집에 전화했다.

"너 왜 전화 꺼놓고, 엄마 애타 죽는 줄 알았다."

"비행기 안에서 어떻게 켜겠어? 짐 찾고 그러자면 시간 좀 걸릴 거야. 금방 갈게."

엄마는 엘리베이터 바로 앞에서 날 기다렸다. 이번에는 스위스에서 뭘 했는지 말하지 않았다. 그냥 엄마를 안고 등을 두드려주었다.

아무도
앞을
막을 수
없어

‥ 　　교회 가는 날이면 성장盛裝한 엄마의 손을 꼭 잡고 주차
장까지 걷는다. 엄마 손의 악력과 거칠거칠한 듯 따뜻한 온도. 가슴에
강물이 불어난다. 하지만 내가 운전을 못했다면 차 안에서만 발현되
는, 관용과 탐욕이 엉킨 엄마의 순간을 몰랐을 것이다.

스타벅스 앞에서 엄마가 갑자기 엔진 폭발음을 내며 웃었다.

"야, 꼭 네 차 같다, 네 차 같아!"

내 차 앞에 빨간 프라이드가 신호를 기다리고 있었다. 앞과 옆은
사흘 지난 인절미처럼 찌그러졌고, 깨진 헤드라이트는 누런 테이프
로 메워져 있는 데다, 세차는 올림픽마다 했는지 온통 땅에 떨어뜨린
도토리묵 형상이었다. 예전 내 프라이드와 모의한 듯 닮은 차를 보
자, 프렌치 키스라도 나눈 듯 친밀함을 느꼈다.

잠깐 방심한 사이에 다시 내 앞으로 끼어든 아반떼가 비칠비칠 정신 못 차리자 엄마가 한소리를 했다.

"저, 저런 지랄 좀 봐. 얼른 안 비키고 뭐 해?"

성자의 귀한 몸 날 위하여 피 흘려주신 것이 고마워서 교회에 가는 길 아니었나? 길이 밀리면 외려 차와 더 길게 얘기한다는 생각이 안 드나? 모든 이야기가 그렇듯 차와 나누는 대화란 즐겁기도 지겹기도 하겠지만.

"엄마는 예수님의 딸이잖아. 교회도 가는 착한 사람이 그렇게 지랄이라는 말을 하면 어떡해? 사도 바울이 싫어하겠다."

"아니, 차가 지나가야 하는데 가려면 가고 말 거면 길을 비켜줘야지, 주춤주춤거리면 뒤차가 얼마나 피곤하냐고!"

. .

나는 살아선 운전을 못할 줄 알았다. 무딘 기계 조작 능력이란 세상에서 가장 갖고 싶은 자동차를 탈 수 없다는 낙인. 실기시험에 탈락한 몰골로 면허시험장 언덕을 걸어서 되돌아갈 때만큼 아득한 길도 없었다.

총기라도 난사하고 싶던 과거는 지나갔으니, 나의 첫 번째 차는 92년형 빨간 프라이드 FS였다. 좁은 길을 빠져나가는 대형차의 공간 지각력은 늘 서커스 같았고, 세상에서 가장 위대한 사람은 난폭한 트레일러 운전사라고 믿었지만, 나는 무조건 작은 차가 좋았다. 하지만 처음부터 연식에 비해 낡은 차는 아니었다. 보라돌이처럼 구부러진 안테나, 우그러진 헤드라이트, 앞섶이 허물어진 보닛, 상이용사의 훈장 같은 생채기, 모두 내가 만들었다. 그것도 삽시간에.

나의 엔진은 팔팔했으나 다른 종류의 두려움이 있었다. 차를 타고 가다가 한 번만 운전대를 틀어버리면 모든 게 끝이라는. 나는 삶의 두려움을 차에 전이시켰다. 그건 점진적 질병이나 공사장 벽돌이 머리에 떨어지는 우발적 사고 확률보다 가차 없었다. 처음엔 익숙한 길도 무서웠다. 길가 사람들이 내 차로 뛰어드는 걸 상상할 때마다 심장의 압도적인 동계와 땀이 배인 떨림……. 나는, 자동차란 어머니의 자궁을 의미하고 어째서 탈출하고 싶어 하는지 설명한다는 정신분석학에 충실히 따르고 싶었던 걸까?

약속 있는 날 비가 내리면 내적 저항은 끝도 없었다. 시야가 너무 흐려. 빗길은 눈길보다 위험하다잖아. 이럴 때 타라고 택시가 있는 거 아니야? 실컷 갈등하다 보면 하루가 다 갔다.

. .

운전의 무서움을 아무도 눈치채지 못한 시간이 지나자, 케첩 같은 행복이 쏟아졌다.

나는 어디서도 꿀리지 않았다. 호텔에서 발레파킹을 맡길 때도, 연말 파티장에서 별의별 부자들이 과시용 스포츠카를 몰고 올 때도. 엄마도 내 차를 자랑스러워했다. 아들이 모는 차를 탄다는 이유로 차가 상징하는 모든 것을 상관없어했다. 단, 낡은 차를 폐차 직전까지 타고 다닌 나의 본의 아닌 실용성은 칭찬했지만, 깻묵처럼 꾸질꾸질한 실내만큼은 용서하지 않았다.

나는 다른 세계로 이동해 가고 있었다. 집으로 돌아오는 밤의 차 안에서 나는 내 자신에게 말을 걸었다. 자동차는 보모처럼 쉴 수 있게 해주었다. 세차를 안 했을 때 빼고는 자동차에게 미안하다고 사과할 필요가 없었다. 차를 오래 몰수록 차 안에서 혼자 말을 거는 시간이 길어졌다. 시간은 천천히 흘렀다. 차에 한참 갇혀 있다가 내릴 때 가끔 가는 레스토랑의 주차맨이 인사를 하면 갑자기 전압이 상승한 것처럼 시간이 제 속도를 찾는 것이다.

다른 사람에게서 나를 소외시킬 때도 차 안에 있으면 혼자가 아니란 걸 알게 되었다. 차는 나에게 묻는 것 같았다. 음성인식조절시스템을 달기라도 한 것처럼. 안 추워요? 시트 좀 뒤로 뺄까요? 라디오를 틀까요? CD에 듣고 싶은 노래가 있나요? 지금 전륜구동인데 사륜구동으로 바꿀까요?

어느 저녁 레스토랑 주차장에 나란히 도열한 친구들의 차, 아우디 A4, 폭스바겐 골프, 란치아 테마를 보곤, 내 차하고 다른 출고가와 배기량은 다 잊고 홈팀에 온 것처럼 반가웠다. 인생에는 삼단논법이 있다. 멋진 사람은 멋진 삶을 살고, 멋진 삶이란 멋진 차를 모는 데 있다는. 물론 차를 바꾸어도 삶이 변하진 않을 것이다. 내 차가 애스톤 마틴 뱅퀴시라고 해도.

주차하는 새파란 친구에게 발레를 부탁했을 때 내 차 앞에서 기막혀하는 얼굴에 대고 "너는 이만한 차라도 있냐?"라고 쏘아주며, 그 손바닥에 내 차 열쇠를 꾸욱 눌러 주었다.

친구들은 말했다.

"길에서 접촉 사고가 났을 때 상대의 반응은 차의 가격과 비례하거든. 언제나 차량의 크기로 주인의 가치가 평가되는 거지. 그리고 그게 당연하지 않겠어?"

하기야 미국에서도 롤스로이스가 위반을 하면 교통경찰도 안 잡는다며?

한편, 아주 사회적이고 졸렬한 방법을 통해 또 다른 특징적인 두려움과 맞닥뜨렸다. 타이어가 펑크나 근처 정비소에 수리를 맡긴 일이 있었는데, 브레이크까지 낱낱이 점검해달라고 당부했지만, 차를 찾아 집에 가는 길에 브레이크의 제동력이 형편없다는 걸 알았다. 있는 힘을 다해 브레이크를 밟았더니 어마어마하게 밀려나서야 멈추었다. 다음 날 얼굴에 불을 달고 지적하는데 "고물 프라이드 하나 갖고 되게 귀찮게 구네." 살인자 정비사의 대꾸가 돌아왔다.

곧 운전이 싫어졌다. 레이싱이나 교통체증으로 인한 짜증, 상대가 물러서기를 바라며 서로 달려드는 닭싸움 같은 남성성의 어두운 일면이 다시 자각되었다. 무질서한 불안은 생물학적으로 프로그래밍돼 있었던 듯 확장되었다. 차를 모는 것은 어디든 갈 수 있는 자유라거나 적나라한 사회적 키 재기 이전에 목숨이 달린 일이었다.

그런 생각은 공정한 양식과 태도를 방해했다. 삶 속에서 모든 걸 달성하는 슈퍼맨이어야 한다는 강박은 비합리적이지만, 사실 산다는 것 자체가 비합리적인 일 아닌가. 이윽고, 차에 대한 여타의 것들을 심각하게 받아들이지 않기로 작정했다. 고의적인 무감각화만큼 혐오감을 다루는 방법도 없기 때문에.

..

어느 날, 큰형 차를 타고 압구정동을 지나는데 엑센트가 살찐 수세미 같은 옆모습으로 끼어들었다.

"난 엑센트 싫어. 모든 게 둥글둥글, 양감이 너무 지나친 뚱땡이 여자 같아."

"그럼 스텔라 사라? 각졌잖아. 너 각진 거 좋아하잖아."

엄마는 신경질적인 나를 야유 한 번으로 잠재웠다. 형들이 모는 큰 차로 충분할 텐데도 엄마는 세단형의 덩치 큰 차를 좋아하셨다. 모든 편의를 도외시하고 감각만을 위해 로버 미니를 산 날, 엄마는 위험하게 이죽거렸다.

"버젓한 국산도 번쩍번쩍하는 게 많은데, 뭐 하려고 이렇게 모양도 쪼만한 걸 샀어? 외제라서? 허영 부리려고? 겨우겨우 들어가 앉아보니 에어컨이 있어, 뭐가 있어? 좋은 게 난 한 개도 없다. 남들이 와~ 그러는 거, 그거? 그걸로 과시하려고? 너희들 없는 거 나는 탔다, 그런 과시로?"

엄마는 내가 일곱 살 때 함께 보았던 영국 영화에 로버 미니가 등장했으며, 그때부터 타고 싶은 마음을 여태까지 운반해왔다는 걸 몰랐다. 영국 차엔 존재감을 일깨워주는 오랜 경향이 남아 있으며, 그런 차라면 술 취해 무슨 말을 하는지도 모르는 사람을 냉대하지 않는다는 것도.

로버 미니에 엄마를 모시고 교회 가는 길이 막힐 때마다 다들 우리 차를 현수막 바라보듯 했다. 차 주인의 의고 취미를 존중해서가 아니라, 체구가 남산만 한 모자가 마티즈보다 작은 차를 찢을 듯 비좁게 앉아 있는 데다, 에어컨도 없이 잔뜩 시달린 몰골이라 난민 같아 보였겠지.

교회 앞 횡단보도에 멈출 때마다 엄마는 음속으로 내렸다. 이 차가 당신 신분에 못 미친다고 생각하는 걸까? 그렇게도 부끄러울까? 뒤차를 방해하지 않기 위해서가 아니고? 예배를 마친 엄마를 픽업할 때 경고는 불을 뿜었다.

"너, 다음에 차 살 때는 문 네 짝짜리 사라, 꼭!"

..

로버 미니를 여섯 달 만에 팔아버리고, 나는 다른 차를 찾아 수만 리 길을 헤맸다. 2세대 폭스바겐 골프는 쌍꺼풀 없는 미인만큼 찾기 힘들었다. 그 위에 연말 술자리를 핑계로 내내 차 없이 다니자 당신 먼저 못 견뎌하셨다. 아침 식탁에서 엄마가 답답증을 털어놓았다.

"대체 무슨 차 살 건데? 작정 좀 말해봐라."

"응. 2세대 폭스바겐 골프라니깐."

"또 중고 아니니?"

"그럼. 벌써 4세대가 나왔는데 2세대니까."

"구하긴 쉬워?"

"아니. 없으니 이렇게 끌탕을 치고 있잖아."

엄마는 눈으로 나를 구타했다.

"좀 보통으로 살아, 보통으로. 네가 튀어봤자 별거냐? 튀어봤자?"

나는 원래 그런 사람이었다. 매킨토시 클래식 1을 갖는 게 여의치 않아진 대신 9인치 모니터가 있는 데스크톱을 사느라 용산을 수색하고, 제임스 볼드윈 같은 작가가 썼음직한 농가풍의 두툼한 책상을 갖고 싶어서 그 긴 세월을 배회하다 인테리어 디자이너 형에게서 직육면체 알루미늄 프레임과 그 위에 올릴 널빤지를 선물 받고……. 구두 하나 사는 데도 따져볼 것이 백만 스물두 가지나 되니 몇 번을 윤회해야 엄마 말대로 보통으로 살 수 있을까.

실은 모든 갈등을 지루하게 만들어 스스로에게 복종시키고 싶었다. 지루함과 근심은 비교할 만한 것이 아니었다. 마지막 치료를 위해 병원에 가는 환자처럼 두려움 밖으로 내 자신을 끌어낸 나는 또다시 엉뚱한 차를 지목했다.

혼자 있는 방법을 다시 배우게 만드는 엔진음을 가진, 아주 오래된 프랑스 차. 푸조를 본 엄마 얼굴은 당장 화창해졌다.

"이제 차가 크고 편하니까 이 차, 택시가 될 때까지 타. 폐차될 때까지 타."

..

교회에서 엄마를 픽업해서 집으로 갈 때마다 일요일이 엄마에게 주는 합의가 궁금했다.

"오늘은 무슨 기도했어?"

나는 엄마의 팔을 잡았다.

"내 육신 건강하게 붙들어달라고 그랬지."

"그랬더니 예수님이 뭐래?"

"알았다, 내 딸아. 그러더라."

그때 우리 앞에서 크레도스가 낮술을 했는지 오락가락했다. 엄마
는 편의점에서 쫓아내기라도 할 듯이 소리쳤다.

"비켜! 얼른 비켜, 이년아!"

우리 집의
진짜 주인

··   잠원동에서 이대 근처로 이사하기 전, 몇 가지 계획이
있었다. 잡지에서 숱하게 보았던, 콘셉트로 무장한 집으로 꾸미는 것
이었다. 나는 매일 할 수 있는 모든 걸 생각해보았다. 그걸 또 세 배나
커다란 영상으로 부풀려 투시도를 그렸다.

나는 웅장한 철문을 배경으로 선 언덕 위의 작은 집이나, 작은 벽
돌 건물과, 명상을 위한 미로, 곧게 뻗은 플라타너스, 넓은 운동장까
지 실내에 끼워 넣었다. 잠원동 집은 손대기엔 워낙 구조 자체가 완
강했기 때문에.

형제들은 몇 가지 일습을 선물하기 시작했다. 고맙지만 당연한 일
이었다. 그러나 잠깐 마음을 놓은 동안 우리 집은 예측 불허의 것들
로 채워지기 시작했다.

어느 날 퇴근해선 싱크대 위를 보고 살짝 기함하고 말았다. 팥죽색 전기밥통이 나이 든 숫고릴라처럼 무책임한 양감으로 놓여 있었다. 용량이 10인용이라는 것에도 질렸다. 내가 식충이라는 것, 명절이나 이름 붙은 날에 당신의 식솔을 위해 밥을 짓고 그들과 포개 자는 것이 엄마의 기쁨임을 인정한다면, 그건 그대로 자연스러웠을 것이다. 그러나 살아생전 팥죽색 전자제품을 가질 거란 생각은 장난으로도 못 했었다. 토마토 종류도 수천 종이나 되는데, 고르고 골라 팥죽색이라니.

나는 바로 탄원했다.

"다른 괜찮은 색도 많은데 왜 팥죽색 전기밥통이야? 맨날 팥죽 끓여 먹으라고? 이거 딴 걸로 바꾸면 안 되나?"

"지네들이 우릴 위해 마음 써서 고른 색깔인데, 그거 싫다고 바꾸겠다 그럼 얼마나 섭섭하겠어?"

"그건 알지만……."

나는 엄마의 맹렬한 기세에 맥이 풀렸다.

"난 팥죽색만 아니면 어떤 색이라도 괜찮은데……."

인정 못 받은 얼굴로 투덜대는 모범 소년이 거기 있었다.

다음 날, 다른 폭탄이 기다리고 있었다. 싱크대 위에 버티고 앉은 팥죽색 전자레인지는 작은형 부부의 선물이었다. 나는 순식간에 묵직한 돈다발을 뺏긴 것 같은 박탈감을 조절할 수 없었다. 같은 불평이 이어지자 엄마도 난감해했다.

"걔네들이 밥통 색깔 물어보고, 거기 어울릴 것 같다고 그 색깔로 해준 건데, 그걸 어떡하니?"

　나는 신뢰, 박애, 희망, 관용이라는 보편적 진리에 충실한 마음가짐을 스스로에게 심어주기 위해 애썼다. 내가 자의로 집을 꾸미는 이 순간을 평생 기다려왔다고는 못하겠다. 하지만 인테리어의 시작은 주방인데, 내가 꿈꾸는 목가적인 주방이 팥죽색 물결 속에 잠겨버리고 말다니.

　나의 항거로서, 화가 형이 부산에서 트럭으로 보내준 약장을 내 방에 들여놓자 엄마는 콧등으로 날렸다.

　"색깔이 도대체 우중충해서 난 참 답답해."

　"이건 우중충한 색깔이 아니라 세월이 남긴 자취 아냐? 사람이 어쩜 그렇게 미감이 없어?"

　엄마의 완강함은 500톤의 강철로 만든 것 같았다.

　"알았어, 알았어. 서재에 둘래. 그럼 되지?"

　그것만이 꿀리는 나의 회유였다.

　까만색 식탁을 사고 싶다고 했을 때도 엄마는 비만한 고양이처럼 풀썩 뛰어올랐다.

　"검은색 식탁이 뭐가 좋니? 난 어둡고 컴컴해서 싫다. 아니, 넌 속이 그렇게 까맸었니? 그렇지 않은 줄 알았는데? 그러니까 결국 너는 너 원하는 대로 다 하겠다고? 그래, 좋겠다 좋겠어. 너 혼자 네 친구들 다 데리고 와서 실컷 놀아라!"

　어느 날의 거실엔 「최후의 만찬」이 걸려 있었다. 나는 못질 하나도 떨려서 못하고 있는데, 그림 하나 거는 데도 무수한 고안과 번민이 필요한 건데,「최후의 만찬」은 그 옆 조명등과의 거리도 고려되지 않은 채 무신경하게 걸려 있었다. 내가 가진 수집품들은 집을 장식할 날만 지루하게 기다리는 판국에……

드디어 우리 집은 해안가 무심한 칡덩굴처럼 퍼져버렸다. 그러나 이런 이야기는 신중해야 했다.

"저 최후의 만찬 있잖아, 그거 엄마 방에 걸면 안 될까?"

"왜에?"

"거실하고 어울리지 않잖아. 예수님이 싫어서가 아니야. 솔직히 마음에도 안 들고."

"싫어."

"왜?"

"교회 사람들이 해준 건데, 우리 집에 다들 와서 그림 어디 있나 확인하고 싶어질 거 아냐? 근데 내 방으로 숨어버리면 얼마나 실망이 크겠어?"

"하지만 그 사람들은 아주 가끔 오고, 나는 매일 집에 사는 사람이잖아."

"안 돼! 저기에 걸어두고 평생 볼 거야!"

..

내 의지와 상관없이 우리 집을 채운 사물들을 볼 때마다 나는 호주머니에 달러를 잔뜩 쑤셔 넣고 입국심사대를 빠져나가는 사람에게 출국비자를 찍어준 것처럼, 뭔가 알고도 당한 기분이 들었다. 그러나 생각해보면 우리 집의 진정한 주인은 엄마이므로 당신 취향대로 꾸며진 왕국에서 종일 활개 치며 거할 자격이 있다. 그러니 책상 밑에서 치토스만 먹고 자기 바쁜 벤처 사무실 같은 내 방부터 치우는 게 옳았다.

　엄마가 집에서 보내는 시간은 장엄하다. 왜냐하면 혼자 있는 동안 나의 모든 오점을 덮어주니까. 진리는, 내가 승복하면 엄마는 관용을 베푼다는 것이다.

#6

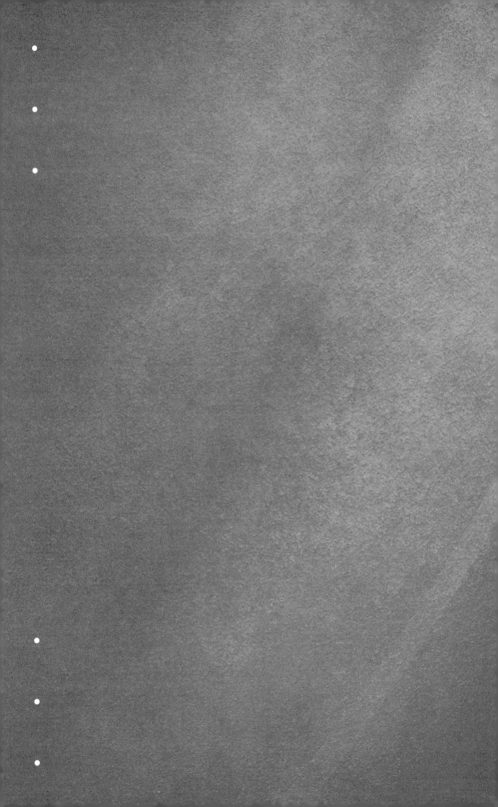

된장찌개
하나
먹는 일

··　　　　그날 밤 지구의 모든 술을 다 마시고 아침에 눈을 떴을 때 회전천장으로 인테리어를 새로 했는지, 월미도의 인디아나 존스가 여기 생겼는지 천장이 삐꺽삐꺽 돌고 있었다.

물 한 잔 마실 기운도 없는데 일찍부터 밥 먹으라고 다그치는 엄마의 목소리가 먼 데시벨로 들렸다. 나는 샌드페이퍼와 이태리타월을 함께 쥐고 문지른 듯 보풀 이는 목소리로 "안 먹어!" 외치곤, 다시 풀썩 널브러졌다. 산수유 열 톤을 한 번에 먹는다고 해도 더는 대답할 수 없었다. 그러나 같은 대사가 두 번 더 반복되다가, 그 마지막 한마디가 들리자마자 걷어차인 듯 식탁에 가 앉았다. 어떤 강요보다 힘이 센 그 말의 파괴력을 엄마는 결코 의식하지 못했을 것이다.

"아이고, 싫음 말아라. 나 혼자 먹을란다!"

아침을 먹지 않는 사람들의 텅 빈 냉장고를 볼 때마다, 한데서 사랑을 찾아 헤매듯 집 밖에서 식욕을 채우는 그들을 동정한다. 즉, 나는 매일 아침을 엄마하고 같이 먹는다. 아들이, 아침에 나갔다 하면 새벽에 들어오는 술주정뱅이인 데다 주말이 되면 자기 방에 틀어박혀선 해만 지면 밖으로 싸돌아다니기 바쁘니, 둘이 마주 앉는 시간은 오직 아침뿐.

집이란 개념이 처음부터 잘못된 것이라면 음식 또한 마찬가지다. 우리가 마음의 안식처라 믿어왔던 집을 변질시킨 것은 음식의 본질을 바꾼 것과 다르지 않을 테다. 그러나 음식은 집, 사랑, 관계 같은 근원적 욕구와 다른 아주 원시적인 무엇. 단순히 차의 기름 같은 것. 누군가에게 베이글은 좋은 음식이겠지만 나에겐 식도락의 즐거움이 없는 빵 덩어리일 뿐이다. 하지만 음식이 생리적인 필수품 이상의 것이라면, 평온한 가정 안과 에로틱한 긴장이 있는 저 밖의 세상, 동시에 존재할 것이다.

사실 30년 만에 꺼낸 신 김치도 어른이라면 먹을 줄 알아야 한다. 쑥갓이나 당근을 먹지 못할 때, 생간과 장어와 홍어를 혐오할 때조차도. 나이 들어서야 알게 된 사실은, 세상엔 멸치젓이나 굴이나 선짓국처럼 어른의 맛이 있다는 것이다. 하지만 태어나 지금까지 숱한 음식의 맛과 질감, 얼마나 많이 한 입에 넣을 수 있는지까지 실험해온 세월 속에서 가장 먼저 떠오르는 건 엄마가 끓여준 된장찌개다.

··

　모든 게 다 끄집어내진 주방처럼 일상이 지지부진할 때 엄마의 된장찌개 냄새가 나면 마음이 먼저 환호한다. 식탁으로 돌진하는 그 순간엔 조리대를 더럽히는 반찬 자국, 먹다 남은 과일, 여기저기 흩어진 봉지커피, 기름이 범람하는 프라이팬 같은 건 아무 상관없다.

　엄마가 한 국자 떠서 건네주면 갑자기 공간이 뒤로 물러나고 어금니가 마비된다. 단지 맛보는 것만으로는 표현할 수 없는 미묘한 구부러짐, 자동차 배터리의 양극에서 터져 나오는 것 같은 짜릿함. 이미자가 혀 위에서 빠른 템포의 노래를 부르는 것 같기도 하고, 정가_{正歌}의 구음이 흐느끼는 것 같기도 한……. 된장찌개는 엄마가 나에게 할 수 있는 최고의 표현이라서, 그 맛을 그리워할 때마다 묵혀둔 형용사가 날뛴다. 된장찌개를 먹는 건 획일화된 세계에 대한 날것 그대로의 감정을 새로 가슴에 품는 일이기 때문에.

　된장찌개 하나 먹는 일에 내가 보이는 이런 수선스러움은, 엄마에겐 음식을 만들어 식솔을 거두던 지난 일생을 알아주는 자식과의 찰나이기도 하다. 이윽고 포만하게 이어지는 모자의 대화는 세상에서 가장 마음이 놓이는 광경이라는 걸 서로 배우는 것이다.

　엄마는 음식을 잘한다. 요리가 아니라 음식이라고 한 건, 모든 부모처럼 엄마 역시 무슨 요리학원이나 스승으로부터 '사사'하지 않았기 때문이다. 하지만 맛있다고들 알려졌거나, 기절초풍 비싸거나, 고스란히 전통적이거나, 유행의 최전선에서 널을 뛰는 음식점에 뻔질나게 들락거려도, 엄마가 해준 게 더 낫다. 직접 만든 음식을 내세워 자랑한 적 없는 엄마도 텔레비전 요리 프로그램에서 소위 요리 연구가들이 마구 요리법을 설명하고 있으면 "야, 재료가 저렇게 좋으면 그냥 먹어도 맛있겠다. 저런 게 무슨 요리 솜씨야?" 하며 야유하는 축이다. 결국 엄마의 음식 솜씨가 별로였다면 내가 이렇게까지 뚱뚱해지진 않았을 것이다(참으로 감읍한 말이군. 아무튼 나도 단 하루만이라도 날씬하다는 천국의 축복을 받고 싶다. 그러나 사람들은 뼈보다 살을 더 좋아하니, 몸을 얇게 만드는 모든 수고란 얼마나 헛된가).

정말 누구를 좋아하는 마음이 스멀거릴 때 나의 가장 친절한 초대의 말은 "우리 집에 와서 엄마의 된장찌개 한번 먹어봐"이다. 엄마의 된장찌개를 먹기만 하면, 냉담하고 둔감한 누구라도 감탄사를 발사하고야 만다. 그 감동을 위해선 빈 동그라미, "와……!"라고 소리치는 입 모양 하나면 족하다. 음식을 만든 사람에겐 그걸 맛본 이들의 작은 이야기 하나하나가 엄청난 참견이나 비판으로 받아들여질 텐데 엄마는 기세등등했다. "난 다른 게 아무리 맛있다고 해도 내 된장찌개가 최곤 것 같아."

그래서 우리 집 식탁에 앉은 누군가에게 "열무김치 먹어봐. 엄마가 몸이 그렇게 아픈데도 장 봐서 만든 거야. 맛있지?" "고등어조림 어때? 무부터가 다르지?" "잡채는 왜 안 먹어? 우리 엄마가 해준 게 맛없나부지?" 짓궂게 능칠 때마다 엄마는 "개, 밥 좀 편히 먹게 그만 좀 해라. 아니, 사람이 바로 코앞에서 맛있지? 맛있지? 그러는데 어떻게 맛없다 그래?" 나에게 경적을 울렸다.

그러나 엄마는, 사실만 전하는 것이 나의 생업솜씨라는 걸 아직도 모른다. 아무튼 그 말을 하고 나면 나 스스로에게 좋은 일을 한 것 같고, 그 사람도 왠지 운이 좋은 것 같고, 서로 값진 사람이 된 듯 즐겁게 착각하는 것이다.

엄마의 냄비는 르쿠르제도 아닌 그냥 무쇠솥. 내적으로 충만한 삶을 살았건 아니건 엄마에게 시각적 자극이나 세련된 편안함은 중요하지 않다. 주방을 장식하고 서랍을 일일이 내보이기에는 인생이 너무 짧으므로.

된장찌개의 비밀이 따로 있을 리도 없다. 초과한 재료비에 더해진 죄의식 같은 건 당치 않은 일. 달걀이나 고기의 단백질 온도 변화는 요리 산업에서 최대한 활용되는 정보이며, 60도와 61도로 열을 가하는 것엔 엄청난 차이가 있다는 얘기 따위는 엄마와 아예 상관없다. 그냥 된장에 멸치 넣고, 두부 넣고, 호박 넣고, 양파 넣고, 바지락을 넣으면 끝. 집에 있는 재료에 따라 들어가기도 하고 빠지기도 하는데도 마트용 된장과 비교할 수조차 없고, 유서 깊은 절간에서 만든 것보다 더 깊은 맛이 난다. 모든 건 엄마가 직접 만들었기 때문에.

..

엄마의 가슴속에는 늘 절기가 순환한다. 얼마 전에도 같이 마트에 갔다가 오는 길에 그랬다.

"내일이 청명이고, 그 다음 곡우, 입하, 소만, 망종, 하지야. 이때 감자를 심고 세 달 지나면 감자를 캐 먹는 거야."

처서가 되면 가을이 오고, 입하는 여름이 오는 거라고, 엄마는 달력을 만든 중국사람 같은 지혜를 펼쳐 보였다. 결국 우리가 시간의 일부라는 것까지.

스스로의 존재감을 드러내는 엄마의 여러 의식 중에는 이따금 쓰는 일기, 가족들의 생일 점검, 명절 밥상 준비, 아버지 추도식, 예배당 가는 일요일, 산천경개 좋은 곳으로 친구끼리 떠나는 여행이 있지만, 철마다 그 나이 그 몸으로 만드는 된장이야말로 엄마에겐 가장 생생하고 보다 싱싱한 절차이다.

이윽고 가을이 늦어지면 엄마 가슴은 된장을 만들어야 한다는 숙제로 물결쳤다. 올해도 엄마는 천장을 보며 무늬를 세고 있었다. 워낙 봄부터 김장이며 된장 만드는 날짜를 헤아렸다. 꼭 몸을 괴롭히지 않으면 세상이 끝나는 운동 중독자처럼(어제도 잠깐 밖에 나갔다가, "지금 어디니? 쪽파 사야 되는데." 어쩌라고, 싶은 전화를 받았다. 그러나 광화문에 있다가도 당장 달려가 카트를 밀 수밖에 없었다. 김장을 하고 된장을 담그는 건 엄마의 파종이며 추수이자, 뺏길 수 없는 지분이라는 걸 알기 때문에).

"올해 된장도 네가 좀 거들어줘. 작년에도 네가 도와주는 바람에 일이 얼마나 쉬웠니?"

"우리, 사 먹음 안 되나? 마트나 어디, 이름난 된장공장에서 사 먹으면 되지, 한 번 하고 나면 며칠을 끙끙 앓을 걸 뭘 그렇게 장 담그느라고 수고를 해?"

"내가 죽기 전까진 네 누나 거까지 해줘야지."

"자꾸 '죽기 전까지' 그런 식으로 말 좀 하지 마."

"사람은 다 죽어."

"알아. 엄마도 죽고 나도 죽어. 그래도 모든 아들은 자기 엄마만큼은 안 죽기를 바라는 거야."

그러니까 엄마는 목숨을 걸고 된장을 만들었다.

..

11월이 되면 엄마는 헝겊인형처럼 주저앉아 있다가도 기어코 떨치고 일어났다. 콩을 삶아 으깨선, 메주를 탁탁 네모나게 다듬은 다음 거실이며 베란다에 뉘어 말렸다. 다음 해 2월이 오면 거기에 소금물을 부었다가 다시 한 달 후, 맨 위에 고인 물을 조선간장으로 먼저 뜨면 그 밑에 질퍽하게 남은 덩어리가 비로소 된장이 되는 것이다. 별다를 것 하나 없는 과정은 그 옛날 외가에서 외할머니가 하시던 바로 그 방식이었다.

범절 있는 종갓집 뒤뜰이나 통도사에서 몇 십 년을 견딘 된장독의 장관은 아니지만, 우리 집 베란다에도 1년, 2년, 3년 빈티지의 된장이 독마다 가득 연병장처럼 도열해 있다. 내 말은, 매년 어느 한 철만 되면 그림 같은 우리 집에서 쿰쿰한 냄새가 요동친다는 것이다. 요즘 세상에 어느 누가 마당도 없이 칸칸이 구획된 아파트에서 콩을 삶고, 메주를 띄우고, 그 세월을 기다려 된장을 만든단 말인가.

"뭐, 별게 있어? 메주 끓여서 장 담그잖아. 절여놓고선 한참 있다가 그 다음부터 먹는 거잖아. 오래 묵혀 먹으면 더 맛있잖아. 된장은 해마다 해야 돼. 된장이 떨어졌을 때 사다 먹는 건 싫고 또 비싸잖아. 웬만큼 사와봤자 눈 안에도 안 들어와. 내가 움직여서 해 먹으면, 품은

들지만 알아서 맛있게 실컷 먹을 수 있는 거를."

서핑 챔피언의 뚝심조차 엄마에겐 우스워 보였을 것이다.

올해는 콩 10킬로그램으로 된장을 담갔다. 콩 20킬로그램이었던 적도 많았다.

"이번엔 콩을 조금만 사서 그것만 한 거야. 내년엔 더 많이 할 거야. 두 배를 해야 여유 있게 먹고 가족들도 주고 그러지. 아, 올핸 콩이 비싸서 정옥이한테(외사촌 누나) 부탁했는데, 농부들이 콩을 수확해서 털어서는 타작을 하잖아. 그때 다 콩을 팔아서 집집마다 없더래. 그래서 콩 농사지은 몇 군데에 물어가지고 그것만 사왔더라."

아무것도 아니게 보이는 음식을 준비하는 데도 어느 정도 공이 든다. 감자 껍질을 벗기는 일이 진정한 쾌락이 되기 위해서는 단순히 만드는 것으로 끝나지 않는 수고가 필요하다. 심지어 이건 된장이다! 그래서 나도 조금 거든다. 콩 담은 큰 양동이를 가스레인지에 올려놓거나, 삶은 콩을 포대자루에 넣고 질겅질겅 밟는 단순한 노동쯤은! 그러나 들고, 젓고, 담는 정도로는 엄마 맘에 찰 리 없었다. 엄마는 콩을 삶고 된장을 만들 때조차 이렇게 말했다.

"잘 봐. 내가 하는 걸 잘 기억해두었다가 나 없으면 그대로 따라 만들어봐."

이제부터 엄마가 가르쳐준 모든 것을 나 혼자 붙잡고 가라고?

"올해 만든 건 메주 껍데기만 건져낸 것에다 보리쌀을 삶아 섞고, 김장 때 따로 떼놓은 고추씨도 같이 빻아 넣어서 훨씬 더 맛있을 거야. 보리쌀이 들어만 가면 원래 더 맛있는 거야. 보리가 들어가면 뭐든지 맛있어."

　의학적 금기가 그렇게 많은데도 엄마는 싱겁게 먹지 않았다. 혀의 미뢰도 둔감해진 데다, 조절해야 한다는 생각조차 없었다. 그래서 나는 이따금 짠 음식과 건강의 상관관계를 설파하다 말고 한숨을 쉬었다. 그렇게 걱정되면 직접 장을 보고 음식을 만들지, 그런 건 하나도 안 하고 입으로만 걱정하는 게 스스로 가증스러워서. 그러나 내가 할 줄 아는 건 엄마가 마트에서 여자 첩보원의 눈으로 식재료를 고를 때 주위를 어슬렁거리는 것뿐이었다. 결국 엄마는 방점을 찍었다. "네가 잘하는 건 딱 두 가지야. 책 보는 것과 처먹는 것."

　..

　그래. 나는 요리를 못해. 그런데 그건 나의 핑계다. 밥 정도는 지을 줄 안다(물을 제대로 맞춘 적이 없다). 라면은 끓인다(번번이 퍼진다). 감자도 삶는다(그때마다 박살낸다). 비빔국수라면 괜찮다(면은 잘 삶는데 양념이 항상 문제다). 결국 뺏어 먹는 횡포만 늘었다.

　미슐랭 가이드가 우스운 셰프로서 내 친구 구호는 나와 완전히 달랐다. 조물조물 봄나물 무치듯 말로도 손으로도 요리를 잘하는 구호가 먹는 걸 미끼로 제 집에 불러선, 금방 지은 밥과 불고기 반찬, 완자, 당면 탕, 자기가 담근 별의별 김치로 상을 차릴 때, 1년 동안 냉동실에 쟁여둔 홍시를 내놓을 때, 도대체 언제 이런 걸 다 만들었나 싶은 감격에 덮어놓고 실컷 먹을 때, 요리의 아리아는 능수버들마냥 식탁 위를 넘실댄다.

마침내 다 먹고 숟가락을 놓을라치면 구호는 검지를 추켜올리며 애원하는 것이다. "딱 한 숟갈만 더 먹어. 딱 한 숟갈만." 그 맘을 거절 못 하고 난감한 그릇을 내밀면 머슴밥보다 더 높이, 폭력적으로 밥이 담긴다. 풍선처럼 배가 부풀다가 급기야 양수까지 터진 나에게 직접 밀었다는 칼국수까지 후식으로 내밀면, 혹시 저치는 내가 날씬한 게 싫은가, 친구를 사육하듯 먹여서 뚱보로 만드는 게 현대의 우정인가, 회의하기 바쁘다.

엄마가 심하게 앓던 어느 날, 나도 구호처럼 요리 한번 해보고 싶었다. 마침 엄마가 근처 재래시장에서 사둔 조림용 멸치가 있었다. 나는 멸치조림의 맛을 추리해보았다.

우선 올리브기름으로 팬을 두르고 멸치를 조금 볶다가 간장을 세 스푼 넣은 다음 벌꿀을 살짝 부었다. 순서도 조리법도 모르는 채 프라이팬 위를 주걱으로 드르륵 젓다 보니 렌지 후드와 벽타일에 기름이 미친 년 널뛰듯 했다.

내가 부엌에 서 있거나 달그락 소리만 내도 뭔가 깨부술까봐 "거기서 뭐 해?" 노심초사하시던 분이 그날따라 기운 없이 텔레비전 앞에서 자고 있었다. 조금 후, 굳이 엄마를 깨워 멸치조림을 입에 넣어드리자 느닷없이 잠에서 깬 채로도 그 입술의 표정이 나쁘지 않았다.

"맛있다."

"그렇지? 나 잘 만들지?"

"어디서 배웠어?"

"아니, 그냥 내 생각에 이렇게 하면 될 것 같아서."

"이젠 나 없어도 되겠네……."

부엌의 영역을 내준 언어의 텅 빈 공간에는 기특함과 서운함이 섞여 있었다. 내가, 직접 만들 줄도 모르고 당신이 해주는 것만 먹는다는 게 엄마에겐 애면글면 근심의 뿌리였다가, 반찬이랍시고 뭔가 만들었는데 그게 제법 꼴을 갖추었으니……. 하지만 내가 그 다음 반찬으로 두부를 기름에 굽기까지는 세 달이 걸렸다.

..

아까도 엄마는 열무김치 담근다고 거실 가득 열두 단을 펼쳐놓고는 베란다에서 스테인리스 양푼을 가져오라고 소리를 질렀다. 베란다에는 새로 담근 된장이 독 두 개에 담겨선 강물처럼 끝 모르는 냄새를 풍기고 있었다. 그야말로 완전한 된장 레시피의 위용이랄까. 순수한 것만 걸러내고 평이한 건 다 내다버린 커피 같달까.

"정말 된장이 색깔까지 맛있네. 엄만 언제까지 된장 만들 거야?"

"내 힘 닿는 데까지."

사람들은 늘 자기가 어떻게 사는지, 어디에 앉는지, 무얼 보는지, 어디에서 쉬는지 마음을 쓴다. 어렸을 때의 추억이 깃든 가구나 베갯잇 하나 남은 게 없다고 해도. 하지만 부엌에 있는 엄마를 볼 때마다 내 몸과 마음이 어디 있는지 그때마다 명확해진다.

가끔 나도 된장찌개를 만들어보지만 된장이 같은들 엄마의 맛이 날 리 없다. 하지만 엄마에게 일일이 물어 낱낱이 알고 싶지 않다. 내가 드디어 엄마표 된장찌개의 오묘한 맛까지 터득했다고 생각하면 나를 양육한다는 책임으로부터 편안해질까봐. 그럼 의욕 하나를 덜어내 어쩜 엄마가 무력해질까봐.

카레라이스

 ‥   　때로 문 밖에 서서 옆집에서 풍기는 마리화나 냄새를
맡으며 기뻐하는 꿈을 꾼다. 마약을 달라고 애원하는 내 혓바닥은 퍼
렇게 변해 있다. 어디선가 너는 병들었고 결코 희망이 없다는 거짓말
쟁이들의 고함소리가 들린다. 그럼 나는 얼굴에 침을 뱉게 만드는 몰
골인 채, 입으로 말할 수 없는 것들을 발음하기 위해 부들부들 애를
쓰는 것이다.

　희화하고 한심한 꿈을 꾸고 나면 지나치게 절여진 고등어처럼 지
쳐버린다. 허공을 향해 눈만 뜨고 누워 있으면 침대가 덮개지붕이 있
는 사주식처럼 느껴지고 뭔가 투옥된 기분이 든다. 그러나 호흡을 멈
추고 기다리면 고요는 소리를 낸다. 쓰으, 하는 찌르레기 소리를.

　머리는 솥보다 무거운데 마음만 삼베같이 한가로운 일요일, 방문

너머에선 츠츠츠츠, 압력밥솥에서 나는 증기 소리가 캐시미어에서 나는 정전기 소리로 들렸다. 거기엔 달그락거리다가 우당탕탕 심벌즈를 치듯 파찰음을 내는 엄마의 기척이 곁들여졌다.

책을 펴니 방향제 같은 술 냄새가 퍼졌다. 이대로 책을 얼굴에 덮고 폭삭 잠자고 싶었다. 그때 우당탕퉁탕 방문이 열리고 고릴라 엄마가 폭풍의 청소기로 픽픽 내 방을 때려 부수기 시작했다. 즉, 이제 자리에서 일어나기만 하면 막이 바뀌고 만찬이 기다리는 것이다.

내가 본 것 중 가장 투박한 손이 더듬더듬 심봉사가 되어 냉장고 문을 열었다. 엄마는 기다렸다는 듯이 핀잔을 했다.

"또 뭐가 먹고 싶구나? 집에 있으면 하루 종일 먹는 게 일이야."

아니, 라고 대답하고 싶은데, 대용량 광주리가 엎어진 것 같은 배가 티셔츠를 쑥 들추었다.

"글쎄, 오늘따라……."

"오늘따라? 맨날 그러지 무슨 오늘따라야? 위장이 너보고 뭐라 그러겠다. 자꾸 귀찮게 한다고."

식탁 위엔 20년대 보울에 서빙되는 샴페인과 베네딕트 수도원에서 기른 은접시 위의 달걀보다도 '스토리텔링'이 탄탄한, 고기도 없이 야채로만 만든 카레라이스가 놓였다. 어쩜 이것이 세계 최초의 놀이동산에서 파는 유기농 음식이 아닐까.

"아, 맛있어."

턱에 흐르는 카레 소스를 닦아낼 때 허기조차 신성하게 느껴졌다.

"내 손이 내 딸이다."

엄마의 자랑이 두 번째 소스처럼 끼얹어졌다.

"엄만 진짜 최고의 요리사야."

"난 최고 싫어."

"어, 왜?"

"최고는 추락하니까……."

주변 일들이 이 카레라이스처럼 맛있게 느껴질 때, 일상의 열쇠랄까, 나는 비로소 비밀스러운 부유함을 갖춘다. 모든 게 정말 잘될 것 같은 즐거운 한숨과 함께. 다른 날에 비해 유난스러울 것 없는 아침의 일이었다.

나는
고아가
아니야

　·· 내가 숨 쉬는 공기 속엔 다양한 영역, 애정, 혼란이 공
존한다. 그러나 세속적 의미로 나의 처지는 어쩐지 나를 아주 취약한
상태로 노출한다. 그래서 타인에게서 행복을 구했다. 나의 기념일을
잊지 않는 친구들을 볼 때만큼은, 행복은 커다란 스페어타이어처럼
내 허리에 돌돌 말려 있다.

그래서 언제나 행복하다고 우겼다. 행불행에 대해 생각해본 적이
없을 만큼 행복한 건 아니었다. 그러나 엄마가 안 계시다면, 정확한
방위로 나의 위치를 알려주는 도로 안내판을 잃어버린다면, 다시는
그 두 음절을 발음할 수 없을 것이다.

엄마의 생일날 나는 비행기 이륙 전 스튜어디스들이 보여주는 '안
전 설명'처럼 꼭 거쳐야 하는 일로서 전화를 했다.

"갖고 싶은 거 있음 말해봐."

"즐거움!"

반사적인 외침이 되돌아왔다. 나는 웃었지만 드라이 바람으로 자포자기된 머리처럼 의구심이 부풀었다.

"엄만 나하고 사는 게 별로 안 즐거운가부지?"

"즐거울 것도 없고, 안 즐거울 것도 없고."

운율이 섞인 대사는, 엄마의 즐거움이란 거의 생화학적으로 파괴되기라도 한 듯 데면데면하게 들렸다.

곧 어머니날이 왔다. 비행기 착륙 전의 최종 확인처럼 반드시 뭔가 해야 하는 날, 하필 1원도 없었다. 아침 식탁에서 빈곤한 눈으로 엄마에게 물었다.

"엄마는 꽃은 싫지?"

"싫어."

"그럼 딴 거 갖고 싶은 거 있어? 퇴근하면서 사줄게."

"난 다 필요 없다. 방이나 어지르지 말아라. 방에 들어가면 이불 똘똘 말아 탁구공처럼 만들어놓고, 네 몸만 신경 쓰면 그게 다니?"

모래 동굴 같은 내 입은 대꾸를 밖으로 내보내지 않았다. 엄마에게 스무 개의 립스틱과 열 개의 마스카라 따위가 무슨 소용이 있을까. 말 탄 로버트 레드퍼드와 비단 안감 같은 장래가 무슨 의미가 있을까.

..

마감은 여름철 솜으로 속을 댄 바지를 입은 것보다 고역스러웠다.

초대받지 못한 파티에서 물 한 잔 못 얻어 마신 것 같은 박탈감은 머리 위로 매일 실컷 쏟아졌다.

그날 밤 겨우 집에 와선 거실 벽에서부터 스르르 미끄러져 앉았다. 말없이 엄마하고 텔레비전을 보는데, 순간적으로 마음이 종이 가루가 되어 밑으로 내리꽂혔다. 어머니날 선물을 잊고 있었다!

우리가 둘이 살게 되면서부터 나는 차라리 매일 소풍이었다. 즉, 엄마는 오색김밥에 사이다까지 다 챙겨 나를 먹였다.

가책은 분필로 그은 것보다 더 선명했다. 지금 막 자아를 찾은 성인의 목소리를 내려고 해도, 나는 역시 믿을 수 없고 불안정한 아들이었다.

"오늘, 어머니날인데 나, 엄마한테 아무것도 못 해주고, 정말 미안해……."

언제나처럼 나의 내부에 머무르는 목소리.

"너는 매일이 어머니날처럼 대해주잖아."

엄마의 톤은 고정된 채 무심하게 들렸다. 기계적인 동시에 사려 깊게 들리기도 했다. 순간적으로 횡경막이 막히고 눈에 구름이 몰려들었다. 나의 시선은 소파 위에 얹힌 대수롭지 않은 먼지들, 케이블방송의 다큐 프로그램, 조금 어두운 거실등을 좇았다.

내 방은 사각형 스탠드가 비추는 노란 옥수수빛 말고는 둔탁하게 어두웠다. 입에 다시 모래가 찼다. 나는 나처럼 어머니와 둘이 사는 친구에게 전화를 했다.

"나도 그런 일이 있었어. 오늘 아침에 내가 어머니한테 물었거든.

어머니는 나하고 사는 게 몇 퍼센트 좋으세요? 그랬더니 어머니는 100퍼센트, 이러시는 거야. 그 순간 눈물이 막 나오려고 하는 거야.”

“넌, 남자가 뭐 그런 것 같고……?”

애매한 핀잔을 했지만 우체통을 열 때 같은 위로를 받았다.

..

집에 돌아올 때마다 엄마에게 무슨 일이 생긴 건 아닐까, 겁내지 않고 문을 연 적이 없다. 집에 불이 꺼져 있거나, 가만히 “엄마……” 하고 부를 때 기척이 느껴지지 않으면 시간이 정지해버린다. 시계가 다시 움직이는 걸 느끼면 뭔가 달라져 있는데, 그 공기 속엔 엄마의 부재만큼 슬픈 확신도 없다는 끄덕거림이 섞여 있는 것이다.

오전 2시에도 엄마는 여자 옷이 널린 거실에서 재킷 단추를 달고 있었다. 옆집 성주 엄마가 여성복을 만들어 백화점에 납품하는 바람에 덩달아 일감이 생겼다. 처음, 집에 볏단처럼 쌓인 옷가지를 보았을 땐 우리가 무슨 극빈층도 아니고, 망연자실하기 바빴다.

“그 단추 하나 달면 얼마야?”

“20원.”

“하루 종일 하면 모두 얼마쯤 되는데?”

“한 만 원쯤 될라나?”

“그거 해서 뭐 하려고?”

“으응, 돈 많이 벌어서 너 맛있는 거 사주려고.”

“내가 뭐 맨날 주리나, 뭐? 뭐 사줄 건데?”

"영덕게."

"하하하하."

매일 서로를 위한 목록을 궁리하는 건, 우리가 식료품점 냉동 코너
가 아닌 현실 속에서 살고 있기 때문이다.

"안 자? 난 맥주 한잔 하고 잘 건데."

"잠이 올 때 얼른 쫓아 들어가서 자야지, 잠 안 올 때 들어가서 뒹굴
뒹굴 천장 쳐다보며 이 생각, 저 생각 그러는 거 난 싫다."

..

검사 결과에 따라 입원할지도 모르는 어느 아침, 엄마는 병원 갈
채비를 갖추는 한편 당부도 잊지 않았다.

"내일 월급, 통장에 들어오면 돈 찾아서 내가 성주 엄마한테 빌린
돈 30만 원 바로 갚아라."

염통이 무릎 밑으로 툭 떨어지고, 마음에 부목을 댄 듯 꼼짝할 수
없었다. 올 것이 왔다. 엄마는 현실 감각이 티끌의 티끌만큼도 없는
나를 딱해하기 바빴지만, 나는 그때까지도 통장에서 돈 찾는 방법을
몰랐다. 카드를 긁는 것 말고 어떤 경제 시스템과도 무관한 건, 요량
없는 인생을 있는 그대로 요약할 뿐.

언젠가 엄마가 당신 서랍을 열어 보일 때도 그랬다.

"잘 들어. 내가 혹시 갑자기 죽더라도 이건 무슨 무슨 보험이고, 이
건 무슨 무슨 통장이니까, 잘 알아서 여기서 돈 얼마 찾아서 저기로
또 얼마 집어넣고……."

난수표처럼 복잡한 일이었다. 나는 그녀의 추가된 아들이 아니라 사려 깊은 보호자가 되고 싶었다. 하지만 나에게서 그렇게 낙심천만 한 폭탄을 발견할 때마다 죄 사함 받지 못한 배덕자가 될 수밖에 없었다.

..

곧 소연의 아들 영재가 인사동 경인 미술관에서 어른 작가와 2인 전을 갖게 되었다. 따로 배운 적 없는 아이의 컴퓨터 그래픽이 그렇게 조형적일 수가.

"어딜 가니?"

나는 걸음을 떼며 말했다.

"응. 친구 아들이 전시회한대."

잠깐 닫힌 엄마 입술에는 티가 하나도 없었다.

"넌 친구 아들이 벌써 그렇게 큰 걸 보면 기분이 어떠니?"

"자랑스럽지 뭐."

"그리고?"

"그리고 뭐?"

"정신 차려. 이쪽저쪽 동서남북으로 정신 흩뜨려놓지 말고."

"묻겠는데, 내가 딴 여자 만나서 그 여자, 엄마보다 더 좋아하면 엄마 좋겠어?"

엄마를 계몽시키는 동시에 내 자신을 안심시키고 싶었다. 중요한 건 구조와 규칙이 아니라 관계 그 자체 아닌가. 가족이 넘쳐 바닥에 매트리스를 깔고 잠을 자야 하는 밤, 상다리가 부러질 만한 음식, 넘치는 술, 애달픈 논쟁, 행복한 혼란…… 그 모든 것을 다 합해도 엉성한 내 삶이 열 배는 더 풍성하다고.

"그러나 그게 자연이다!"

가벼운 일축. 엄마의 정신적 지형을 구성하는 통념, 도덕성, 신앙, 기쁨이 뒤섞인 지도를 그리라면 그릴 순 있다. 엄마는 흡수력이 강한 가족을 도저히 포기할 수 없다. 그러나 라디오에서 들리는 소리가 어느 부품에서 나는지 알 수 없는 것처럼 결국은 막연한 일이었다.

하늘은 동대문에서 끊은 파란 천 색깔로 덮여 있었다. 미술관 가는 길에 내가 살아갈 세월을 짐작해보았지만, 엄마 없이 내가 살아갈 세월은 똑같을 뿐이라는 결론만 익숙했다.

"난 더 이상 약으로는 듣지 않아. 그냥 조금씩 약으로 통증만 다스리면서 사는 거야"라고 엄마가 말할 때, 견딜 수 없이 느린 속도로 걷다가 길이 조금만 경사져도 아파트 화단에 앉아 숨을 고르는 엄마를 바라볼 때, 문득 내 앞에서 좌절한 듯 고개를 저을 때, 항상 열중하며 살던 여자가 결국 지치고 말았을 때…… 차곡차곡 쌓인 그 영상은 내가 엄마의 건강에 감정적으로든 실존적으로든 참여하지 못했다는 것만 추궁했다.

엄마하고 추억을 많이 만들어야 한다는 생각은 강박이 되었다. 잠원동에 살 때 우리는 자주 아파트 화단에서 민들레를 뜯었다. 때로 장갑과 작은 모종삽을 챙겨 고수부지에 나갔다. 엄마는, 이건 민들레, 요건 쑥, 저건 능쟁이라고 매번 가르쳐주었지만, 내가 죄다 엉뚱한 풀만 뜯는다는 면박도 잊지 않았다. 그때마다 나는 자조하며 풀밭 한쪽에 앉아 나오지 않는 휘파람을 불었다.

전시회를 보고 나오는데, 광화문 앞에서 잠깐 바람이 멎었다. 언제 멈추었을까? 갑자기 찾아온 정적 속에서 출혈, 영속성이라는 낱말이 떠올랐다.

사진을 배우고 싶었다. 순간을 응고시키는 사진의 마법 때문에. 그러나 용호 형이 사진기를 주었지만, 천 개의 대문을 열어야 하는 수동 조작법은 코란이 되어 나를 칼날 아래 처박았다.

나는 엄마에게 옛날 집처럼 작은 창고 너머에 해바라기 밭이 있고, 대문 안쪽으론 백일홍과 채송화가 있는 화단을 선물하고 싶었다. 아버지하고 한 번도 가보지 못했다던 덕수궁 햇볕 아래에도 모시고 싶었다. 수영복 입은 엄마도 보게 오키나와에도 같이 가고 싶었다. 그렇게 시간을 멈추고 싶었다. 엄마가 과거에 고립돼 있지 않고 미래에 관해 말하는 걸 듣고 싶었다.

하지만 사회 부적응자가 부적응자를 돌보려 하는 건 술 취한 자기 위무일 뿐이었다. 우리는 한 집에 사는 다른 두 사람. 내가 기십 만 원 하는 캘빈 클라인 수트를 호기롭게 긁어댈 때, 고통을 깔고 앉은 엄마가 단추 하나 달면 20원 받는 일을 하는 한.

..

밤에 조금 열린 방문으로 음향이 들렸다. 엄마가 단추를 달면서 쪽 가위로 실을 자를 때 '사각' 하고 스치는 소리. 창문을 마저 닫는 소리. 같은 음으로만 찬송가를 부르는 소리. 친구처럼 켜둔 텔레비전의 드라마 재방송 소리.

잠들기 전 무서운 생각이 천장으로부터 내려오면 내 허약한 감정은 천사가 나를 악에서 구해주리라고 믿었다. 하지만 저 문 너머에 우리 엄마가 있지, 하고 생각하면 방 안은 다시 엄마로 가득 채워지는 것이다.

바깥세상의 삶, 자기 야망이 부르짖는 신랄한 요구에 끝없이 응해야 하는 피상적인 세상으로 나아가기 전, 그러니까 난투극 직전의 아침에 나는 다시 물었다.

"엄마는 나하고 사니까 좋아?"

"그래, 왜?"

"뭐가 좋은데?"

"내가 너 말고 누구한테 가서 살아?"

"단지, 그것 때문에?"

"그래."

"매력 없어."

"내가 제일 좋아하는 내 아들하고 사니까 좋지. 내가 너 없으면 어떻게 살았을까, 죽도 못 먹었을 거야."

행복했다. 그러다 다리를 찰싹 맞았다.

"너, 다리 흔드는 게 얼마나 나쁜 건 줄이나 알아?"

엄마에겐 내가 중년 남자라는 인식 자체가 없다.

"나, 딴 데선 안 그래. 집이니까 이러는 거야."

"안에서 새는 바가지 밖에서도 샌다."

"안 새!"

또 한 대 맞았다. 엄마가 없으면 나는 고아지만, 지금은 하나도 고아가 아니다.

하얀
면화송이의
행렬

그 늦은 밤, 사과를 다섯 개 먹었다. 다섯 개 팩으로 이루어진 복부란 그저 꿈. 내 배는 이륜마차를 얹은 것보다 더 불룩해졌다. 배가 부르니 거울 속의 눈꺼풀이 조금 처져 보였다. 화가 난 것도 같고 졸린 것도 같은 저 얼굴의 주인은 누구인가.

착하게 앉아 김구의 자서전을 읽는 중이었다. 철저히 수집된 위인의 영광으로 나를 이끌고 싶어서. 어느 지점, 수증기 같은 행복이 자욱하게 밀려왔다. 문득 고개를 드니 엄마가 소화전처럼 복도에 서서 내 방을 들여다보고 있었다. 나는 불확실하면서도 진동처럼 나를 흔드는 충만함을 감출 수 없었다.

"엄마. 난 요새 너무 행복해."

"……그래…… 네가 행복에 싸여 있구나……."

나직한 어조가 방 안 공기 위로 실려왔다.

나는 성장하기 위해 몸부림치면서도 그 방법은 모른다. 분별은 있지만 종종 무모해진다. 그게 내 삶을 반영한다는 걸 모르진 않는다. 나의 나이 든 친구의 말처럼 인생은 균형. 매일 밤 악몽을 꾸다가 겨우 팔을 뻗어 불을 켜고는 아직은 다 괜찮다는 걸 확인하지만, 오늘 밤, 이것은 무엇일까? 여행 가이드 같은 이런 쾌활함은 무엇 때문일까?

엄마가 현관문을 열고 들어올 때 내 인생이 저 문을 열고 들어오는 것 같은 감흥은 매일 세면대에서 치약이 줄어드는 것을 볼 때마다 그녀가 나와 같이 산다는 구체적 실감과 섞였다. 나의 친구, 나의 카운슬러, 나의 치어리더.

..

도로는 어둠을 씻어냈다. 나무에서 물이 떨어지고 있었다. 수트부터 구두까지 까맣게 걸치는 동안 걸어 다니는 빗자루처럼 날씬하면 얼마나 좋을까, 그 생각만 했다. 그러나 팬케이크처럼 납작해진다고 해도 봄나물처럼 살찐 엉덩이만은 바꿀 수 없는 것. 나에겐 무책임한 자긍심이 필요하다. 그건 어떤 형태의 예절이나 취향도 다 받아들여지는 아이들을 위한 것. 나에겐 경제활동이 결부된 또 다른 세계가 남아 있다.

나는 내 자신을 따로 떼어내고 싶다. 다른 사람으로부터도 그렇지만 나 자신과도 분리시키고 싶다. 혹은 어떤 것에도 동화되지 않는 모순된 자아를 닮고도 싶다. 관대하고 위엄을 갖춘, 설마 내가 이러리라고는 생각할 수 없을 만큼 멋진.

하지만 어떤 날 오골계처럼 온통 까맣게 입으면 이음새 없는 유체
동물 같아 보인다. 그래도 수트의 마지막 단추를 채울 때, 그렇게 열
고 잠글 수 있는 단춧구멍을 보면 내가 듀크 엘링턴처럼 말쑥한 남자
일 수도 있겠단 생각도 든다. 예이츠처럼 해어져 없어질 옷의 누더기
를 위해 노래하진 않겠지만, 수트를 입음으로써 비로소 나는 엄마가
원하는 남자가 된다. 그래서 엄마는 이따금 자기가 만든 젠틀맨을 위
해 카레라이스를 해주셨다.

. .

카레라이스는 푸아그라보다 맛있었다. 우리의 빠른 스푼은 입속
으로 음식을 나르느라 분주했다. 치아가 달걀노른자색이 된 것도 아
랑곳하지 않고 웃음이 나왔다. 맛있는 것 하나에 이렇게 행복해죽겠
으니 지금까지도 나한테서 젖 냄새가 난다 한들 항변할 수 없다. 아
직도 자줏빛 출생 마크가 남아 있는 뒤통수로는.

식탁과 맞닿은 벽, 날짜가 주먹만 한 달력에는 칸마다 엄마 글씨로
경조사가 기록돼 있었다. 하나같이 생일, 결혼식 일색인데 11월의 어
떤 날짜엔 '엄'이라고만 적혀 있었다.

"여기 이 날짜에 '엄'자는 뭐야?"

한 숟갈 떠서 한입 가득 채우는 기쁨, 자꾸만 스푼으로 떠먹는 기
쁨에는 비밀과 죄의식이 결합되어 있었다.

"응, 내 생일."

"글쎄 왜 딴 사람들은 다 누구누구 생일이라고 적어놓고, 여기엔 왜 '엄'자만 썼냐고?"

"내 생일이잖아. 안 쓰면 섭섭하잖아. 그래야 잊어먹지도 않고."

나는 엄마 생일을 잊어본 적이 없다. 생일선물을 미룬 적은 많다. 다른 사람들이 천재지변이나 몇몇 핑계로 내 생일선물을 미루었다간 동네가 다 시끄러우면서.

"엄마는 나이를 더 먹는 게 좋아?"

"넌 어떠니?"

"난 좋아."

"모든 게 새로우니까?"

"그럼."

"새끼도 안 기르는데 뭐가 새롭니?"

"개 기르면 되잖아. 아, 우리 개 한번 길러볼까?"

엄마는 갑자기 북벌 나선 임경업 장군처럼 강경해졌다.

"나는 소도 기르고 싶다! 그러나 개는 안 된다!"

"왜?"

"누가 기른다고? 또 누가 돌보는데? 네가? 내가?"

개한테는 영혼이 있잖아, 라고 말하고 싶었다. 고양이를 기르는 게 안 된다면 또 모를까. 박정자 그녀도 그랬다. "개는 뭐든지 예뻐. 강아지는 뭐든지 예뻐. 아, 어린 것들은 뭐든지 예뻐."

고양이는 어쩐지 방종한 킬러 같다. 내가 어느 날 20센티미터 난쟁이가 된다면, 집에서 기르던 고양이가 날 괴롭힌 다음 죽여버릴지도 모르지.

"그럼 엄마가 돌보면 되잖아!"

"개도 자식이나 같아. 마음을 기울여서 키워야 되는데 너 회사 가고 나도 늘 집 비우고, 그럼 개한테 못할 짓 하는 거야."

"그래도 아주 어렸을 때 빼고는 우리, 개 길러본 적 없잖아."

엄마는 징징대는 나를 백정의 단칼로 잘랐다.

"네가 개를 집에 가지고 오면 그 순간에 아파트에서 떨어뜨려버릴 테니까, 그냥."

아예 쥐를 기를까? 그럼 엄마가 기절하겠지? 쥐들은 이혼한 변호사 커플의 환생이라는 미국 농담이 있었지. 내가 하도 엉뚱한 생각을 하는 바람에 엄마도 나를 보면 시속 300킬로미터로 급커브를 도는데 휴대전화가 동시에 미치도록 울리는 자동차 같다는 거겠지?

마지막 카레라이스 한 숟가락을 남기고 다시 물었다.

"엄마는 나이 먹는 게 싫어?"

"젊으면 안 아플 테니까."

"……."

"오는 건 순서가 있다고 하지만, 가는 건 순서가 없다고 하잖아. 내가 먼저 왔으니까 먼저 가는 거지."

그럴까? 엄마만큼은 아니지만 나도 나이가 들었다. 그야말로 눈한 번 깜짝하고 코 한 번 풀고 나니까 이 나이가 되었다. 어떤 때 거울을 보면 폐점한 가게 앞에서처럼 우물쭈물해진다. 어쨌든 어제의 나는 아닌 것이다. 물론 누구라도 별들의 운행 가운데 헤엄치는 유한한 족속일 뿐.

"난 나이 먹는 게 좋다?"

나는 진심으로 엄마를 위로하고 싶었다.

"우리는 위험에 처하면 천사도 찾고 그러잖아. 그런데 내가 오늘 이만큼 살 수 있는 건 나를 안전하게, 죽지 않게 지켜주셨기 때문이 잖아. 그러니 얼마나 오늘 하루가 감사해? 사지 멀쩡하고, 좋은 친구들, 잦은 선물, 얼마나 좋은데. 무엇보다 엄마도 있고. 내가 어제 죽었어봐. 그럼 오늘 이렇게 카레도 못 먹고, 엄마하고 얘기도 못하잖아."

거짓말은 아니지만 거기에 어른의 기품은 없다. 하지만 생각이 이렇게 가벼우니 인생이 점프 볼이었다면 훨씬 존중받았을 것이다.

"됐어. 빨리 회사나 가. 어떻게 된 게 매일 아침 서두른다면서 아홉 시야? 그 회사 그래도 월급은 주디? 그렇게 늦게 가서는 길 미끄럽다고 핑계 댈 거지? 길이 막힌다고. 그런 핑계가 어디 있니? 길 막히고 미끄러우면 이삼십 분 먼저 출발하면 되는 거지."

"나 출근할 때 집에서부터 기분 잡치면 하루가 너무 웃겨져. 그만 좀 해."

"잔소리 마. 맨날 늦게 출근하고, 맨날 늦게 들어오고."

"사는 게 바빠서 그래, 사는 게 바빠서!"

"누군 죽느라고 바쁘니? 유난 떨지 마라!"

엄마의 단호함엔 거친 우아함이 있다. 찢기고, 우연히 일어나고, 과장된 무엇들에 대한 최고의 단순함이랄까. 나도 엄마와 비슷한 희망과 두려움을 가졌다. 우리는 엉뚱한 별에서 갑자기 쏟아진 존재가 아니니까.

그래도 어떻게 저렇게 순전한 여자가 나 같은 불결한 아들을 낳았을까, 매일 자문한다. 그럴 때마다 이제부턴 헤롯 백화점에서 헤엄치는 공상따위 버리고, 손님을 맞는 호스트의 정중한 태도를 배워야지, 하고 생각한다. 어느 자리에 초대받았을 때 질척질척 어슬렁거리지 않고, 그 파티가 원하는 훌륭한 게스트처럼 행동해야지. 그렇게 사려 깊게 주의하면서 살면, 개츠비처럼 삶의 한 겹 한 겹 세세한 부분을 만들 수 있을지도 몰랐다.

..

그날 밤 거실 소파에서 잠든 엄마를 보니 춘궁기에 연료가 떨어진 집에 들어온 것 같았다. 그리고 이상한 연민으로 수축된 거실 공기.

엄마의 팔은 소파 밖으로 늘어뜨려져 있었다. 그 많은 세월 동안 삶을 재건해온 엄마의 통통한 손은 그날따라 동굴에 새겨진 앙상한 뼈 같아 보였다. 시간은 연장전으로 계속되는 플레이오프 게임이 아니라, 덤벼들고 나서 눈금을 가리키곤 금방 증발해버린다고 말해주듯이.

엄마를 지금까지 데려온 것은 나이 들어가는 자아에 대항하는 행위일지 모른다. 평생 지니고 가야 할 선물이라고 여겼던 것에 저항하는 싸움. 단순한 생명력과 단단한 피부만을 더 가치 있게 여기지 않는 마음. 누군가 보톡스나 메스로 얼굴을 당겨 올릴 때, 엄마는 시간에 반역하는 레지스탕스가 되었다. 엄마의 관점으로라면 모든 죽어가는 것에도 광채가 있기 때문에.

텔레비전에는 말기 암인 남편이 암으로 죽어가는 순간, 거룩함과 자아 존중감을 함께 보여주고 싶은 방송국 카메라와 촬영을 허락한 아내의 다큐 프로그램이 비쳤다. 남편의 마지막 순간이 오자 그녀가 낮게 외쳤다. "오, 하느님. 이제 그가 죽어가고 있어요." 내 시신경도 피아노 줄처럼 팽팽해졌다. 나도 키가 큰 나무가 되어 소리 치고 싶었다.

"왔니?"

엄마가 잠에서 깨어선 꺼끌꺼끌 천엽 목소리로 물었다.

"응……."

나는 화면을 가렸다. 엄마가 죽는다는 것에 관한 상념을 갖는 게 싫었다. 엄마에겐 다른 것에 바쳐야 할 값진 시간이 따로 있었다. 우리가 이렇게 함께 살고 있지만, 그게 언제까지나 안전하다는 걸 의미하진 않지만.

"국을 데워놓아야 되는데."

엄마는 일어나려 했지만 바닷물에 떠다니는 바다 미역처럼 힘이 없었다. 나는 부축하는 대신 얼른 채널을 바꾸었다.

"참, 내 전화기!"

받아야 할 몇 개의 전화가 있는데 휴대전화가 차에 있었다. 엄마는 오늘만큼은 은총을 베풀어 물건을 잘 잃어버리는 내 쥐정신을 탓하지 않았다.

엘리베이터에서 내리는데 공중에서 말안장 같은 냄새가 퍼졌다. 심장의 문이 열리듯이 눈이 퍼붓고 있었다. 이마에 닿는 눈은 선뜻했지만 차갑지 않았다.

휴대전화를 주머니에 넣은 김에 삐뚜름하게 주차된 차를 뒤로 빼네모난 칸 안에 넣으려는데 헛바퀴가 돌았다. 엔진이 불타도록 액셀러레이터를 밟아도 소용없었다. 깊은 밤, 주차장 한가운데서 어슷어슷 썰린 대파처럼 포박된 채 엄마에게 전화를 했다.

"차 좀 밀어줘야겠어."

"왜? 어디 부딪쳤니?"

"눈이 너무 와서 바퀴가 헛돌아."

"물 한 양동이쯤 들고 가야 하는 거 아닌가?"

"아니, 엄마가 밀면 충분해. 힘세잖아."

그 사이 엔진음을 못 견딘 수위 아저씨가 나타나 차를 밀어주고는, 잠들기 전에 가야 할 길이 먼 사람처럼 사라졌다. 그때 벤치 사이로 엄마가 나타났다. 내 나머지 인생을 사수하기 위해 우리 집에 베이스캠프를 세운 군인처럼 목도리를 두르고…….

"벌써 다 됐어."

나는 두둑하고도 끝이 섬세한 엄마의 손을 잡았다. 그 손이 엄마의 몸에 딸린 것이 아니라 내 손인 것처럼 꽉 잡았다. 오래 끼고 있던 시력 보철물을 벗어버린 듯 지금 눈이 내리고 있다는 진실이 다시 각성되었다. 공활한 하늘 아래 아름다운 양들로 뒤덮인 땅이 쏟아졌다. 누군가 하늘로부터 내려오면 이 작은 덩어리들을 잡을 수 있을까.

　　양떼 같은 구름이 지날 때
　　수증기 구름이 지날 때마다
　　하늘이여 네가 흩어놓은 건
　　하얀 하이얀 면화송이의 행렬

　엔도 슈사쿠의 『바다와 독약』에 나오는 시는 언제나 청결하고도 침울한 도취를 주었다.
　"비는 착한 사람에게 내리고 나쁜 사람에게도 내린대. 그런데 착한 사람이 비를 더 맞는대. 왜냐하면 나쁜 사람이 착한 사람의 우산을 빼앗아 가거든. 아, 비가 아니라 눈이구나."

　엄마도 하늘 멀리 올려다보았다.
　"눈이 오니까 엄마도 참 좋지?"
　"응."
　엄마가 기쁘니 나도 기뻤다. 꼭 술이 기분 좋게 취해 다른 게 별로 신경 쓰이지 않는 오십 대 퇴직자 같은 기분. 오늘 밤은 스스로를 부정하느라 지치는 대신 술을 마셔야지. 혼자 술을 마시는 건, 내가 사랑하는 누군가에게 외투를 입혀주는 것.
　나는 엄마가 나를 사랑하는 마음에 비추어 너무나 작은 우리 집을 올려다보았다. 거짓말 같은 주거지였다. 하지만 그토록 용납하는 마음과 그 섬광이 비추는, 아직은 약탈당하지 않은 장소였다.

아프지
말아요

·· 언젠가부터 엄마는 걷기 시작했다. 얼마 전 퇴원하고 난 뒤부터였다. 엄마는 모든 엄마들이 앓는 병 가운데 열 개를 앓았고, 하나같이 난치였다.

전에는 엄마가 운동을 하거나 생채소만 먹는다면 몸이 좀 나아질 거라고 생각했다. 예를 들어 200칼로리는 한 사람의 생에 큰 차이를 만드니까. 말랐던 적은 없었으나 엄마 체중은 시시포스처럼 들쭉날쭉하지 않고 거의 균일했다. 아무튼 걷는 건 살찌거나 신진대사율 같은 호락호락한 문제가 아니었다. 엄마를 살리는 절대적인 방법이었다.

매일 밤 9시가 되면 엄마는 어김없이 집을 나섰다. 엄마에게 책임감이란 자긍심과 같은 것. 애쓴다고 획득되는 게 아니었다. 엄마는 물리적인 영역 안에서 게을렀던 적이 없었다. 제한이 없다면 태엽을 한번 감았다가 다시는 멈추지 못하게 된 장난감처럼 영원히 아파트 주위를 돌 게 뻔했다.

"한 바퀴 다 돌면 딱 680발자국이다."

열 바퀴를 규칙적으로 돌고 나면 꼭 밤 10시였다. 엄마의 근면을 통해 나를 비추어볼 때마다 나는 살았던 적도 없었다는 생각이 들곤 했다.

그날 밤 아파트 정문으로 들어가 핸들을 오른쪽으로 꺾었다. 운전이 채 익숙해지지 않은 엔진음은 밤공기를 소극적으로 흐트러뜨렸다. 페달을 밟고 아파트 벽 옆을 도는데, 저쪽에서 비행선처럼 통통 부은 실루엣이 비쳤다. 얇은 반팔 티셔츠에 반바지를 입은 엄마는 두 팔로 작은 아치를 그리며 두텁게 전진하고 있었다. 내 마음이 점보 비행기처럼 불룩해졌다. 나는 어딘가로 향하는 그 마음의 속도에 접지를 맞춰 천천히 차를 몰았다.

"엄마!"

돌아보며 방심하게 웃는 얼굴엔 치마가 너무 짧아 고민하는 여자애는 더 이상 숨어 있지 않았다.

주차장에 차를 대고 엄마를 따라 걸을 때 형언할 수 없는 자욱한 느낌이 밀려왔다. 우리가 이렇게 함께 걸어도 궁극적으로 남는 건 없다. 결국은 아주 많은 것이 담겨 있는 제로 상태? 하지만 함께 걸음을 옮기는 이런 순간은 나 혼자 방부 처리해야 한다고 생각했다. 그 끝에는 아무것도 없다고 해도.

집에 와 자세히 보니, 엄마 머리가 검게 염색되어 있었다.

"어디 좀 자세히 보자."

엄마의 머리 옆면을 쓰다듬었다. 짧은 털을 붙여 만든 검정 모피 모자 같은 머리카락이 두둑하게 촉감되었다. 엄마의 엷은 눈은 잠깐 반짝거렸다.

어느 일요일, 복잡한 교회 횡단보도 옆에 차를 세웠을 때 엄마가 조수석 차문을 밀고 내리려다 차 바닥에 발이 걸려 넘어진 적이 있었다. 엄마가 차문 손잡이를 잡고 있었기 때문에 곧 일어나긴 했지만 나는 운전석에 말짱하게 앉은 채 눈으로 보기엔 너무 커다란, 세포부터 일어나는 감정을 바라보고 있었다.

국회의사당 앞길에 차를 대고 예배가 끝나길 기다려 엄마를 다시 모시러 갈 때까지도 아까의 광경이 시신경에 매달려 있었다. 짜증 같기도 하고 슬픔 같기도 하고, 모든 것이 푸실푸실 뭉친 것 같은 심정이 될 때면 평소 내 가슴속에 등재되어 있는, 세상을 상대로 한 곧은 이념, 인류애에 관한 잠언, 대통령 선거, 중앙아시아의 노동 조건이나 거기 아이들의 노동 착취 공장 같은 건 하나도 생각나지 않고, 엄마에게 소홀했던 일들만 이명耳鳴처럼 되풀이되었다.

그러나 지금은, 엄마가, 조금밖에 안 아픈 것이다.

　..

어느 날 엄마는 평소보다 조금 늦게 집에 돌아왔는데, 어딘지 오래된 고무줄처럼 늘어져 보였다.

"오늘은 좀 늦었네?"

"빨리 못 걷겠어."

"그래도 좀 빠르게 걸으면 더 낫다는데."

"오늘은 힘이 들더라."

"……그랬어?"

"……."

"걷는 동안엔 무슨 생각해?"

"그냥 무의미하게 돌아. 걷는 거야, 그냥."

"그래도 어떻게 생각이 없을 수 있어?"

"힘드니까. 무슨 생각을 하면 안 지루한가?"

"걷기 싫을 땐 언젠데?"

"걷다가도 발목이 시고 무릎이 아프면 못 걷지 뭐."

"아무튼 지금 몸이 달라진 거 느껴?"

"아무 반응이 없어, 반응이. 그래도 저 아래서 버스에 내려 올라올 때 보니까 다리가 조금 덜 아프더라. 그것밖에 없어."

어떤 면으론 엄마와 삶 사이에 어떤 연대가 느슨해졌다는 마침표 같은 말. 하지만 엄마가 엘리베이터 안에서 줄어든 몸피만큼 늘어난 바지를 공작처럼 쫙 펼쳐 자랑했던 적도 있었다.

다음 날 밤 9시 반에 퇴근했을 때, 엄마는 거실에 통조림 캔처럼 누워 있었다.

"오늘은 안 나갔네?"

"응."

"왜?"

"어지러워서."

"머리가?"

"응. 비도 내리는데, 비도 어지럽고."

우리는 말없이 BBC 다큐멘터리를 보기 시작했다. 엄마의 손가락은 무심하게 종아리를 문질렀다. 관리 받지 않은 다리, 나약하고 무심한 손짓, 평생 패티큐어나 네일 에나멜로 관리해본 적 없는 발톱. 나는 특별히 가꾸지 않아도 몸을 위한 다양한 체제에 의존하고 있는데, 엄마의 숙명의 잔에는 바싹 마른 빨래 같은 목마름만 따라져 있었다.

우리 삶을 천칭 위에 올려놓으면, 나는 어쩌면 미친 유한계급 놀이에 빠진 하릴없는 자일 것이다. 스타일에 탐닉할 만한 돈과 지식과 자신감, 그걸 다 즐길 에너지도 하나 없이.

"어디 부딪히지도 않았는데, 꼭 이렇게 멍이 들었다?"

엄마는 텔레비전에서 눈을 떼지 않았다.

"걷다 보면 느끼지도 못하고, 어디 부딪힐 때도 있잖아."

"아냐, 내가 알아. 그런 게 아니야. 그런 적 없어."

저절로 울혈이 생긴 걸지도 모른다고 생각하니, 그 피부 위의 점들이 다 멍으로 보였다.

함께 거실에 있는 게 고역스러웠다. 엄마와 내가 사는 작은 집. 마법의 전기 상자. 엄마가 저 방에 살고 내가 복도에 면한 방을 쓰는 배치는, 그녀가 장성한 자식을 두고도 양육의 책임으로부터 자유롭지 못하다는 것을 의미했다. 아직까지도 부모로서의 대혼란과 보모로서의 의무에 갇혀선…….

방으로 돌아와 라디오를 틀었다. 지미 스튜어트가 노래하고 있었다. 호리호리한 몸, 슬픈 눈, 예기치 못한 언어에 실리는 음률. 엄마에게 알 수 없는 멍이 생기는데, 나의 지지대는 너무 짧아 그녀를 위한 다리 하나 만들지 못하고 있었다.

. .

나뭇가지 위에 앉은 눈송이를 볼 때처럼, 약하게 뿌리는 비가 어떤 유한성을 돌려주는 날, 엄마는 재검사 때문에 병원에 다녀왔다. 거실 한가운데 약하게 틀어놓은 텔레비전은 엄마만 알아듣게 작은 소리를 내고 있었다.

"병원에선 뭐래?"

엄마의 카디건은 단추 하나가 덜 채워져 있었다.

"……그때 치료한 거, 완전히 다 사라지지 않아서 얼마 있다가 한 번 더 해야 된대."

보이 스카우트의 '항상 준비되어 있을 것'이란 슬로건이 떠올랐다. 세금 피난자가 되면 이런 기분일까. 나는 얼음이 든 커피잔을 흔들며 베란다로 나왔다.

나는 모든 감각이 금방 꺾어 풍성하고 촉촉한 꽃이 담긴 저 보울 속에 사로잡히길 바랐다. 우리 마음은 집으로부터 분리되지 않을 테니까. 그러나 지금 이 순간의 감각과 향기를 내일 상하지 않고 추출할 순 없을 것이다.

나는 작은 관엽수를 동화 같은 조명으로 장식하고 싶었다. 하지만 언제까지나 장식에만 매달리진 않을 것이다.

다음 날 낮에 집으로 전화를 했다.

"사람들이 옛날 엄마 사진 보고 꼭 문희하고 남정임 섞어놓은 것 같대."

"네 엄마니까 괜히 좋게 말하느라 그런 거겠지."

"아니, 그 사람들 거짓말 할 줄 몰라."

"예전엔 나보고 얼굴이 작다고 사람들이 그렇게 부러워했었다? 화장품 적게 들겠다고 얼마나들 그랬다고."

때로 유전자 때문에라도 존귀하게 예우 받아야 하는 얼굴도 있을 것이다.

"그럴 것도 같아. 하지만 요샌 하트 모양의 마른 얼굴은 아니잖아. 근데 나도 얼굴 작다?"

"너, 옛날에야 이뻤지. 요즘은 살이 너무 붙었잖아. 대접 엎어놓은 것처럼."

신랄한 엄마의 언어엔 기운이 없었다. 엄마가 퉁명스러우면 반발하다가도, 말씨가 순해지면 오히려 불안해졌다.

"엄마 얼굴은 안 그래?"

"지금은 다 늙었잖아."

"엄마가 늙어?"

"늙었단 생각이 요새 더 들지, 요새 더. 움직이는 게 힘이 들잖아. 옛날엔 손목에 점이 있거나 주름이 많은 사람들이 해주는 건 잘 먹지도 않았다고. 그런데 이젠 내가 그래."

"하지만 얼굴은 보톡스 맞은 것처럼 하나도 주름이 없잖아."

"얼굴만 팽팽하면 뭐해? 육신을 봐야지. 엄마 등이 많이 굽었대. 네 작은형도 그렇고, 성주 엄마도 그랬어."

"난 하나도 모르겠는데?"

"넌 마구 그냥 지내니까 그렇지. 아파트 몇 바퀴 돌 때도 내 몸이 구부러져. 똑바로 걷다 보면 그냥 구부러지는 거야. 그러니까 늙었지. 외할머니는 내 나이 때 돌아가셨잖아."

그 얘기는 가끔 들었다. 하지만 노화를 즐기는 프랑스적인 자세란 엄마에겐 얼마나 물색 모르는 소리인가. 나는 늘 육체와 자각에 대한 얘기를 하고 싶었으나…… 모든 것에는 좋은 순간이 있다. 그리고 좋은 순간은 그림자처럼 엷어진다. 나는 엄마가 시간에 관해 부정적인 감각을 계속 환기하는 게 불편했다.

"지금 뭐 하고 있어?"

"아, 나 지금 할 게 너무너무 많아. 단추 달 것도 너무 많고. 아유, 돈 냄새가 펄펄 나. 전화 끊어!"

· ·

아파트 주차장에 겨자 색깔의 낙엽이 뒹굴고 있었다. 아직 가을빛이 남은 밤, 엄마는 어린아이처럼 발열했다.

"오늘은 처음으로 열두 바퀴를 돌았어. 다리에 부기가 하나도 없어. 별꼴이야, 정말."

머리 위의 검은 커튼이 젖은 미래까지 걷어내고 있었다. 그러나 기분 좋게 욕실에 들어간 엄마는 바로 고함을 치기 시작했다.

"너, 물건 갖다놓기만 하지 말고 뭐든 한번 쓰면 제자리에 놓으라고 몇 번이나 그랬어? 그게 그렇게 힘드니? 너하고 사는 게 갈수록 힘이 든다, 정말!"

아, 나의 불평분자. 누구라도 깻묵처럼 오랜 습관을 바꾸는 건 윔블던 남자단식 결승 티켓을 구하는 것보다 어려운 것을.

"내가 죽으면 네가 똑바로 정리하겠니?"

엄마는 늘 시간이 없다고 말했다. 립스틱 하나 바르는 것도 큰 행사처럼 여겨진다고. 엄마가 나를 색맹처럼 대하는 건 아니지만, 그런 치닥거리가 그렇게 힘들 거란 생각은 안 들지만……. 높은 목소리를 들으니 다시 안심이 되었다.

엄마를 존슨즈베이비오일 몇 방울 떨어뜨린 뜨거운 욕조 속에 들어가게 한 다음 술 한잔 권하고 싶은 밤이었다. 담배를 한 대 곁들이게 하고도 싶었다. 참회하는 마음을 엄마의 작은 성지, 욕조에 풀어버리고 싶었다. 하지만 바둑돌만 한 죄책감을 욕실 문고리에 겨우 걸어놓았다. 언제나 그랬던 것처럼.

넌 닥터야,
정신과 의사야,
슈퍼맨이야

·· 올해 간척지 지도자처럼 미친 듯이 일했다. 잡지를 만드는 건 문화의 통합이자 총합이라고 굳이 우기지만, 그렇건 아니건 발부된 편집장이라는 이름 때문에 모든 게 달라졌다. 예전보다 두 배는 불행하고 네 배는 행복했다. 좋을 땐 "서둘기 싫어"라고 말하고 싶지만, 진흙이 문을 닫은 것 같은 느낌은 매일을 휩쓸었다. 데드라인을 야비하게 의식하면서 단단히 죄어진 채 매 순간 욕구를 점검하다 보니 시간만이 나의 화두가 되었다. 눈앞에 펼쳐진 지도들은 모호하기만 해서, 사사건건 다른 상징을 찾아 의미를 판독해야 했다. 명분을 찾기 힘든 날은 머리카락 한 올까지 피곤했다.

..

군이 말하자면, 백악질의 토양이 빗물을 빨아들이지 않고 바로 증류할 것 같은 날, 낸시 필처와 삼계탕을 먹었다(낸시는 『지큐』, 『보그』, 『배너티 페어』, 『뉴요커』가 속한 미국 콘데나스트 사의 아시아 태평양 지역 편집 부사장이었고, 매달 우리 회사를 방문해 내가 길을 잃지 않게 조언해주었다).

"낸시. 당신은 매달 이 나라에서 저 나라로 옮겨 다니면서 그동안의 경험과 지식을 나누어 주잖아요. 하지만 그렇게 사는 게 고단하지 않나요?"

"아니, 난 행복해. 난 20년 넘게 한자리에 앉아 미스터 리 같은 일을 했어(낸시는 8년 동안 『호주 보그』의 편집장이기도 했다). 어디 가지도 못하고 매일 늦게까지 일했어. 너무 고민하고 고생했어. 그러나 지금은 내가 그때 배운 걸 가르쳐줄 수 있잖아. 그때보단 일도 편해졌고. 지금 이 시간들은 그때 내가 수고했던 날들의 보상이야."

미네랄워터를 삼키는데 목울대가 기절했다. 보상? 주변에서, 어디서 봤는지 편집장로서의 삶은 나무로 조각한 들보와, 흉내 낼 수 없는 청동 램프, 글라스 스크린과 촛대로 장식된 호텔 같다고 여길 때마다, 사람이 어이없어 죽을 수 있겠단 생각까지 들었다. 편집장이 무슨 마그네틱 공중 철도라도 탄 줄 아는 걸까?

나도 전엔 몰랐던 돈과 권력을 오지게 한번 뒤집어쓰고 싶다. 하지만 아무래도 요리에 곁들이는 장식 이상은 아닌데. 그때마다 어떻게 그 주둥이의 뚜껑을 닫아버릴지 모를 일이었다.

"보상? 난 느낄 수 없는데요. 뭐가 보상이죠? 전에는 저녁만 되면 나에겐 또 다른 시간들이 있었어요. 많은 걸 누렸고 또 가졌어요. 그렇지만 이제 다른 삶은 없어요. 있다고 해도 밤 11시에 시작돼요. 피곤해. 너무 피곤해요. 머릿속에는 한 가지 생각밖에 없고 늘 쫓겨요. 안식 같은 건 다 잃어버렸어요. 친구들 만나는 것도 늘 다음만 기약해야 하고, 사람의 도리라는 게 없어진걸요."

벌레가 되어 쉭쉭거리는 어둠 속의 만을 기진맥진 떠밀려가는 기분이었다.

"미스터 리, 잡지를 만드는 건 애를 키우는 거나 똑같아. 『지큐 코리아』는 한 살도 안 된 어린애야. 서지도 못하는 아이를 보살피는 엄마가 얼마나 바쁘겠어? 애를 기르는 건 모든 생활을 아기한테 맞춰야 하는 일이야."

그녀가 '미스터 리'라고 부를 땐 크리스마스 선물 같은 안식이 깃들어 있었다.

"내 생활이 없을 수밖에. 그게 어디 있나? 허무한 거라고. 자다가도 깨서 생각나고, 온통 내 생활이 거기에 맞춰지는걸. 아기가 네 살, 다섯 살 혹은 성인이 되면 그만큼 안정감이 있겠지만 그걸 찾을 때까지는 견뎌야 돼."

편집장이 된다는 건 네 마리 말이 한 마차를 끌듯 네 가지 요소가 구색을 갖추어야 하는 일이다. 언제 행사를 거행할 건지, 마을에서 할 건지, 도시 한복판에서 할 건지, 참가자가 될 건지, 구경꾼이 될 건지 아니면 주최 측이 될 건지.

"언제까지요? 난 지금도 한 5년은 보낸 기분인데요?"

"너의 크레딧은 편집장이지만, 넌 의사야. 정신과 의사. 잡지만 생각하면 안 돼. 팀원들도 한 명 한 명 살펴야 해. 넌 팀원들 입장에서 창조적인 사람들을 다루어야 해. 넌 여러 가지 역할을 해야 돼. 슈퍼맨이 되어야 해. 그 위치가 편집장이야."

..

잡지를 만드는 일은 잡다하고 즐거운 일. 파티에 제일 먼저 나타나 가장 늦게 떠나는 일. 모든 사람에게 나한테 시간을 맞추라고 윽박지르는 일. 변변한 업적 하나 없이 끝도 없이 시답잖은 이야기를 하는 일. 그것보다 먼저인 진실은, 잡지는 문명이 남긴 수공업의 마지막 형태라는 것이다.

쑥갓처럼 푸르딩딩하되 땡볕 아래 잘못 고개 내민 지렁이처럼 만사 분간 없는 초보 에디터가 편집장이 됨으로써 삶의 면적이 너무 확장돼버렸으니, 낸시 말대로 화관을 쓰고 미래를 향해 투신하는 울트라 슈퍼맨이면 좋을걸. 나도 정신과 의사처럼 사람들을 보살필 줄 안다면 좋을걸. 그러나 나는 책에서 읽고 텔레비전에서 본 그 흔한 삶의 고초를 겪은 적이 없다. 타인이 나를 보살피는 것만 너무 익숙할 뿐.

내 나이의 몫을 하기엔 명확한 한계선이 있다는 것을 알게 된 어느 퇴근길, 차가 자꾸 시동이 꺼졌다. 엔진 과열이었다. 신촌의 한 정비소에서 이유를 들었을 때 나는 더 살아갈 수 없었다. 며칠 전 내 차 계기판에 기름이 떨어졌단 사인이 깜빡거리는데, 트렁크에 마침 엔진오일이 남아 있길래 평생 처음 호쾌하게 보닛을 열고 한 가득 채웠다. 알고 보니 엔진오일을 냉각수 통에 넣은 거였다. 땅에 질질 끌리는 옷으로 거리를 휩쓸듯 집에 올 때, 낸시가 아무리 슈퍼맨 운운한들 이미 글러먹은 거였다.

하지만 낸시는 『지큐 코리아』를 샅샅이 살펴볼 때마다 상다리가 부러지도록 상찬을 했다.

"미스터 리. 정말 경이롭고 완벽하고 기적적이야."

그때마다 나는 같은 이야기를 보탰다.

"난 이미 알고 있어요. 하지만 당신 한국말을 배우세요. 그럼 기사가 얼마나 뛰어난지 깜짝 놀라 쓰러지는 당신을 뒤에서 방석으로 받쳐야 할걸요."

에디터들은 기사에 대한 나의 기준이 지나치게 높아 심장발작을 일으킨다지만, 필력 떨어지는 글을 읽다 보면 나부터 비명이 터지고 문명으로부터 도망쳐 문맹이 되고 싶었다. 『지큐』에 대한 집착은 질병으로 이어졌다. 겸손이 우리의 진짜를 표현하는 단어는 아니지만, 누구 앞에서도 고개를 꼿꼿이 세웠다. 최고가 됨으로써 행복을 망치는 게 구질구질한 삼류가 됨으로써 불행을 자처하는 것보단 나으니까. 최고가 되면 타인을 설득하기 위해 울지 않아도 되니. 도달할 수 없도록 불안정한 인생의 높이를 알게 되니까.

..

엄마는 늘 그러셨다.

"네 나이가 몇이니?"

쿠튀르에서 나이에 어울리지 않게 꾸민 스물넷 여자애들처럼 나도 잘 모른다. 사람들도 내 나이를 맞히지 못한다. 나이 먹는 걸 죽기보다 싫어하는 사람들이 지천이지만, 죽어서 운 좋게 천국에 갔을 때 성 베드로가 네 일생 중 가장 좋았던 모습으로 머물러 있으라고 명한다면 난 아마 노인이 된 나를 선택할 것이다.

엄마는 당신 아들이 스스로 건강한 이미지를 만들 수 있을까 근심하지만, 그녀가 원하는 이미지는 내부에서 솟아나야 할뿐더러 외곽적인 요소도 동반해야 한다. 그러나 이를테면 키 크고 머리 좋고 돈 잘 벌고 날씬하면서 가슴까지 큰 여자는 모순 아닌가?

존중받고 싶은 남자가 해야 마땅한 일은 방임한 채 질문만 커졌다. 몸은 언제나 마음에 흔적을 남긴다. 넝마처럼 구깃구깃해진 시간 속에서 나는 무엇을 했을까? 분절된 시간으로 삶의 크기를 측량하거나, 통념으로 시간의 구획을 나누는 방법에 그렇게 서툰 채 나이를 다 어디에 유기해버린 걸까?

..

다음 날 진영이 나에 대한 리뷰를 이메일로 보냈다. 제목은 '만약'.

'만약 당신과 나 사이에서 아이가 태어난다면 저의 뛰어난 기억력과, 기계에 대한 천부적인 적응력과, 무식하리만치 용감무쌍한 적극성과, 훤칠한 키와, 잘생긴 외모에다가, 당신의 재능과, 순발력과, 감수성과, 인내심과, 성실함과, 리더십과, 동안과, 예쁜 다리가 합쳐진다면, 오옷…… 얼마나 완벽한 아이가 될까요.

그러나 부작용의 경우, 저의 귀 얇음과, 금세 싫증을 느끼는 변덕스러움과, 싫고 좋음이 그대로 얼굴에 드러나는 단순함과, 하체 비만의 체형과, 웬수 같은 주근깨와, 있으나 마나한 가슴에다가, 당신의 기계치와, 방향치와, 똥고집과, 충동설(충걸을 중심으로 세상이 움직인다는 설)과, 불면증과, 물질에 대한 편애와, 「고스트 버스터즈」의 찐빵인형 같은 튼실함이 합쳐진다면, 아…… 이 일을 어쩜 좋아요.'

나를 본 적이 없는 밀란의 에밀리가 보낸 메일은 달랐다.

'차오! 지오(삼촌)에 관한 연상을 이야기해볼까요. 지오는 김이 모락거리는 40도의 드라이아이스 같아요. 아울러 약간 얼린 보드카 앱솔루트 병이 생각나네요. 아무도 얼리진 않겠지만 만약 얼린다면 그 정도 분위기가 나겠죠. 떨어지기엔 안타까운, 색이 너무도 선명한 가을의 적갈색으로 쓸쓸히 뒹구는 낙엽 한 장 같아요. 어두운 프러시안 블루의 빛이 작은 천장을 통해 들어오는 달빛을 올려다보며 침대 모퉁이 끝에 안타깝게 앉아 있는 몸매 좋은 뒷모습의 「버디」의 포스터, 생각나요? 삼촌은 그 남자 같아요. 내 상상에. 옷으로 보자면, 커스텀 내셔널이나 더크 비켐버그가 생각나기도 하고 여자 옷으로 보자면? 휴고 보스 우먼, 질 샌더는 좀 지루해서 빼죠. 향수론 에르메스나 이세이 미야케 같기도 하고.'

이율배반이 지나친 말을 들으니 창피해서 분쇄돼버리는 줄 알았다. 그런 상상 속에서의 나는 지도에 십자가 모양으로 그려진 수상한 녹색 루트에 서 있다. 나는 역청과 메뚜기를 먹는 선지자였으니. 스스로 내가 정말 그런 줄 믿기 바란다 해도, 나중엔 그걸 증명해야 한다. 그러나 젠장 무슨 수로?

..

　내가 겪은 모든 건 성숙으로 기록되지 못했다. 내가 아는 건, 모든 즐거움은 비참한 대가를 치른다는 것뿐. 어쩌면 배 타고 바다 건너 미국 동부에 이르러서는 별의별 난관 끝에 서부까지 간 개척자인 척할 수 있을 것이다. 술에 취해 달을 바라보며 시 쓰는 문청으로 보일 수도 있을 것이다. 그러나 내가 말쑥한 이튼 졸업생이나, 남루를 벗어나려는 자작농, 무제한 거래를 하는 과격한 세계의 경쟁자, 포커 도사일 리 없으니 미문 속의 나를 찢어서 땡볕에 널고 싶을 뿐이다.

　나는 단지 궁핍에서 벗어나 아주 다른 사람, 시간을 잘 조절하는 사람, 전에 누가 한 적 없는 것을 끌어내는 사람이고 싶었다. 하지만 내 나이에 맞는 노련한 단계도, 어른다운 자존도 없이 언제나 클리닉에 갇혀 있었다. 누군가 자신을 낮게 평가하고 후회만 한다면 감추고 싶은 게 많아서일 것이다. 좋은 남자가 되어야 할 필요는 없다. 그러자면 너무 많은 걸 참아야 한다. 삶은 권능과 비속 사이에서 너무 괴롭고, 더 이상 신에게 선물로 받은 내 자신의 흠을 잡는 건 피곤한 일. 진실이란 모두가 똑같다는 것이다. 그래서 머릿속의 불필요한 의무를 모두 잊고 천체의 순환을 생각하기로 했다. 그리고 누운 풀처럼 얌전해진 나를 가만히 어루만져주었다.

꽃이
피었네

··　　　꿈을 꾸었다. 나는 숙인 머리, 구부정한 어깨, 희미하게
뜬 눈으로 사막에 널린 뼈다귀가 되어가고 있었다. 목초 장부터 소나
무가 있는 곳까지 덤불이 길게 펼쳐져 있었다. 국경을 향해 가는 길
은 소나무와 메뚜기가 있는 벌판밖에 없었다. 살아날 길이 없다는 침
통한 확신은 거의 수학적인 정확성을 띠었다. 덮인 황혼 속에서 마음
만 걸으며 나는 외쳤다. 누가 저격수에게 겨누어진 괴로움으로부터
나를 구해줄까.

　흐느낌 속에서 눈을 떴다. 새벽 5시에 엄마가 하나의 음계로 「성자
의 귀한 몸」을 부르고 있었다. 엄마가 나에게 마리아 칼라스일 필요
는 없지.

　스탠드를 켰다. 19세기의 정중함과 현대 무정부 상태를 배회하듯

애매하게 정돈된 내 방 탁자엔 『50's Design』 책장 모서리가 접힌 채 놓여 있었다. 작은 탁자 위의 책은 남자의 고상함을 보여준다지.

더 자고 싶었다. 그러나 숙면은 힘들었다. 열다섯 살 때부터 떨어져 내린 청춘이 가슴에 변명만 남겨놓은 이 나이까지도 나만의 아로마 테라피를 만들지 못했다. 베개와 이불로 몸을 둘둘 말아도, 아무리 약을 먹어도 구식 난(亂)은 나아질 줄 몰랐다. 잠 못 자는 매일의 좌절을 딛고 싶어도, 자는 것만으로 이튿날의 길흉을 잊고 싶어도 바짝 말라 죽을 때까지도 안 되는 일. 잠을 못 자는 건 욕조 옆에 처진 거미줄을 보는 식의 한가한 고충이 아니었다.

그때마다 책을 읽었다. 점차 차오르는 욕조 안에서 책을 거의 먹어 치웠다. 그럼 방에서 거리로 나설 때쯤 너무 많은 글자 때문에 볼 수도, 생각할 수도, 걸을 수도 없다는 걸 깨달았다. 포기할 수 없는 도취와 같았다. 때로 문호 같은 합리성을 갖고도 싶었다. 내가 쓴 언어들이 양식이 되고 기쁨이 되도록.

비가 빈 깡통을 부수어버릴 듯한 속도로 내리고 있었다. 아침 6시. 굵은 빗방울이 주차된 차에서 튕겨 나올 때 발가락이 꼬이는 독한 쿠바산 여송연의 맛. 이것이 새벽의 비 냄새일까. 멀리 도시의 네온이 빗속에 비쳤다. 거대한 무엇들이 비와 함께 초월적인 융합을 보여주고 있었다. 문득, 전에 받은 키스 중 하나는 비릿한 빗방울 같았다는 생각이 들었다.

"여기 좀 봐! 여기 좀!"

나를 부르는 엄마의 외침은 침투에 가까웠다. 내 방에 널브러진 옷들을 치우다가 "좋은 옷을 사기만 하면 뭘 해? 이 모양으로 함부로 두면서!" 야단칠 때 말고는 그렇게 소리치는 법이 없었는데, 나는 물갈퀴를 매단 듯 급히 거실로 달려갔다.

엄마의 상체는 베란다 밖으로 뛰쳐나갈 듯 앞으로 향해 있고, 한쪽 팔은 원반던지기 선수처럼 흔들리고 있었다.

"저것 좀 봐. 저것⋯⋯."

아파트 수직 벽을 가로지른 엄마의 팔은 베란다 난간에 매달린 화분을 타고 오르는 나팔꽃을 가리켰다. 아이스크림 스푼 크기만 한 나팔꽃이었다.

"나팔꽃이 피었어⋯⋯."

엄마가 방백했다.

북받쳐 오르는 어떤 열정도 한 여자가 영적으로 마음에 쌓아둔 것과 견줄 순 없다. 때를 잘 맞춘 엄마의 눈은 마법의 생기 속에 고정되어 있었고, 입은 들뜬 희열로 원형을 만들었다. 뭔가, 극한에 가까운 풍경이었다⋯⋯.

"저쪽 몽우리도 좀 봐봐."

"⋯⋯?"

"자세히 좀 봐, 자세히 좀! 저기 조그만 거 보이지?"

푸른 잎사귀들에 가려 보이지 않는 몽우리는, 오히려 불멸을 상징하는 사각링처럼 장엄한 어떤 흐름이 엄마의 일상 속에 깃들어 있음을 보여주고 있었다.

"정말, 저렇게 작은 게⋯⋯."

희미한 다툼 같은 목소리……. 나는 기다란 널빤지를 들고 걷는 기분이 되었다.

"그렇지? 어쩌면 저렇게 피어 있을 수가 있지? ……비가 이렇게 오는데?"

나는 날카로운 관찰자에게 간신히 참견했다.

엄마는 커다란 나뭇잎처럼 파르르 떨었다. 엄마는, 무미건조하고 생기 없는 목마름을 보여주는 사람도 아니고, 아직 여자로서의 삶을 다 보내지도 않았다.

"하하하하하."

엄마의 격렬한 웃음소리는 내 앞에서 과속방지턱이 되었다. 작은 아이들이 긴 풀이 덮인 초원에서 원을 돌다 넘어져선, 어지럽게 헐떡거리며 즐거움에 만취되는 것 같은 웃음…….

나는 엄마의 옆얼굴을 쳐다보았다. 옛날 서양 판사들의 흰 가발처럼 이마 가장자리가 흐려져 있었다.

"아이고, 꽃이 피었네!"

시詩는 끝나지 않았다. 난민 같은 마음은 엄마의 담갈색 눈으로 움직였다. 고통을 아는 눈. 무엇인가를 나눌 깊은 관계를 갈망하는 눈. 그래서 그녀에게 진실해지기 시작했다. 분출량이 많은 유정油井에서 기름이 뿜어 나오듯 한꺼번에 많은 생각이 쏟아졌다. 하지만 1초 만에 슬퍼졌다. 불공평한 슬픔.

내가 우울하다고 투정하는 건 엄마에 비하면 바람 속의 가느다란 빗방울만큼이었다. 오늘 같은 날 아무리 엄마를 보아도 곁눈질로 보는 것과 같았다. 그건 내 멋대로 살아온 책임을 다른 사람에게 묻는 거짓말이었다. 그때마다 애써 이유를 찾아 정당해지려는 마음을 내가 먼저 비웃었다.

엄마는 썩은 나팔꽃 잎사귀를 하나 뚝 떼서 밖으로 던졌다. 나는 마음의 밸브 꼭지를 다시 느슨하게 돌렸다.

"정말 이쁘다!"

함께 있으면 조금 더 활기 있고, 조금 더 매력적이며, 조금 더 재미있는 재봉사 친구처럼 내가 말했다. 엄마는 내 추임새를 무심히 흘려보냈다.

나는 허벅지 사이에 생가죽을 넣은 듯 어기적거리며 식탁에 앉았다. 엄마는 그대로 뒷걸음질치다가 베란다 프레임에 가려진 나팔꽃을 다시 기웃거렸다.

"이렇게 멀리서 봐도 요렇게 고개를 숙이면 꽃이 보이지."

나는 엄마를 방문할 구실을 못 찾고 그 등 뒤에 매달렸다. 지방이 축적될 수 있는 어느 곳이건 넓었다. 중력의 파괴적 맹위와 상관없이 과장되게 지은 엄마의 몸은, 마른 살을 뚫고 불쑥 나온 골반보다 아름다웠다.

  ..

등을 켜지 않은 거실은 뭔가 내포하고 있었다. 흐릿한 빛이 실내를 비추었다. 페로몬처럼 창백하고 조금 낡긴 했지만 영원히 남을 것 같은 빛.

"커피 한잔 마실까, 엄마?"

폐부를 검진하는 것만으로 시간을 소진하는 참된 의사의 커피로서……

"……이 비 그치면 가을이 오겠지?"

나는 엄마의 팔을 가만히 만졌다.

"봄비는 잠비, 가을비는 떡비라고 하니까."

"그게 뭔데?"

"봄비는 졸리지만, 가을비는 떡 찧어 먹으라고 내리는 거잖아."

엄마는 큰 궤도를 가진 혜성으로 내 삶 주위를 돌고 있지만, 이렇게 함께 살다가 엄마가 없으면 매일 식탁에서 울까봐 겁이 났다. 하지만 우리는 또 한 번의 가을을 맞고 있었다.

"이제 입추 지났지?"

"얘가 언젯적 얘길? 벌써 지났다."

"……"

"너, 입추 다음이 뭔지 아니?"

"늦가을."

"넌 그것도 모르니? 처서야."

"서리가 내려서 처서인가?"

엄마는 나의 무식에 고개를 외로 꼬았다.

"그나저나 넌 연인은 안 데리고 오니?"

연인이란 다른 이상한 물건들처럼 청년기 내내 감추어온 부끄러움, 어릴 때 등에 생긴 흉터였다. 나이 들면서 그 상징은 변형되어 가리지도 않았는데 안쪽 깊이 숨었다.

    ..

아침 8시에 까만 수트를 입은 내가 스스로도 마음에 들었다. 유별난 어두운 색은 때로 분방한 영국 분위기도 주니까. 엄마는 늘 구두를 깨끗이 닦아야 하며, 양복을 입을 땐 끈으로 매는 구두를 신으라고 강조했다. 따라서 공손한 군단, 신사들과의 결속의 표시로 넥타이도 맸다.

회사에 간다는 건 집 마루의 한계를 벗어나 더 고상한 레벨로 올라가는 것도, 천재들의 클래스를 획득하는 것도 아니었다. 나는 단지 나의 생업 솜씨를 좋아할 뿐이었다.

엄마는 '일찍 들어오냐'고 물었다. '물론'이라고 대답했다. 거짓말이었다. 나는 충실한 은행잔고를 증명해 보이듯 약속을 잘 지키며, 부모가 시키는 대로 다 하는 아들이 아니라서. 언제나 제멋대로인 본성과 그 영광을 자축하는, '술을 마신다'는 문장만으로 내장이 이미 술집에 들어가 있는, 할 수 없는 아들이라서.

대관절 나는 이날까지 어떤 생애의 외골격을 갖춘 걸까. 오늘 같은 날은 엄마에게 충실한 아들이 되고도 싶었다. 그러나…….

"다녀올게."

같은 맛이 나는 크래커처럼 무미한 인사.

내가 출근하면 엄마는 주머니 시계 같은 독특한 존재감으로 누추한 궁전에 남는다. 때로 그 여정이 지혜의 왕궁으로 데려다줄 때도 있겠지만 내가 엄마에게 지렛대를 준 적은 없었다.

엄마 꿈대로라면 우리는 예전처럼 아무 걱정 없이 해바라기가 만발한 마당을 내다보며 그때를 그리워하겠지. 엄마도 정원에 심은 철쭉을 돌보면서 급할 것도 걱정할 것도 없이 살아갈 수 있겠지.

..

비는 내가 숨기라도 한 것처럼 나를 찾아내 얼굴에 줄을 그었다. 말할 수 없이 선명한 육체적인 감각. 우산을 펴기 위해 안간힘을 썼다. 천이 당겨지면서 삐걱 소리가 났다. 처음 내린 눈에 발을 디뎠을 때 반발을 닮은 소리. 입가에 떨어진 빗방울에선 버터 스카치 맛이 났다. 비의 염소 성분 때문에 머리 색깔이 녹색으로 변하진 않을까. 우산의 빗방울을 털어내며 차문을 열었다.

나 같으면 압정이라도 사용해 탈출했겠지만, 엄마는 잘못한 일도 없이 나를 만든 허구적인 실수에 책임을 지며 살았다. 그럼에도 불구하고 미처 묻지 않은 질문의 목록은 엄마도 여자라는 것, 그래서 엄마가 나의 연인을 보고 싶어 하듯, 당신 또한 누군가 필요했으리라는 것이다.

나는 엄마의 찬송가를 떠올려보았다. 한때 잊은 줄 알았지만 영구히 기억하고 싶은 곳으로 돌아가게 해주는 목소리. 하지만 한때 내가 잊어버린 게 무엇인지는 잘 생각나지 않았다.

500톤의 강철이 무너지듯 비가 쏟아졌다. 차 지붕에서 헬멧을 두드리는 소리가 났다. 아니 거의 북을 치는 소리였다. 나는 시트를 길게 눕히고 아침의 변덕스러운 사막 한가운데서 허벅지 사이에 손을 집어넣었다. 그 손에 입김을 불어 따뜻하게 녹여줄 것처럼.

엄마는 어쩌면 그렇게

초판 1쇄 발행 2013년 4월 19일 초판 2쇄 발행 2013년 5월 8일

지은이 이충걸
펴낸이 연준혁

출판 7분사 분사장 김은주
편집 최유연
디자인 이세호
제작 이재승

펴낸곳 ㈜위즈덤하우스 **출판등록** 2000년 5월 23일 제13-1071호
주소 경기도 고양시 일산동구 장항동 846번지 센트럴프라자 6층
전화 031)936-4000 **팩스** 031)903-3893 **홈페이지** www.wisdomhouse.co.kr
종이 월드페이퍼 **인쇄·제본** ㈜현문 **후가공** 이지앤비

ⓒ 이충걸, 2013

값 13,800원 ISBN 978-89-5913-727-5 03810

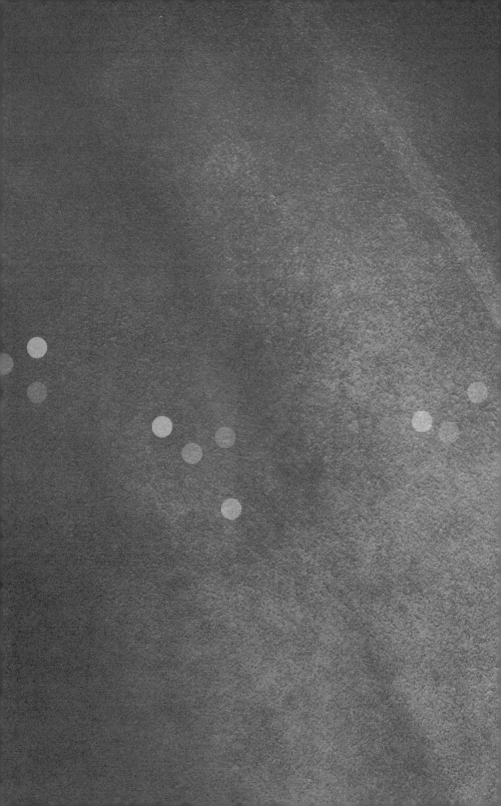

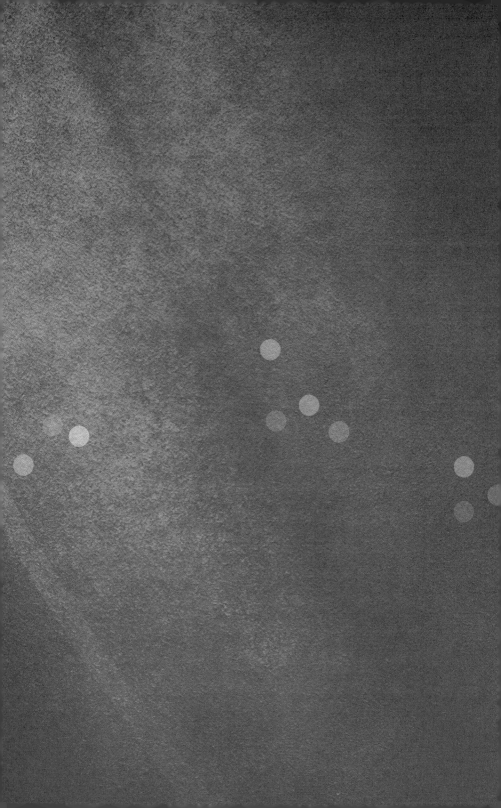